Ross MacKenzie
Immernacht

Ross MacKenzie

Immernacht

Aus dem Englischen von
Kanut Kirches

GULLIVER
von BELTZ & Gelberg

Für Lorna
und die Kindheitsabenteuer,
die wir geteilt haben

MIX
Papier aus verantwortungsvollen Quellen
FSC® C089473

Dieses Buch ist erhältlich als:
ISBN 978-3-407-75485-1 Print
ISBN 978-3-407-75486-8 E-Book (EPUB)

in der Verlagsgruppe Beltz · Weinheim Basel
Werderstraße 10, 69469 Weinheim

First published in Great Britain in 2020 by Andersen Press Limited,
20 Vauxhall Bridge Road, London SW1V 2SA

Die Originalausgabe erschien 2020 unter dem Titel *Evernight*
bei Andersen Press, London
Übersetzung: Kanut Kirches
Lektorat: Isabelle Ickrath
Neue Rechtschreibung
Umschlaggestaltung: Melanie Korte
Herstellung und Satz: Viola Felicitas Hessemer
Druck und Bindung: Beltz Grafische Betriebe, Bad Langensalza
Printed in Germany
1 2 3 4 5   24 23 22 21 20

Weitere Informationen zu unseren Autor_innen und Titeln
finden Sie unter: www.beltz.de

SCHATTENJACK

EINST LEBTE EIN MANN, dessen Seele so dunkel war wie die Nacht. Sein Name war Schattenjack.

Der Name passte gut zu ihm, seine Kleidung war dunkel und seine Haare noch dunkler. Seine Augen waren Schattenteiche. Während er durch das verworrene Labyrinth der Armenviertel schlich, in der Nacht, in der unsere Geschichte beginnt, waren seine Absichten die dunkelsten von allen.

Er überquerte eine Holzbrücke und betrat einen fauligen Klumpen Land, der vom Rest der Armenviertel abgeschnitten war. Schmutz lag dick auf den gedrängt und schief stehenden Hütten und der vom Regen angeschwollene Fluss war schwarz wie Teer und von einer Schicht aus Unkraut und Schaum bedeckt.

Es gab kaum Straßen, Gassen oder Plätze, sondern größtenteils Flussläufe und überflutete Gräben und Kanäle, die kreuz und quer verliefen. Häuser standen auf wackeligen Pfosten, um dem Wasser zu entkommen, das minütlich durch den Regen anzuschwellen schien.

Das war die Teufelsinsel, und selbst zu so einer späten

Stunde sah man viele Gestalten in Mäntel gehüllt, zusammengedrängt auf Holzbooten, flüchtige Bewegungen in den dunkelsten Ecken. Sie kümmerten sich nicht um Schattenjack.

Er sog die klamme Luft tief ein und durchsuchte die vielen Schichten von Tod, Schmutz und Krankheit. »Hab ich dich.«

Schattenjack durchquerte eine Gasse, erreichte das Ufer eines Kanals und schnupperte erneut. Irgendwo in der Nähe, durch das Plätschern des Regens, hörte er einen Streit und eine Schlägerei, dann war plötzlich alles still.

Sein scharfer Blick erspähte auf der anderen Seite des Wasserlaufs das Flackern einer Laterne. Eine armselige Gestalt wankte zu einem scheibenlosen Fenster und schüttete einen Eimer Abwasser in den Kanal.

Schattenjack machte eine Bewegung. Schnell, fließend – und schon war er aus der Gasse verschwunden, und als ein schwarzer Rabe, so groß wie ein Adler, stieg er in die wilde Nacht. Der Rabe beschrieb einen Kreis und beobachtete die verzweigten Flussläufe, Kanäle und verfallenen Gebäude der Teufelsinsel. Dann stieß er hinab und landete auf dem Sims eines hohen Fensters.

Der Rabe hüpfte ins klamme Innere. Mit einem Geräusch wie dunkler Samt wurde aus ihm wieder ein Mann, gekleidet in seinen Mitternachtsmantel.

Das Zimmer war leer, bis auf ein einfaches Bett und einen Holzstuhl vor dem Fenster. Es schien niemand da zu sein – zumindest auf den ersten Blick. Aber Schattenjack hörte einen Herzschlag – schnell und voller Furcht.

»Wir wissen beide, dass du hier bist, Jenny Winter«, sagte er mit tiefer, drohender Stimme. »Du weißt, wer ich bin. Deine Tricks sind nutzlos gegen mich. Ich höre deinen Herzschlag, höre, wie verängstigt du bist. Und das solltest du auch s…«

Er hielt inne, weil er auf der anderen Seite des Zimmers ein Schimmern in der Luft sah und eine Frau vor seinen Augen erschien, als hätte sie einen Mantel aus dem Stoff der Welt getragen und diesen soeben abgestreift.

Jenny Winter hob eine zitternde Hand. Zwischen ihren Fingern hielt sie einen dünnen Holzstab, an dem wie an einem Revolver Kammern angebracht waren. Aber statt Kugeln enthielten die Kammern kleine Fläschchen und darin wirbelte leuchtend buntes Licht.

Schattenjack zupfte einen Fussel von seinem Ärmel und beäugte ihn, bevor er ihn wegschnipste.

»Du kannst mich nicht mit Magie töten. Zwölf von euch haben das schon vergeblich versucht.«

Er ging einen kleinen Schritt auf sie zu und sie hob ihren Stab. Die Zauber glühten heftig in ihren Flaschen.

»Einen Schritt weiter und du fliegst durch diese Mauer.«

Schattenjack rollte die Augen. »Hör zu, wir wissen beide, dass diese Reise zu Ende ist. Du bist allein, Jenny. Wo auch immer du hingehst, werde ich dich finden. Du läufst schon so lange weg … du musst erschöpft sein.« Seine Stimme hatte einen beruhigenden Ton angenommen. »Stell dir vor, wie wunderbar es sich anfühlen würde, befreit zu sein von der Last, die du trägst. Gib mir den Untergangszauber, Jenny, und alles wird gut.«

Jennys Gedanken verrieten sie. Ihre Hand zuckte ungewollt zu der Manteltasche, in der sie den unglaublich wertvollen Gegenstand verstaut hatte.

Ihr Blick traf seinen.

Schattenjack schnellte nach vorn.

Es passierte in Sekundenbruchteilen: Jenny Winter bewegte ruckartig ihren Zauberstab und eins der magischen Fläschchen leuchtete so hell wie eine nigelnagelneue Münze in der Sonne. Die Spitze des Stabs glühte und eine Kugel aus feuerrotem Licht traf Schattenjack mitten in die Brust. Er flog durch die brüchige Ziegelmauer und er fiel und fiel.

Jenny blickte ihm hinterher. Als er ins Wasser stürzte, *Platsch*, schien sie aus einem Traum zu erwachen. Sie drehte sich um und rannte, taumelte die Treppe herunter und hinaus in den prasselnden Regen. Durch die Gasse, über eine schmale Holzbrücke, darunter der schäumende Fluss, und eine kurze Straße entlang. Jenny stolperte und fiel vor Panik und Eile, rappelte sich auf, lief weiter. Über die Teufelstorbrücke in die Stadt.

In Jennys Kopf war kein Plan, kein sicherer Zufluchtsort, zu dem sie rennen konnte. Regen und Wind schüttelten sie durch – erbarmungslos und kalt, ihr Haar klebte im Gesicht. Um eine Ecke, einen gewundenen Pfad entlang, sie scheuchte einen Haufen Betrunkener auf, die schrien und sie beschimpften. Sie rannte und rannte und rannte, bis ihre Lunge brannte, ihre Beine steif wurden und jeder Atemzug wie ein Messerstich ihr Herz durchstach. Schließlich hielt sie in einer dunklen, verlassenen Gasse an, die von der Milk Street abzweigte, sackte auf die Knie und schnappte hektisch nach Luft. Aber sie hatte keine Zeit, durchzuatmen. Sie rappelte sich auf, fand einen Kanaldeckel und richtete ihren Zauberstab auf den Boden. Eine der Flaschen in den Kammern leuchtete auf und ein lodernder Zauber schoss aus dem Stab, traf die Metallabdeckung und hinterließ ein bröckelndes schwarzes Loch in der Straße.

Durch den Abwasserkanal floss ein reißender Strom. Jenny wusste, dass sie bei einer Flucht durch die Tunnel ertrinken würde. Etwas bewegte sich, oben auf den Dächern. Ein riesiger Rabe flog durch den Sturm herab und landete auf der Straße vor ihr. Er breitete seine Flügel aus, vollführte eine Bewegung – und in einem Wirbel aus Regen und Nebel stand Schattenjack wieder vor ihr.

Jenny hob ihren Stab und schoss einen Spruch durch die Nacht auf ihn. Er wich aus. Verzweifelt schoss sie erneut und immer wieder, bis alle Fläschchen in den Kammern ihres Zauberstabs leer waren.

»Schluss damit«, sagte Schattenjack. Er streckte eine Hand aus, die Handfläche nach oben gerichtet. Zu seiner großen Überraschung griff Jenny in ihren Mantel und holte das kleine Kästchen aus poliertem Holz hervor. Er starrte darauf, konnte kaum fassen, dass er ihn nach all den Jahren endlich vor sich hatte: den Untergangszauber, den Schlüssel zu seiner Freiheit.

Er griff danach.

Aber Jenny Winter spuckte ihn an, drehte sich herum und warf das Kästchen in das brausende Wasser unter ihnen.

»Du Hexe!«

Schattenjack schlug Jenny seitlich gegen den Kopf, worauf sie niedersank, und blickte in den rauschenden Abwasserstrom. Als er sich wieder zu ihr drehte, hantierte sie verzweifelt an ihrem Gürtel. Sie zog eine kleine Flasche hervor und versuchte, diese in die Kammer des Zauberstabs zu laden, aber Jack trat gegen ihre Hand, woraufhin der Stab und das Zauberfläschchen davonflogen.

Als er über Jenny stand, schimmerte etwas an ihr. Schattenjack langte zu und griff nach der feinen Kette, die sie um den Hals trug. Mit einem Ruck riss er sie ab und ein hölzernes Medaillon glitt in seine Hand. Das Medaillon war geformt wie eine Träne, etwas war darin eingraviert worden. Ein so simples Symbol, dass es das Werk eines Kindes gewesen sein könnte.

Ein Vogel im Flug.

Schattenjack starrte für einen Moment darauf, dann griff er in eine der vielen Taschen seines langen schwarzen Mantels. Als er die Hand wieder hervorzog und seine Faust öffnete, schmiegten sich auf seiner Handfläche elf identische Medaillons aneinander.

»Deines ist das letzte«, sagte er und ließ das Medaillon, das er ihr abgenommen hatte, zu den anderen gleiten. »Ein Jammer, dass eines der dreizehn zerstört wurde. Ich hätte die Sammlung gern vervollständigt.«

Er schloss seine langen Finger um die Schmuckstücke und steckte sie zurück in seine Tasche. »Ich möchte, dass du weißt, Jenny Winter, dass ein paar deiner Freundinnen sehr leicht eingeknickt sind, als ich sie im Laufe der Jahre gefunden habe – fast ohne, dass ich sie überzeugen musste. Ein paar von ihnen haben gebettelt und gefeilscht, Namen und Orte sprudelten aus ihnen heraus, bis nur noch dein Name übrig blieb.«

Jenny blickte durch ihr nasses rotes Haar zu ihm hinauf. Blut aus ihrem Mund vermischte sich auf ihrem Gesicht mit Regen und Tränen.

»In all den alten Legenden sind die Dschinn mächtige Wesen«, sagte sie. »Aber du bist nicht mächtig. Du bist schwach. Du bist gebrochen und verzweifelt. Ich bemitleide dich.«

Schattenjack kauerte sich vor sie, und Jenny fiel zum ersten Mal auf, dass er keinen Schatten warf.

»Mir ist egal, was du denkst. Mir geht es nur darum, diesen Zauber zu finden und meine Freiheit zurückzugewinnen.«

»Du hast keine Ahnung, was du da tust! Wenn Hester den Spruch bekommt, wird das alles zerstören.«

»Was in dieser Welt passiert, interessiert mich nicht. Wenn ich frei bin, warten andere Welten auf mich. Wie auch immer, du musst dir um die Zukunft keine Gedanken machen.«

Schattenjack beugte sich vor, fast als ob er sie küssen wollte. Er riss seinen Mund weit auf, die Knochen in seinem Kiefer klickten und schnappten und brachten reihenweise scharfe Zähne zum Vorschein – und klaffende, verrottende Dunkelheit. Jenny konnte sich nicht bewegen, konnte nicht atmen.

»Hast du jetzt Angst vor mir, Jenny Winter?«

Jenny schrie.

Unter den Straßen

LARABELLE FOX VERSTECKTE SICH in den Tunneln unter der Stadt, als sie ein Geräusch hörte.

Sie hätte es fast nicht wahrgenommen, so laut war die Kakophonie aus Regen und Wind und dem Wasser, das durch die dunklen Kanäle rauschte. Sturzbäche hatten den Abwasserstrom anschwellen lassen und viele der Tunnel unbegehbar gemacht. Tosendes Wasser peitschte um ihre Füße, spritzte gegen ihre gewachsten Stiefel, gurgelnd und schäumend, während es Zweige, Blätter, ertrunkene Ratten und Katzen mit sich führte.

Laras Augen waren scharf und wachsam, und sie waren in ständiger Bewegung, beobachteten das Wasser, das im Licht der Drachenatemlaterne vorbeifloss, die Lara um den Hals trug. Ihr verschwommenes Spiegelbild starrte sie von der rauen Oberfläche aus an: dreizehn Jahre alt, dunkle Haut und äußerst konzentriert. Sie hoffte, Dinge im Wasser zu erspähen: Münzen oder verlorenen Schmuck.

Aber es war kein Schatz, der ihre Aufmerksamkeit erregte. Es waren die Geräusche einer Auseinandersetzung.

Lara löschte sofort ihre Lampe. Beklemmende Dunkelheit umhüllte sie. Ein Neuling in diesen Tunneln wäre sofort verloren gewesen. Desorientiert. Panisch. Nicht Lara. Lara atmete tief durch und blieb ruhig. Sie kannte jede Abzweigung, jede Ecke und jede Neigung der Kanalisation auf dieselbe natürliche Weise, wie ein Kind den Rhythmus eines Kinderlieds kennt.

Während sie sich langsam vorwärtsbewegte, folgte sie den Stimmen. Der Klang ihrer Schritte wurde vom Wasser geschluckt. Nach einer Biegung des Tunnels erreichte Lara eine Abzweigung, wo mehrere Kanäle aufeinandertrafen. Licht schien aus einem angrenzenden Tunnel und Lara verlangsamte ihr Tempo, kauerte sich neben die glatte, kalte Mauer. Sie spähte um die Ecke, angetrieben von kribbelnder Neugier.

Sie waren zu fünft. Fünf Jungs. Jeder von ihnen trug Tosherkleidung: einen wachsbeschichteten Mantel, Schuhe und Handschuhe, eine Drachenatemlampe um den Hals. Vier der Jungs waren groß, fast schon Männer, aber der fünfte … der fünfte war jünger und viel kleiner. Die vier größeren Jungs hatten eine Art Kreis um den kleineren gebildet. Lara kannte ihn sehr gut, denn sie hatte ihm die Kunst des Toshens selbst beigebracht. Sein Name war Joe Littlefoot und er schaute die anderen abwechselnd mit angsterfüllten grünen Augen an.

»Das gehört mir!« Seine Hand lag schützend auf seiner Toshertasche, die er über der Schulter trug. »Ich hab das Zeug ehrlich gefunden. Ich bin nicht mal in eurem Gebiet.«

»Tja, wir haben beschlossen, zu expandieren«, sagte einer der älteren Jungs. Sein Kopf war blass und rasiert, seine Stimme heiser vom häufigen Pfeiferauchen. Vin Cotton hieß er. Lara kannte ihn und seine Gang – und versuchte ihnen stets aus dem Weg zu gehen.

»Ich würde sagen, der Tunnel unter der Milk Street gehört ab jetzt uns. Das heißt, die Beute, die du hier findest, gehört uns.« Er zeigte auf die Tasche.

»Ihr könnt nicht einfach Tunnel für euch beanspruchen!«, antwortete Joe.

»Und wer hält uns davon ab? Du?«

Lara spürte eine Wut in sich aufsteigen, die sie nur schwer kontrollieren konnte. Toshing war vielleicht nicht der edelste Beruf, aber es hatte immer eine Art Ehrenkodex gegeben, eine unausgesprochene Übereinkunft zwischen den Leuten, die ihr Leben dabei riskierten, unter der Welt nach verlorenen Dingen zu suchen. Man brauchte Mut, um ein Tosher zu sein, und man musste clever sein. Lara war der Meinung, dass auf Cotton nichts davon zutraf. Er war ein Feigling, der auf Schwächeren herumhackte.

»Letzte Chance«, sagte er.

Joe schüttelte den Kopf. »Ich brauche alles, was ich finde. Meine Grandma … sie braucht Unterstützung …«

Cotton hob einen Finger, um ihm das Wort abzuschneiden. Dann zog er ein Messer aus seinem Mantel und drückte die Spitze der Klinge gegen Joes Hals. Nicht fest genug, um die Haut zu verletzen, aber fest genug, um Joe zu Tode zu erschrecken. Lara hielt sich eine Hand vor ihren Mund, um nicht zu schreien.

»Ich gebe nicht eine Hexenzunge auf deine Grandma. Wird Zeit, dir ein bisschen Respekt beizubringen, Sonnenschein.« Er nickte den anderen zu. »Nehmt alles, was er hat.«

Sie näherten sich ihm. In Windeseile griff Lara in ihre eigene Toshertasche und zog einen verbogenen Metalllöffel heraus, den sie zuvor in einem Tunnel gefunden hatte. Sie stand auf, holte aus und warf den Löffel so weit sie konnte in die Kanalisation. Er knallte gegen eine Mauer und fiel scheppernd zu Boden. Cotton und seine Bande fuhren herum und hoben ihre Lampen.

»Wer ist da?«

»Lauf, Joe! Lauf!«

Lara trat in den Lampenschein und Joe riss die Augen auf.

Er sprintete los. Seine wachsbeschichteten Stiefel platschten durch das Wasser auf Lara zu. Dann waren sie auf und davon, entlang der sich windenden Gänge. Die stinkende Luft war erfüllt von den Flüchen und Drohungen, die Cotton und seine Bande ausstießen.

»Hexensohn! Packt sie!«

»Ihr seid tot!«

»Lösch dein Licht!«, sagte Lara zu Joe. Er gehorchte sofort, und schon liefen sie fast blind durch die Tunnel, geleitet von Erinnerung und Instinkt.

»Nächster Ausgang?«, fragte Joe.

Lara versuchte, ihren Atem zu kontrollieren, und rief den Verlauf der Kanalisation in ihrem Gedächtnis auf.

»Needle Street!«

Sie rasten weiter zu einer Stelle, wo der Tunnel sich teilte, und nahmen den linken Weg. Vin Cotton und seine Bande waren direkt hinter ihnen, schrien, kamen näher.

Doch sie rannten weiter, keuchend und japsend, bis sich in Laras Kopf eine fürchterliche Erkenntnis breitmachte und sie rutschend anhalten ließ.

»Warum bleibst du stehen?«

»Psst. Fällt dir etwas auf?«

»Ja, dass wir stehen geblieben sind. Komm schon, weiter!«

Lara rührte sich nicht. Die Luft hatte sich verändert. Sie stampfte mit dem Fuß auf.

»Der Abwasserstrom. Wo ist er hin?«

Der strömende Fluss war zu einem Rinnsal geworden.

»Wen kümmert das? Komm schon!«

»Nein, hier stimmt etwas nicht!«

Lara tastete nach der Lampe um ihren Hals und ließ sie aufleuchten. Honigfarbenes Licht drängte die Dunkelheit zurück.

Joe wollte sie anschreien, doch dann hielt er inne und blieb still neben Lara stehen. Die beiden starrten geradeaus in den Tunnel. Ein kurzes Stück vor ihnen waren die Mauern nach innen eingestürzt. Der Weg war komplett von Steinen und Trümmern versperrt.

In der Richtung, aus der sie gekommen waren, stapfte Cotton gerade durch den Abwasserkanal.

Es gab keinen Ausweg.

Ratten

»WAS TUN WIR? Lara?«

Lara sagte nichts, weil sie wirklich keine Antwort wusste. Bevor sie einen klaren Gedanken fassen konnte, schaukelten vier Lampen um die Ecke. Ihr Licht schien nach oben und warf unheimliche Schatten auf die grinsenden Gesichter Cottons und seiner Kumpels, was sie aussehen ließ wie Kobolde. Sie näherten sich wie ein Wolfsrudel. Lara und Joe wichen zurück, bis sie mit dem Rücken an den Trümmern des eingestürzten Tunnels standen.

Cotton kam auf sie zu und hob seine Lampe. »Lara, richtig?«

Lara antwortete nicht. Angst jagte durch ihren Körper, aber sie war fest entschlossen, sich nichts anmerken zu lassen. Nicht vor Cotton. Sie ballte ihre Fäuste so fest, dass ihre Fingernägel fast die Haut ihrer Handfläche durchstachen, und begegnete seinem kalten Blick.

»Hätte nicht gedacht, dass du in unserem Revier rumläufst«, sagte Cotton.

»Keiner dieser Tunnel gehört euch.«

Cotton lächelte. »Ist das so? Tja, ich sehe das ein bisschen anders.« Er hielt inne und nickte zu ihrer Toshertasche. »Ich hab gehört, du sollst eine der besten Tosherinnen der Stadt sein. Was hast du da drin?«

Lara zuckte mit den Schultern. »Nix.«

Cotton setzte ein Haifischlächeln auf. »Gib es her.«

Lara hielt die Tasche fest umklammert. Die Tasche eines Toshers war sein Heiligtum, im Grunde ein Teil des Toshers. Lara würde lieber einen Finger oder sogar einen Arm verlieren, als sie freiwillig herzugeben.

»Wie du willst«, sagte Cotton. Er schaute seine Freunde an und zeigte auf Joe. »Nehmt das Zeug von dem Kleinen.«

Sie waren schnell. Bevor Lara reagieren konnte, schossen sie vor. Ein Fausthieb in den Bauch ließ Joe zusammensacken, während sie ihm seine Tasche entrissen. Innerhalb eines Augenblicks war alles vorbei. Joe lag hustend und stöhnend im versickernden Abwasser.

»Joe!« Lara hockte sich neben ihn und legte ihm eine Hand auf den Rücken. Sie zeigte auf Cotton. »Fass ihn noch ein Mal an und ich … ich …«

Eine Hand packte ihren Arm, zog sie nach oben und Cotton baute sich bedrohlich vor ihr auf. Er wickelte eine Locke ihres schwarzen Haars um seinen Finger und zog erneut sein Messer. Langsam ließ er es Laras Wange entlanggleiten. »Wäre doch ein Jammer, dieses hübsche Gesicht zu entstellen.« Er zögerte, als sein Blick auf Laras Hals fiel. »Hallo. Was haben wir denn da?«

Panik erfasste Laras Herz mit kalten Fingern, als Cotton nach der dünnen Metallkette griff, die sie um den Hals trug. An der Kette, versteckt unter Laras Kleidung, hing ein Holzmedaillon, geformt wie eine Träne. Cotton zog das Medaillon hervor und beäugte es.

»Lass die Finger davon«, sagte Lara.

»Sieht aus wie billiger Ramsch«, sagte Cotton. Sein Atem stank nach Tabak. »Aber vielleicht nehm ich es dir trotzdem weg, um dir eine Lektion zu erteilen.«

Lara konnte nicht mehr. Sie war starr vor Angst, aber gleichzeitig kochte ihr Blut vor Wut. Sie zog ihr Knie ruckartig nach oben.

»Uff!«

Cotton ließ das Messer fallen, bekam aber ihren Arm zu packen und kugelte ihr ihn beinahe aus. Lara fiel nach vorn und prallte mit ihrem Kopf so hart gegen die Steine des Abwasserkanals, dass ihr schummrig wurde. Ihre Drachenatemlampe zerschellte bei dem Sturz und leuchtete nicht mehr. Der Tunnel war erfüllt von rauem Gelächter, und während sie im kalten Rinnsal des Abwassers lag, wusste Lara, dass es diesmal keinen cleveren Trick gab, der sie retten würde, keinen Ausweg.

Der Nebel in ihrem Kopf lichtete sich und im Schein von Cottons Lampe sah sie ihr verängstigtes Spiegelbild im Wasser. Die glatte, dunkle Haut auf ihrer Stirn war schmerzhaft aufgeschürft und ihre großen Augen schimmerten vor Tränen.

Wenn wir Glück haben, dachte sie, *nehmen Cotton und seine Jungs unsere Taschen und hauen ab. Aber wenn sie an uns ein Exempel statuieren wollen, sind wir erledigt.*

In der Dunkelheit bewegte sich etwas, ganz in Laras Nähe.

Eine schwarze Ratte kroch zwischen den heruntergefallenen Steinen und dem Schutt hervor. Sie kam ganz nah an ihr Gesicht. Lara hielt den Atem an, als die Ratte zu ihr kam und sie beschnüffelte. Dabei streiften eine kalte Nase und zuckende Schnurrhaare Laras Haut. Sie blinzelte die Tränen der Wut, des Schmerzes und der Angst weg und starrte in die glänzenden schwarzen Augen der Ratte. Sie erinnerte sich an die alten Toshergeschichten über Ratten, die so wild waren, dass sie unvorsichtige Leute töten konnten, die ihnen in den Tunneln über den Weg liefen.

Ich wünschte, das würde Cotton passieren, dachte sie. *Ich wünschte, du und deine Freunde könnten ihm eine Lektion erteilen.*

Und dann passierte etwas, das Lara die Luft anhalten ließ.

Während Cotton und seine Kumpels über sie lachten, begann das hölzerne Medaillon gegen Laras Brust zu vibrieren. Und zur selben Zeit füllte ein sanftes Flüstern, wie Musik, ihren Kopf, zart und wie aus einer anderen Welt.

Die Ratte setzte sich auf und blickte Lara an. Dabei zuckte ihr Kopf von einer Seite zur anderen. Dann verschwand das Geräusch und das Medaillon hörte auf zu vibrieren. Die Ratte verschwand in der Dunkelheit.

Jemand entriss Lara ihre Tasche. Zwei Paar Hände zogen sie hoch und hielten sie zurück, während Cotton sein Messer nahm und den Schmutz an Laras Kleidung abrieb. Das Licht seiner Lampe glitzerte auf der Klinge, als diese sich Laras Hals näherte …

Dann erstarrte Cotton plötzlich. »Was ist das für ein Geräusch?«

Lara kniff ihre Augen zusammen und lauschte angestrengt. Da war tatsächlich etwas. Ein Geräusch hinter dem entfernten Rauschen. Etwas Vertrautes.

»Ratten! Es sind Ratten, Vin!«

Sie kamen schnell, Dutzende, Hunderte. So viele, dass sich der Boden des Kanals in einen Teppich aus zuckenden Körpern und Schwänzen verwandelte. Die Ratten kümmerten sich nicht um Lara und Joe, sie stürzten sich zielsicher auf Cotton und die anderen, kletterten an ihnen hoch, kratzten und bissen.

Cotton und seine Jungs riefen, schrien, schlugen die Ratten weg, schüttelten sie aus ihren Haaren und lösten sie von ihrer Kleidung. Sie drehten sich um und rannten alle vier weg, sie stolperten über die Ratten, taumelten gegen die Wände der Kanalisation. Lara schaute mit offenem Mund zu, wie sie den Tunnel hinabliefen, bis das Licht ihrer Lampen verschwand und ihre Schreie verstummten.

Als Joe seine Lampe entfachte, streifte etwas Laras Fuß. Eine einzelne Ratte blickte mit zuckenden Schnurrhaaren zu ihr hoch. Lara tastete nach dem Medaillon unter ihrer Kleidung.

Ich hab mir den Kopf gestoßen, dachte sie. *Ich hab mir den Kopf gestoßen und mir eingebildet, mein Medaillon sei zum Leben erwacht. Das ist passiert.*

»Lara?«

»Ja, Joe?«

»Was zum Teufel ist gerade passiert?«

Lara schüttelte den Kopf. Der Abwasserstrom dröhnte in den nahe gelegenen Tunneln. »Ich habe nicht die geringste Ahnung.«

Die Magierin des Königs

IM ZENTRUM der riesigen, weitläufigen Stadt von King's Haven betrat Mrs Hester, die Magierin des Silberkönigs, ihren persönlichen Turm im Palast und begann den Aufstieg zum höchstgelegenen Zimmer. Es war ein langer Weg hinauf. Als sie den Gipfel der Treppe erreicht hatte, war ihr Atmen nur noch ein keuchendes Rasseln. Sie wartete vor der schweren Tür, um sich zu sammeln, vornübergebeugt und versteckt unter einem weißen Tuch. Sie war froh, dass ihre Lunge schon bald wieder jung sein würde.

»Bitte entschuldige, dass ich dich habe warten lassen«, sagte sie, als sie die Kammer betrat, nahm einen schweren, alten Schlüssel und verschloss die Tür. »Leider ist das Leben als Magierin des Königs äußerst hektisch.«

Der quadratische Raum bestand ausschließlich aus nacktem Stein: kein Teppich auf dem Boden, keine Gemälde oder Tapeten an den Wänden. In der Mitte befand sich lediglich ein einzelner Holzstuhl, mit Riemen für die Arme, die Fußgelenke und die Hüfte; die Art von Stuhl, um eine Person festzuhalten, die um jeden Preis fliehen möchte. Vor dem

Stuhl stand ein hoher, dünner Gegenstand, von einem Seidentuch bedeckt.

Mrs Hester blickte auf die Person, die auf dem Stuhl festgebunden war.

»So wunderschön«, sagte sie, streckte ihren Arm aus und fuhr mit einem knorrigen alten Finger das Kinn der jungen Frau entlang. Die Frau zitterte und versuchte, ihren Kopf wegzuziehen. Ein Lappen war um ihren Mund gebunden, sodass sie nicht sprechen konnte, aber sie stieß ängstliche, dumpfe Schreie aus und ihre Augen waren flehend geweitet.

»Still«, sagte Mrs Hester und streichelte ihr übers Haar. »Ich werde dir nicht wehtun.« Sie blieb neben dem Stuhl stehen, und die junge Frau starrte zu ihr herauf, als wollte sie durch die Stoffschichten sehen, die Mrs Hesters Kopf und Gesicht verdeckten.

»Du willst wissen, warum ich mich verstecke?«, fragte Mrs Hester. »In Ordnung, meine Süße. Aber ich warne dich, das ist kein schöner Anblick.«

Mrs Hester griff an ihren Kopf und zog das Umhängetuch weg.

Als die junge Frau sah, was darunter versteckt lag, quollen ihre Augen fast aus ihren Höhlen, und die Geräusche, die durch ihren Knebel drangen, wurden höher und verzweifelter.

Mrs Hesters Gesicht war ein Gräuel, eine Maske aus Alter, Zeit und Verwesung. Es wirkte, als wären ihre Gesichtszüge aus Wachs, das geschmolzen war und langsam herunterlief und -tropfte. Ihre Augen, tief in ihren Höhlen, waren von einer hautartigen Schicht bedeckt. Ihre Nase war eingesunken und geschrumpft und endete in einer abscheulichen Spitze.

Ihr Mund war ein flaches, dunkles Loch ohne Feuchtigkeit. Von ihrem Hals hingen albtraumhafte, hauchdünne Hautfalten und aus ihren durchhängenden Wangen sprossen silberne Härchen. Ihre bleiche Kopfhaut war nur an wenigen Stellen von weißem Haar bedeckt.

Mrs Hester schlurfte zu dem hohen Gegenstand vor dem Stuhl und entfernte die Seide. Zum Vorschein kam ein Ankleidespiegel mit hölzernem Rahmen, in den die Formen vieler verschiedener Vögel geschnitzt worden waren: Krähen, Spatzen und Eulen; Amseln, Sterlinge und Adler. Der Spiegel war doppelseitig, sodass die junge Frau auf dem Stuhl ihr Spiegelbild sehen konnte und Mrs Hester auf der anderen Seite sich selbst erblickte.

»Meine Güte, ich schaue aber auch aus, oder?« Sie schüttelte den Kopf, wobei die schlaffe Haut an ihrem Hals hin und her schwang. »Aber das passiert eben, weißt du, wenn man so alt ist, wenn man schon so lange hier ist wie ich.« Sie berührte ihre wächsernen Gesichtszüge mit krummen Fingern. »Und der Zauber ist unvorhersehbar. Ich kann nie sicher sagen, wann er verschwindet. Es ist diesmal sehr schnell passiert. Das ist der Grund, wieso du hier bist, meine Süße. Um das wieder in Ordnung zu bringen.«

Sie blickte die junge Frau um den Spiegel herum an. »Ich hab dir schon gesagt, dass es nicht wehtun wird, meine Süße. Du tust deinem Land einen großen Gefallen. Du solltest sehr stolz auf dich sein.«

Mrs Hester griff in ihre weiße Robe und zog zunächst ihren Zauberstab und dann ein kleines Fläschchen hervor, das mit ein paar Tropfen einer schwarzen, tintenartigen Flüssigkeit gefüllt war. Sie ging ein paar Schritte, bis sie hinter dem Stuhl stand und sagte: »Nur noch eins, meine Süße. Dann können wir anfangen.« Sie beugte sich herunter und rupfte eins der kastanienbraunen Haare der jungen Frau aus, dann zog sie den Stopfen aus der Flasche und steckte mit zitternden Händen das Haar hinein. Als sie die Flasche wieder verschloss, begann der Zauber zu funkeln und zu zischen und nahm den glitzernden Silberton einer Perle an. »Na also.«

Mrs Hester kehrte auf ihren Platz auf der anderen Seite des Spiegels zurück und lud den Zauber in eine der Kammern ihres Stabs. Sie streckte ihren Arm aus und berührte den Spiegel mit der Spitze des Zauberstabs. Der Zauber leuchtete grell auf.

Auf der anderen Seite des Spiegels drehten die in den Rahmen geschnitzten Vögel allesamt ihre Köpfe zu der jungen Frau. Diese starrte sie mit weit aufgerissenen Augen an und fürchtete, sie würden auf sie losgehen. Aber das geschah nicht.

Stattdessen fiel der Blick der jungen Frau auf ihr eigenes Spiegelbild. Zunächst dachte sie, ihre Augen spielten ihr vor lauter Angst einen Streich. Aber dann blickte sie genauer hin, und sie konnte mit wachsendem Schrecken sehen, dass es wirklich passierte. Ihr Spiegelbild veränderte sich.

Es begann damit, dass sich um ihre Augen und um ihren Mund Falten bildeten, die sich zunehmend vertieften. Als Nächstes wurde ihr Haar dünner und verlor seine Farbe, bis es nur noch blassgrau war. Auch wenn ein Knebel ihren Mund verschloss, konnte sie doch fühlen, wie ihre Zähne verfaulten und ihr Zahnfleisch vertrocknete. Ihre Schultern sackten herunter, ihre Hände waren auf einmal faltig, ihre Finger krumm. Die Farbe ihrer Augen verschwand und ihre Haut wurde zu einem losen, gummiartigen Gewand. In weniger als einer Minute war für das Spiegelbild der jungen Frau ein gesamtes Leben vergangen. Als sie auf ihre Hände blickte und sah, dass es wirklich geschah, dass es nicht irgendein Trick war, dass sie nun wirklich eine alte Frau war, entwich ihr ein trockenes, dumpfes Schluchzen. Aber sie war zu schwach, um zu kämpfen, zu erschöpft und gezeichnet vom hohen Alter, um mehr zu machen, als zusammengesunken auf dem Stuhl zu sitzen und ihr neues Spiegelbild anzustarren.

Auf Mrs Hesters Seite des Spiegels passierte das Gegenteil. Ihr zuvor noch vom Verfall des Alterns geprägtes Spiegelbild verjüngte sich. Die Zeiger der Uhr wurden zurückgedreht, als ihre Haut sich glättete, ihre Augen groß und dunkelbraun wurden, ihr Haar geschmeidig und silberblond. Mrs Hester hob eine Hand und betrachtete ihre Finger, die sich streckten, und die Altersflecken, die von ihrer Haut verschwanden, bis ihre Haut seidenglatt war. Als es vollbracht war, war Mrs Hester wieder einmal eine viel jüngere Frau – und ausgesprochen hübsch.

Sie drehte sich nach links und nach rechts, begutachtete ihr Spiegelbild, ein Lächeln auf ihren vollen Lippen. Erst als die kläglichen Schluchzgeräusche von der anderen Seite des Spiegels zu störend wurden, lief sie zum Stuhl.

Eine Minute zuvor hatte dort eine bildhübsche junge Frau gesessen. Nun war das unglückliche Geschöpf gebeugt und uralt, kaum in der Lage, ihren Kopf aufrecht zu halten. Mrs Hester beobachtete sie, blickte auf ihre ledrige Haut und den leeren Mund, in die milchigen Augen und auf die schiefen Gelenke und hatte beinahe Mitleid mit ihr.

Beinahe.

Aber Mrs Hester war wieder jung, und es gab wichtigere Dinge, um die sie sich kümmern musste.

Sie strich der alten Frau durchs Haar.

»Sei still, meine Süße. Ich hab dir gesagt, dass es nicht wehtun würde, oder nicht? Du hast heute eine großartige Sache getan und dieser Gedanke sollte dir in deinen letzten Stunden ein Trost sein.«

Die alte Dame versuchte, etwas zu sagen, aber Mrs Hester war schon zur Tür hinaus.

Der Untergangszauber

IN EINEM ABGELEGENEN TEIL des Palasts saß König August Nachtigall, der höchste Herrscher des Silberkönigreichs, an einem gewaltigen Tisch in einem gewaltigen Raum und schrieb eine Nachricht. Man hörte nur das Kratzen der Schreibfeder auf Zauberpapier und das Knacken und Krachen des Kaminfeuers. Als der König zufrieden war, legte er die Feder nieder. Der Stuhl knarzte unter seinem enormen Gewicht, als er sich zurücklehnte und zusah, wie das Zauberpapier sich selbst faltete, bis es ein eckiger Papiervogel wurde. Der Vogel hüpfte auf dem Tisch hin und her, breitete seine Flügel aus und segelte durch den Raum, als der König eines der hohen Fenster öffnete. Der Papiervogel schwebte durch das offene Fenster, und der König schaute ihm dabei zu, wie er hinaus über die Stadt flog. Die Tür zu dem Zimmer öffnete sich, und der König wusste sofort, dass Mrs Hester zu ihm gekommen war. Sie war die einzige Person, die sich traute, seine Räumlichkeiten zu betreten, ohne zuerst zu klopfen. Er drehte sich zu ihr um.

»Ich sehe, Sie haben sich selbst wieder in Ordnung gebracht.«

Mrs Hester mahlte Unter- und Oberkiefer aufeinander, als müsste sie eine Verspannung loswerden. »Ja, Eure Majestät. Es dauert immer eine Weile, sich an eine neue Haut zu gewöhnen. Ihr habt nach mir verlangt?«

Der König nickte und Mrs Hester fiel der besorgte Ausdruck in seinen Augen auf.

»Sind noch mehr Weiße Magierinnen mit den Hexen weggelaufen, Eure Majestät?«

Die Wut des Königs kochte über. Er knallte das Fenster derart heftig zu, dass die Glasscheiben wackelten. »Ich kann das nicht akzeptieren!«

Diese verdammten Hexen. Ein Funke des Zorns flammte in Mrs Hesters Brust auf, aber sie löschte ihn und blieb ruhig. Das Letzte, was sie wollte, war, den König wissen zu lassen, dass ihre Kraft nachließ.

Vor dem Kamin stand ein tiefer Armsessel aus Leder. Sie setzte sich und spielte mit einer Haarsträhne. Es fühlte sich gut an, wieder volles Haar zu haben.

»Es ist beunruhigend, das gebe ich zu.«

»Beunruhigend? Ihre eigenen Leute wenden sich gegen Sie, und das ist alles, was Sie zu sagen haben?«

Mrs Hester drückte die Spitzen ihrer Finger gegeneinander.

»Was möchtet Ihr von mir hören?«

Das Gesicht des Königs verdunkelte sich. »Ich würde gern hören, dass es nicht noch mal vorkommen wird.«

»Wenn ich das sagen würde, müsste ich lügen. Aber ich arbeite an etwas. Und ich bin schon nah dran, eine Lösung zu finden. Es stimmt. Die Hexen aus Westerly Haven haben einer kleinen Anzahl unserer Weißen Magier geholfen, zu fliehen. Aber wir müssen bedenken, dass das Einzelfälle sind. Ohne Seelen können meine Weißen Magier Gefühle wie Liebe oder den Drang nach Freiheit gar nicht zulassen. Deshalb wollen die meisten von ihnen nicht fliehen, versteht Ihr? Sie sind dafür geboren, zu dienen, genau wie ihre Eltern und deren Eltern vor ihnen. Sie dienen Euch, es ist ein Teil von ihnen. Aber eine Seele zu entfernen, ist eine komplizierte Angelegenheit, Eure Majestät – und möglicherweise habe ich im Laufe der Zeit Fehler gemacht, vielleicht ein bisschen von der Seele in ihren Körpern gelassen. Das hat diesen Wunsch, zu fliehen, in einer klitzekleinen Handvoll Magier geweckt. Aber ich kann mir nicht vorstellen, dass es viele sind.«

Doch glaubte sie das wirklich? Wann hatte die Sache begonnen, ihr zu entgleiten? Wie viele Fehler hatte sie gemacht?

Der Silberkönig lachte höhnisch. »Was, wenn eine ganze Armee von ihnen plant, zu fliehen, und darauf wartet, dass die Hexen kommen und ihnen helfen? Jede Revolution beginnt mit einem Flüstern, Mrs Hester. Was, wenn das Flüstern Ihrer Magier ein Geschrei wird, das wir nicht zum Schweigen bringen können?«

»Eure Majestät. Dieses Problem kann und wird gelöst werden. Aber es braucht Zeit.«

»Erledigt es einfach!«, sagte der König und ließ seine speckige Faust schwungvoll auf den Tisch sausen. Er war fünfunddreißig Jahre alt, immer noch ein recht junger Mann, und in Momenten wie diesen, wenn er zornig oder besorgt war, erinnerte er oft an ein übergroßes Kleinkind. Er war verwöhnt, selbstsüchtig und hatte kein Interesse an seinen beiden jungen Söhnen, die er weggeschickt hatte, um in einer

Burg im Süden mit ihrer Mutter zu leben, sodass er sich auf die Dinge konzentrieren konnte, die ihm wichtig waren, wie Jagen, Essen und guten Wein trinken. Seine wulstigen Lippen formten ein abschätziges Grinsen.

»Wenn ich meinen Weißen Magiern nicht mehr vertrauen kann, Mrs Hester, wenn sie alle wegrennen und mich verlassen, wozu genau brauche ich dann Sie noch?«

Für einen Augenblick weiteten sich Mrs Hesters Augen.

Wie kannst du es wagen, dachte sie. *Verdammt noch mal. Ohne mich gäbe es vielleicht gar kein Silberkönigreich mehr. Zumindest wäre es nicht so groß, wie es jetzt ist. Und Revolution? Erzähl mir nichts von Revolution, Junge. Ich habe meine eigene Revolution begonnen – und wenn sie funktioniert hätte, wenn ich den Thron in Westerly Haven vor all diesen Jahren bestiegen hätte, wäre die Welt ein ganz anderer Ort. Zum Beispiel müsste ich mich dir gegenüber nicht rechtfertigen, du fetter, schleimiger …*

Mrs Hester sprach natürlich nichts davon aus. Sie hatte viele Silberkönige und Silberköniginnen kommen und gehen sehen, und sie hatte gelernt, wie man das Spiel spielte. Also verbeugte sie sich vor dem König. Ihre falsche Demut wirkte übertrieben.

»Ich hoffe, Eure Majestät, dass ich bald zeigen kann, dass ich Euch nützlich bin.«

Der Silberkönig grunzte, setzte sich hin und widmete sich wieder seiner Schreibfeder.

Fünf Minuten später knallte Mrs Hester die Tür ihrer eigenen Kammer mit so einer Kraft zu, dass die Flaschen in ihren Regalen gegeneinanderstießen und klirrten. Von einem dieser

Regale hob sie vorsichtig eine alte Tonurne, deren Verzierungen dem Zahn der Zeit zum Opfer gefallen waren. Mrs Hester hob den Deckel an und aktivierte damit den alten Beschwörungszauber, der einen Dschinn an die Urne bannt.

Ein tintenartiger Luftwirbel erschien in der Mitte des Raums. Als er verschwand, stand Schattenjack vor ihr. In seiner Hand hielt er ein Messer. Die Klinge war nass von frischem Blut.

Mrs Hester blickte auf die Klinge und das Blut und zog eine Augenbrauche hoch.

»Hab ich dich bei etwas gestört?«

»Das kann warten, Gebieterin«, sagte Schattenjack und steckte das Messer weg. »Sie haben ein neues Gesicht.«

»Das stimmt.«

»Es sieht besorgt aus.«

»Nein, es ist nur ungeduldig.« Sie runzelte die Stirn. »Wie lange noch, bis wir den Zauber haben? Du hast mir versprochen, dass wir nah dran sind. Weitere Weiße Magier sind entkommen und der König verliert seine Geduld. Ich muss diese Hexen ein für alle Mal zerquetschen.«

»Nur noch ein Tag oder zwei. Jenny Winter ist tot. Der Hexenzirkel existiert nicht mehr.«

»Worauf wartest du dann? Wo ist der Zauber?«

»Es gab ein kleines … Problem. Der Untergangszauber ist in der Kanalisation. Aber keine Sorge. Ich habe schon viele der Tunnel durchsucht, ich komme der Sache also näher. Bald wird er Ihnen gehören.«

»Und wenn jemand anders ihn vor dir findet?«

»Die einzigen Leute da unten sind Tosher und Banditen. Wenn einer davon den Zauber findet, werden sie keine Ahnung haben, was sie in den Händen halten. Sie werden versuchen, ihn zu verkaufen. Und jeder Händler und Hehler in der Stadt hält für mich die Augen offen. Egal wie, er wird bald uns gehören.«

Mrs Hester kaute auf ihrer Unterlippe herum. Die leicht gesprenkelten Sommersprossen auf ihrer glatten Stirn kräuselten sich. »Ich kann es fast schmecken. Ich bin so nah dran.«

Schattenjack neigte den Kopf zur Seite. »Sind Sie sicher, dass Sie das tun wollen, meine Gebieterin? Sie wirken ein wenig besorgt.«

Mrs Hester starrte ihn zornig an. »Ich stehe im Begriff, ewige Dunkelheit auf die Welt loszulassen, und das Einzige, was sie danach kontrollieren kann, ist ein Zauber, den du für mich finden wolltest. Bislang hast du dein Versprechen aber nicht gehalten. Wenn hier also jemand besorgt sein sollte, dann du. Denn wenn du mir diesen Zauber nicht besorgst, geht es für dich zurück in die Urne. Oder hast du vergessen, wer hier das Sagen hat?«

»Nein, meine Gebieterin.«

»Gut. Diese Hexen in Westerly Haven haben sich lange genug über mich lustig gemacht. Sie müssen weg, damit der Mutterbaum nur mir allein gehört.« Sie strich sich durchs Haar. »Zeig es mir noch mal.«

Schattenjack rollte mit den Augen. Das wirkte alles so *unbedeutend*. Er war ein Dschinn, geschaffen von uralten Göttern, geschmiedet aus Feuer und Schatten während eines Kriegs, der das Universum als qualmende Ruine hinterlassen hatte. Es war ein Krieg zwischen zwei Fraktionen der Götter: Licht und Dunkel, und ihre Armeen bestanden aus Staub, Feuer und Stein. Schattenjack hatte auf der Seite der Göttin des Lichts gestanden, aber der Krieg zog sich schon lange hin, und er wollte ihn zu einem Ende bringen, also hatte er seine Gebieterin betrogen und die Dunkelheit gewählt. Als der Krieg endete, fand sich Jack auf der Verliererseite wieder, und als die Götter in eine andere Dimension verschwanden, blieb Jack zurück. In einer Urne, als Strafe für seinen großen Verrat. Er war so alt wie diese Welt, und es gab nur zwei Dinge, die so uralt waren wie er.

Eins war der große Mutterbaum von Westerly Haven. Es hieß, dass die Letzte der Götter, Mutter Erde, beim Verlassen dieser Dimension geweint habe. Ihre Tränen füllten die Ozeane und aus dem Wasser spross der Mutterbaum, dessen verzauberte Blüten die Luft elektrisierten – die Quelle aller Magie.

Und das andere …

Eine lebendige Waffe, übrig geblieben aus dem Krieg der Götter. Eine hasserfüllte, hungrige Dunkelheit.

Jack schnipste mit den Fingern. Mrs Hesters Kammer löste sich auf, und sie standen in einer Vision, die äußerst echt wirkte, am Ufer eines großen schwarzen Sees unter einem Himmel, der von Sternen hell erleuchtet war. In der Mitte des Sees ragte eine kleine Felseninsel empor. Mrs Hester starrte zur Insel hinüber, schaute hinab auf ihre Hände und sah, dass sie zitterten. Es war dort, auf dieser Insel, eine Dunkelheit so alt wie Schattenjack. Sie konnte fühlen, wie sie blubberte, wie sie sich unter der Erde wand, gefangen, verhungernd, wütend … die Immernacht.

Schattenjack schnipste erneut mit den Fingern, und sie waren zurück in Mrs Hesters Realität, in einem von Lampen erleuchteten Raum.

»Hol diesen Zauber«, befahl sie ihm, während sie ihre Hände verschränkte, um zu verbergen, wie sehr sie immer noch zitterten. »Ich habe lang genug gewartet.«

Ohne zu zögern, verwandelte sich Schattenjack in einen riesigen Raben und flog zum offenen Fenster hinaus. Mrs Hester blickte ihm nach, wie er über den Dächern der Stadt verschwand.

Sie wandte ihre Augen Richtung Westen, und sie dachte an den Mutterbaum und die Stadt von Westerly Haven, die einst ihre Heimat gewesen war. Sie erinnerte sich klar und deutlich an die große Blütezeit des gigantischen Baums in jedem Frühjahr, wenn seine leuchtenden Blüten Magie in die Welt atmeten. Der Geruch süß wie Honig, der Klang glasklar und musikalisch.

Und all das würde bald ihr gehören.

Mithilfe der Immernacht würde sie die Hexen wegwischen wie einen lästigen Fleck. Danach würde sie die Dunkelheit verbannen und als strahlende Retterin gefeiert werden. Jede Blüte, jedes Blütenblatt und jedes kristallene Flüstern reiner Magie würden ihr gehören. Und alles, was sie brauchte, um ihren Plan umzusetzen, war ein uralter Zauber, der im Mechanismus eines Uhrwerkvogels verborgen lag.

Der Untergangszauber.

Regen und Eisen

DER REGEN FIEL NICHT EINFACH NUR, er prasselte vom Himmel, als wollte er die Welt durchlöchern. Trotz des launenhaften Wetters war die Thimble Road gefüllt von Menschengewühl, von Verkäufern, Ständen, Pferden und Wagen, und dem Krach, wenn alle arbeiteten.

»Frisches Obst. Kauft frisches Obst!«

»Hey, dein Pferd hat versucht, mich zu beißen!«

»Geröstete Maronen. Zwei Bronzemünzen die Tüte!«

»Blaukrabben! Herzmuscheln! Austern! Heiße Fischaugensuppe!«

Mitten in der Hektik und dem Wirrwarr hob sich ein Kanaldeckel auf der unebenen Pflasterstraße an und fiel zur Seite. Zwei ungepflegte, von Schmutz überzogene Kinder kletterten aus der Dunkelheit und sorgten bei den Vorübergehenden für hörbares Einatmen und angeregtes Gemurmel.

Lara und Joe schoben den Deckel wieder an seinen Platz und eilten durch die Menge, duckten sich unter Regenschirmen, wichen Pfützen und Pferdeäpfeln aus, bis sie einen Unterschlupf unter dem Vordach eines Kaffeehauses erreichten.

Das herrliche Aroma von geröstetem Kaffee überdeckte den Gestank der Armenviertel, nach Pferden und Kaminrauch und den zahllosen Menschen, die dringend ein Bad und ein Stück Seife gebraucht hätten.

»Hast du jemals so etwas gesehen?« Joe schüttelte das Wasser aus seinen strubbeligen blonden Haaren. »Also, was die Ratten da unten gemacht haben?«

Lara klappte den Kragen ihres Toshermantels hoch, um sich gegen den Regen zu schützen. »Niemals.« Ihre Hände kehrten immer wieder zum Medaillon zurück, um sicherzugehen, dass es sich nicht mehr bewegte. Aber das war albern, oder? Natürlich war es nicht lebendig geworden. Sie hatte Angst gehabt und einen Schlag gegen den Kopf bekommen – ihre Vorstellungskraft hatte den Rest erledigt.

»Ich hab noch nie so viele von denen gesehen«, sagte Joe. »Als ob sie gewusst hätten, dass wir in Schwierigkeiten steckten. Als ob sie uns *geholfen* hätten.«

»Sei nicht albern, Joe. Das waren Ratten. Die haben sogar kleinere Gehirne als du.«

Er zuckte mit den Schultern und schaute zu ihr hoch. Joe war elf Jahre alt, zwei Jahre jünger als Lara, und sehr klein und schmächtig – und da war eine Art stille Bewunderung in seinem Gesichtsausdruck. »Du hast mich gerettet.«

»Werd nicht sentimental. Und jetzt hör mir zu: Geh nicht mehr in die Nähe der Tunnel unter der Milk Street.«

»Bei der Lichtgöttin. Mach dir nicht so viele Sorgen um mich, Lara.«

»Ich mein's ernst. Es ist normalerweise schon gefährlich genug. Ich hab gehört, dass die Wachleute in der Crippleback Street eine Hexe erwischt haben – dabei ging eine ganze

Ladung verbotener Zaubersprüche in den Abfluss. Jetzt läuft diese ganze wilde Hexenmagie durch den Abwasserstrom. Bieg um die falsche Ecke und du könntest als Ferkel enden, oder mit Blumen, die aus deiner Nase wachsen, oder so etwas.« Sie hielt plötzlich inne und kratzte sich am Kopf. »Ich wette, die Ratten, die uns geholfen haben, wurden von einem dieser weggespülten Zaubersprüche kontrolliert!«

Joe zog die Augenbrauen zusammen. »Ergibt Sinn. Die haben in letzter Zeit ganz schön viele Hexen gefangen, oder?«

Lara nickte grimmig. Das war etwas, über das man besser nicht sprach, aber es schien tatsächlich in diesen Tagen mehr Hexen zu geben. Man flüsterte hinter vorgehaltener Hand, dass sogar ein paar von Mrs Hesters Weißen Magiern geflohen waren, weil die Hexen sie verzaubert hatten. Aber wie sollte das möglich sein? Die Weißen Magier wurden von Mrs Hester kontrolliert und hatten keinen eigenen Willen. Sie lebten nur, um dem Silberkönig zu dienen. Ihre Zaubersprüche waren streng reguliert und wurden in großen Fabriken produziert, um die Stärke des Silberkönigreichs zu erhalten: Zauber, die Rüstungen verstärkten oder riesige Feldfrüchte wachsen ließen, um die Armee zu ernähren, oder solche, mit denen die Metallpferde zum Leben erweckt wurden, die die Wagen zogen und Soldaten beförderten, ohne jemals müde zu werden. Die Zaubersprüche der Weißen Magier waren abgezählt und gekennzeichnet und durften niemals in die Hände normaler Bürger fallen, denn sogar die sterilen, fantasielosen Zauber der Weißen Magier konnten in den Händen von nicht magischen Menschen instabil sein und unvorhersehbare Folgen haben.

Und die Hexen … na ja, es gab wohl kaum etwas, vor dem

sich die Leute so fürchteten und das sie so verabscheuten. Hexen und Weiße Magier waren einst, zumindest soweit Lara das verstanden hatte, dieselben gewesen, bis die Weißen Magier sich vor einigen Hundert Jahren abspalteten und über das Meer ins Silberkönigreich zogen. Hexenmagie war genauso fantasievoll und wild, wie die Magie der Weißen Magier farblos und steril wirkte. Hexen waren Geächtete, und wann auch immer eine Hexe gefangen wurde, warf man ihre Zauberfläschchen in die Kanalisation. Die meisten Zauber gelangten so ins Zinnmeer und sanken auf den Meeresboden. Aber manche Flaschen blieben irgendwo hängen oder zersprangen und darin lag die Gefahr für die Tosher.

»Es tut mir leid, dass ich dich in all das hineingezogen habe«, sagte Joe. Er schüttelte den Kopf. »Es war meine Schuld. Ich hätte vorsichtiger sein müssen. Stattdessen bin ich ihnen in die Arme gelaufen.«

»Zur Hölle, Joe, sei nicht so negativ. Wir sind schließlich entkommen. Sei einfach von jetzt an vorsichtig. Wir müssen Cotton und seine Bande nicht zu der Liste von Dingen hinzufügen, die uns töten könnten.«

»Du hast recht, Lara.«

Sie verwuschelte sein Haar, dabei wusste sie genau, dass er das hasste. Seltsam, als er damals zuerst ihre Nähe gesucht hatte, war er nicht mehr als ein Ärgernis für sie gewesen. Wie Schorf auf einer Wunde. Sie hatte versucht, ihn abzuknibbeln und wegzuschnipsen, aber er kehrte immer wieder zurück. Dann hatte sie von seiner armen Grandma erfahren und sie hatte ihm hin und wieder geholfen. Und jetzt waren zwei Jahre vergangen und sie hatte ihn ins Herz geschlossen – so sehr, wie das bei Wundschorf möglich war.

»Ich kann auf mich selbst aufpassen, weißt du?«, sagte er. »Ich hätte denen ein paar verpasst. Die hätten gar nicht gewusst, was sie da trifft.«

Lara kicherte. »Klaro.«

Joe blickte auf die Überreste der zersplitterten Drachenatemlampe in Laras Hand. »Ich kauf dir eine neue. Ich schulde dir was.«

Lara drückte ihren Zeigefinger gegen seine Brust. »Joe Littlefoot, wenn du mir eine neue Lampe kaufst, werde ich so wütend, dass du dir wünschen wirst, zurück in der Kanalisation mit Cotton zu sein!«

»Dann lass mich dir wenigstens einen Teller Suppe spendieren«, sagte Joe und schaute auf seine Stiefel. »Ich hatte zuletzt ziemliches Glück in den Tunneln. Davon hab ich Grünzeug gekauft und ein paar Hühnerknochen, um Brühe zu kochen. Ist richtig lecker geworden.« Er hob eine Augenbraue. »Sind sogar Kartoffeln drin.«

Laras Magen knurrte schon seit Tagen. So knauserig war die Kanalisation noch nie zu ihr gewesen. Sie hatte seit über einer Woche nichts mehr gefunden, das es wert gewesen wäre, es an den alten Hans zu verkaufen, der Toshern Schätze abkaufte, um sie in seinem Laden anzubieten. »Bist du sicher, dass du genug hast?«

»Auf jeden Fall. Grandma würde sich freuen, dich zu sehen.«

Lara lächelte ihn traurig an. Das mochte früher mal wahr gewesen sein. Jetzt nicht mehr. »Okay, los geht's.«

Der Wind nahm zu. Er heulte durch die engen, gewundenen Straßen und riss einer armen Frau den Regenschirm aus der Hand, der wirbelnd durch die Luft flog. Lara und Joe schauten dem wackligen Flug des Schirms zu, bis dieser den Körper eines Eisenherzes traf, eines riesigen Pferds aus Eisen und Uhrwerk, zum Leben erweckt von den Weißen Magiern des Königs. Der Regenschirm landete in einer Pfütze, und die Metallhufe des Eisenherzes stießen darauf herab und zerdrückten und zersplitterten den Schirm, als wäre er aus zerbrechlichem Glas. Das Eisenherz zog einen Wagen voller Fässer. Lara und Joe rannten zur Rückseite des Wagens und sprangen auf, um heimlich mitzufahren.

Teeblätter und Ärger

DEN GESTANK der Mietskaserne konnte man regelrecht fühlen. Er drückte gegen Laras Haut, während sie Joe die Treppe hinauf folgte. Der bloße Fußboden war dreckig und überall um sie herum wurde gestritten und rau gelacht. Babys schrien in überfüllten Wohnungen.

Hoch und immer weiter hoch stiegen sie, bis es keine Treppen mehr gab, nur noch eine klitzekleine Tür in einer schiefen, von Pilzen befallenen Wand. Joe fingerte einen Schlüssel aus seinem Mantel, schloss die Tür auf und bat Lara herein.

Das Dachbodenzimmer war winzig und kahl. Darin standen zwei Betten und ein Herd, und das war es auch schon fast, abgesehen von einem schäbigen Armsessel am verdreckten Fenster. In diesem Sessel saß eine zerbrechlich aussehende alte Dame. Sie schien nicht mitzubekommen, dass Lara und Joe hereingekommen waren. Über ihren Beinen war eine abgetragene, gemusterte Decke ausgebreitet und ihre knochigen Hände lagen in ihrem Schoß.

»Ich mach die Suppe warm«, sagte Joe. »Möchtest du Tee?«

Der Regen hatte sie bis auf die Haut durchnässt und Lara zitterte.

»Ja, bitte.«

Joe hantierte am Herd herum.

»Wie geht's dir, Grandma?«, fragte Lara die zerstreute alte Frau.

Grandma starrte aus dem Fenster, aber sie schien nichts Bestimmtes anzusehen. Als Lara sprach, dauerte es eine Minute oder zwei, bis die Wörter sie erreichten. Dann blickte sie Lara an und lächelte. Für einen Augenblick dachte Lara, sie würde sie wiedererkennen.

»Hallo, meine Liebe. Oha! Du bist aber eine Hübsche. Die wundervolle dunkle Haut und diese leuchtenden Augen. Die Jungs sind bestimmt alle hinter dir her. Gehört das Haus dir?«

Lara schloss ihre Augen für einen langen Augenblick, erfüllt von Enttäuschung. Sie zwang sich zu einem Lächeln. »Nein, Grandma. Das ist deine Wohnung, erinnerst du dich? Du wohnst hier mit Joe.«

Grandma schaute sie verständnislos an, dann leuchteten ihre alten Augen auf. »Ich habe eine Tochter, weißt du? Sie ist ungefähr in deinem Alter. Kennst du sie?«

Lara wusste nicht, was sie sagen sollte. Grandmas Tochter – Joes Mutter – war vor einigen Jahren gestorben, als Joe noch sehr klein gewesen war. Joe blickte vom Herd herüber und zuckte betrübt mit den Schultern. Als der Teekessel zu pfeifen begann, war Lara dankbar für die Ablenkung.

Der Tee war heiß und süß und wärmte ihre frierenden Knochen.

»Erinnert sie sich noch an irgendetwas?«, flüsterte Lara.

Joe nippte an seinem Tee. »Immer weniger. Und sie isst nicht viel …«

Er brach ab, weil die alte Dame sich zu ihnen gedreht hatte und plötzlich wachsam wirkte. Sie zeigte mit einem Finger auf Laras Tasse. »Trink das aus, meine Liebe, und ich lese deine Blätter.«

Vor Jahren, bevor sie vergesslich wurde, war Grandma wohlbekannt in diesem Teil des Armenviertels gewesen – als talentierte Leserin von Teeblättern. Sie hatte viele Ereignisse richtig vorhergesagt, zum Beispiel, ob ein ungeborenes Baby ein Junge oder ein Mädchen werden würde oder wo und wann eine junge Frau ihren zukünftigen Ehemann treffen würde. Sie hatte einmal ein starkes Hochwasser vorhergesagt und dadurch Hunderte Leben im Armenviertel gerettet. Aber die Leute waren argwöhnisch gegenüber Teeblätterlesern, und Grandma hatte gelernt, dass es besser war, ihre Gabe für sich zu behalten.

Lara trank ihren Tee aus und ließ nur einen Tropfen am Boden. Sie gab die Tasse Grandma, die sie in beide Hände nahm, die letzten Tropfen hin und her schwappen ließ und in die verbleibenden Teeblätter starrte. Sie bewegte dabei ihre Zunge im Mund hin und her.

»Du wirst weggehen. Aus King's Haven. Aus dem Silberkönigreich.«

Lara runzelte die Stirn. »Weggehen? Nein, Grandma, das kann nicht …«

Grandma hob einen Finger, aber sie wandte ihren Blick nicht von der Tasse ab. »Ich sage dir nur, was die Blätter erzählen, meine Liebe. Nun, was noch … Ja! Oh – ich sehe dich fliegen.«

»Fliegen?« Lara sah Joe zweifelnd an.

»Auf lodernden Flügeln, meine Liebe. Flügel in der Farbe der Sonne.« Sie wurde immer munterer, ließ die Blätter in der Tasse hin und her schwappen. »Das Medaillon. Hast du das Medaillon noch?«

Lara wurde schlagartig heiß vor Überraschung. Sie hatte nie jemandem von dem Medaillon erzählt. Nicht, seit sie als kleines Kind aus dem Waisenhaus weggelaufen war. »Woher weißt du davon?«

»Nicht ich, meine Liebe. Die Blätter. Also: das Medaillon. Hast du es noch?«

Lara nickte. Sie war besorgt und fühlte sich unwohl. Sie wurde das unbestimmte Gefühl nicht los, dass etwas Schlimmes bevorstand.

»Gut«, sagte Grandma. »Das ist sehr wichtig, jawohl. Trag es bei dir. Pass darauf auf. Höre darauf!«

Sie wurde immer erregter, setzte sich auf dem Stuhl zurecht und wollte aufstehen. Joe legte sanft seine Hand auf ihren dünnen Arm.

»Grandma. Du musst dich beruhigen. Bleib einfach sitzen, in Ordnung? Entspann dich.«

Sie wehrte seine Hand ab, blickte wieder in die Tasse und ihr Blick verdunkelte sich. Sie ließ die Tasse fallen, als ob sie ihr Schmerz zugefügt hätte. Die Tasse zersprang auf dem Boden.

»Oh. Oh, es tut mir leid. Was bin ich nur für ein alter Tollpatsch.«

»Kein Problem, Grandma. Das war nur ein Versehen.«

Joe holte einen Besen.

»Geht's dir gut, Grandma?« Lara streichelte das Handgelenk der alten Frau. Ihr Puls raste. Grandma starrte in Laras dunkle Augen und sagte langsam und überlegt: »Sie wird sie freisetzen. Oh Himmel, sie wird es tun!«

»Wer, Grandma? Wer wird *was* freisetzen?«

»Die Frau! Die Frau mit dem falschen Gesicht … Sie wird die Immernacht freisetzen.«

Immernacht. Das Wort schickte Laras Gedanken schlagartig zurück in die Zeit, als sie noch sehr jung war, zurück ins Waisenhaus zu den Geschichten, die die älteren Kinder im Dunkeln erzählten.

Ohne Vorwarnung umklammerte Grandma plötzlich Laras Handgelenk. »Sie werden nach dir suchen, Mädchen. Die Frau mit dem falschen Gesicht und der Mann ohne Schatten!«

Laras Herz raste, aber nun hatte sich ein abwesendes Lächeln in Grandmas Gesichtszügen ausgebreitet und sie starrte weiter aus dem Fenster. Das Prasseln des Regens gegen die Fensterscheibe erschien Lara ohrenbetäubend. Der Blick der alten Dame wanderte vom Fenster zu Lara, und ihr Gesichtsausdruck zeigte Überraschung, als sähe sie Lara zum ersten Mal. »Oh, hallo, meine Liebe. Ist das dein Haus?«

Laras Finger berührten das Medaillon durch ihr Oberteil. »Nein, Grandma«, sagte sie. »Nein, ist es nicht.«

Zu Hause

ES LEBTEN SO VIELE MENSCHEN in den Armenvierteln von King's Haven, dass Lara manchmal an die Kisten voller Krabben denken musste – alles krabbelte durcheinander und kämpfte vor sich hin. Viele schlugen sich in den Armenhäusern durch, schufteten hart für eine Schüssel Brei am Abend und ein Bett im überfüllten Schlafsaal. Glückliche wie Joe und seine Grandma wohnten in verfallenen Mietshäusern, ganze Familien zusammengepfercht in kleinen, von Schimmel befallenen Zimmern.

Nicht Lara.

Sie hatte schon einen Teil ihrer Kindheit viel zu eng mit anderen zusammengelebt, Schlafsäle und Klassenzimmer geteilt. Als sie weggerannt war, hatte sie sich geschworen, etwas Besseres zu finden.

Und sie hatte dieses Versprechen gehalten, genau wie das Versprechen, die beste Tosherin der Stadt zu werden und sich nie auf jemand anderen zu verlassen. Denn wenn man den Menschen nicht die Gelegenheit gab, konnten sie einen auch nicht enttäuschen.

Das Aurelianische Opernhaus befand sich in der Nähe des Stadtkerns, fernab der Armenviertel am Ufer des großen Flusses Anchor. Es war ein Gebäude wie eine riesige Schmuckschatulle und nur richtig feine Pinkel konnten sich den Eintritt leisten. Der Silberkönig höchstpersönlich besaß dort eine private Loge, umgeben von rotem Samt und Gold, vom Geruch nach Karamell und von glatt poliertem Mahagoniholz. Über dem hoch aufragenden Opernhaus gab es einen uralten Dachboden. Er war gefüllt mit unzähligen Schmuckstücken, Verkleidungen und Bühnenbildern von den Aufführungen unzähliger Jahre. Er war so alt, und das Opernhaus war so oft ausgebaut und erweitert worden, dass der Dachboden in Vergessenheit geraten war. Der Wust aus Bühnenbildern – Galeonen, Burgmauern und gemalte Hügellandschaften – sammelte also Staub. Es war ein verlorenes, weitläufiges Museum.

Lara hatte den Dachboden vor Jahren entdeckt und entschieden, dass er perfekt passte. Ihr Bett war ein Holzschlitten. Sie hatte es sich mit Laken und Decken gemütlich gemacht. In dieser Nacht lag sie zwischen den warmen Decken und hielt ihr Medaillon im Schein einer einsamen Drachenatemlampe hoch. Sie fuhr mit einem Finger über die Gravuren auf der polierten Hülle. Auf einer Seite ein einfacher Vogel im Flug. Auf der anderen wie in Eile eingeritzte Buchstaben, die einen Namen bildeten. Larabelle Fox.

»Das ist sehr wichtig, jawohl«, hatte Grandma gesagt. »Höre darauf!«

Höre darauf. Was soll das heißen? Es ist ein hexendummes Stück Holz.

Sie drehte das Medaillon zwischen den Fingern, es fühlte

sich vertraut an. Erinnerungsfetzen kamen ihr in den Sinn: der Geruch nach Desinfektionsmittel in Miss Wratchets Haus der verlorenen Seelen. Die kalte Dunkelheit des Schlafsaals und das Echo des Flüsterns der älteren Kinder, die Geschichten erzählten … unheimliche Geschichten von einer Nacht ohne Ende und den Furcht einflößenden wilden Monstern, die sie mit sich brachte. Die Immernacht und das Bemalte Volk.

Die Gedanken ließen sie frösteln und sie umklammerte das Holzmedaillon. Es war die einzige Verbindung auf der ganzen Welt zu dem Leben, das sie einst gelebt hatte. Ein Leben, das ihr gestohlen worden war in der Nacht, in der sie aus den Trümmern des schrecklichen Unglücks auf der Crippleback Street geborgen wurde: eine winzige, wundersame Überlebende.

Als sie aus dem Waisenhaus weggelaufen war, hatte Lara versucht, etwas darüber herauszufinden. Sie war in die Gegend gegangen, in der sie gelebt hatte, zurück in die Crippleback Street. Die Menschen dort – zumindest diejenigen, die nicht betrunken waren – wirkten ziemlich freundlich und hatten keine Schwierigkeiten, sich an die Nacht des Vorfalls zu erinnern.

»Eine riesengroße Explosion hat eins der Mietshäuser zerfetzt«, hatte eine zahnlose alte Frau Lara erzählt. »Ging durch die Mauern wie durch Butter. Und niemand weiß, wodurch es verursacht wurde.«

Wenn Lara allerdings auf ihre Eltern zu sprechen kam, konnte sich weder die alte Frau noch sonst jemand, den sie fragte, an irgendetwas erinnern. Es war, als hätte Laras Familie aus Geistern bestanden.

Nun zwängte Lara ihre Fingernägel in die winzige Lücke zwischen den beiden Hälften des Medaillons und versuchte vergeblich, es zu öffnen. Was, wenn darin Bilder ihrer Eltern waren? Menschen hoben Bilder in Medaillons auf, oder etwa nicht? Sie fragte sich, ob sie aussah wie ihre Mutter oder ihr Vater. Waren sie beide dunkelhäutig gewesen? Waren die Haare ihrer Mama in schwarzen Locken in alle Richtungen gewachsen wie ihre? Manchmal stellte sie sich vor, sie würden noch leben. Sie schloss ihre Augen, konzentrierte sich und konnte beinahe fühlen, wie sie sie umarmten. Aber aus diesen Vorstellungen in die Realität zurückzukehren, war so schmerzhaft, dass sie es schon länger nicht mehr versucht hatte.

Das Medaillon ließ sich keinen Millimeter weit öffnen, wie immer. Laras Fingernagel bog sich nach hinten, sie fluchte und warf das Medaillon quer über den Dachboden. Es verschwand klackernd zwischen den herumliegenden Sachen.

Panik schnürte Laras Brust zu.

Sie stolperte durch den Raum und stieß Dinge aus dem Weg, Holzstücke und Seile, Kisten und Kartons. Ihr Herz gefror bei der Vorstellung, das Medaillon könnte weg sein. Ah, aber da lag es, in einem Nest aus Lumpen! Lara griff danach und drückte es an ihre Brust.

»Es tut mir leid«, sagte sie. »Das tue ich nie wieder.«

Müdigkeit überkam sie, und sie schlüpfte zurück unter die Decken und überließ sich dem Schlaf, das Medaillon fest an sich gedrückt.

Der Weiße Magier

DOPPELACHTS HERZ klopfte wild, als er sich in der stillen Dunkelheit des Schlafsaals aus dem Bett schlich. Der Raum war lang und schmal, und auf beiden Seiten standen fünfundzwanzig identische Metallbetten – insgesamt fünfzig Stück –, und in neunundvierzig davon schlummerten Weiße Magier.

Doppelacht blickte sich um, so gut es ging. Das einzige Licht kam von dem hohen, gebogenen Fenster am Ende des Saals. Die Stille wurde durchbrochen vom Trommelschlag seines Pulses und dem sanften Schnarchen der schlafenden Weißen Magier.

Nur in ein einfaches weißes Nachthemd gehüllt, schob sich Doppelacht durch den Schlafsaal, während er sich nervös umblickte. Er zweifelte nicht daran, dass die anderen ihn melden würden, wenn sie ihn außerhalb seines Betts sahen – und die Strafe wäre grausam. Noch schlimmer, falls jemand herausfand, *warum* er nicht im Bett war. Dann müsste er sich Mrs Hester gegenüber verantworten – und jeder wusste, was sie mit Verrätern anstellte.

Die Dinge veränderten sich. Doppelacht spürte es in seinen Knochen. In letzter Zeit hatte es Gerüchte über erfolgreiche Fluchtversuche gegeben. Es wurde gemunkelt, dass die Hexen aus Westerly Haven nun eine Möglichkeit gefunden hatten, Weiße Magier aus der Sklaverei zu befreien. Je mehr Gerüchte ihm zu Ohren kamen, desto stärker wuchs Doppelachts Drang, auf die Stimme in seinem Inneren zu hören, die immer da gewesen war, die als kleiner Setzling in seinen Gedanken begonnen hatte und dann gewachsen und erblüht war, bis er das Gefühl hatte, sie nicht mehr in sich halten zu können.

Die Stimme sagte Doppelacht, dass es im Leben mehr gab als Knechtschaft.

Und dann, vor ungefähr einem Mond, hatte es den seltsamen Vorfall mit dem Bettler gegeben.

Doppelacht war wie ein Fleck im Strom der Weißen Magier durch die Straßen getrottet, auf dem Weg in die Zauberfabriken für einen weiteren Arbeitstag in der Hitze der Kessel, bis ihn etwas vor ihm auf der Straße aufgeschreckt hatte. Als er näher kam, sah er, dass ein alter, verkrüppelter Mann – ein Bettler – auf den nassen Pflastersteinen ausgerutscht war und nicht mehr hochkam. Er stöhnte und bat um Hilfe, doch die Weißen Magier ignorierten ihn, liefen um ihn herum und stiegen über ihn, als ob er nicht existierte. Doppelacht konnte den alten Mann nicht einfach dort liegen lassen, wo er zertrampelt werden würde, also half er ihm hoch und reichte ihm seine Krücke.

»Oh, die Lichtgöttin segne dich!«, rief der Bettler, als Doppelacht ihm zu einem Mauerabsatz half, wo er sich erholen konnte. »Sie segne die Weißen Magier, Sie segne den König!« Doppelacht wollte sich abwenden, doch der alte Mann griff mit erstaunlicher Kraft nach seiner Hand. Seine Augen leuchteten plötzlich hellwach. »Möchtest du frei sein?«

Doppelacht war sprachlos angesichts dieses plötzlichen Ausbruchs, aber der Bettler lächelte.

»Deine Augen verraten dich«, sagte er. »Da ist Menschlichkeit in ihnen. Leben. Hester hat nicht deine ganze Seele bekommen, Junge – sie hat ein kleines bisschen drin gelassen. Du willst doch Freiheit, oder nicht?«

Doppelacht warf einen Blick zurück auf die freudlosen, versteinerten Gesichter der anderen Weißen Magier. »Mehr als alles andere.«

Der Bettler umklammerte immer noch fest seine Hand. »Wir melden uns«, sagte er. Der Mann wirbelte Doppelacht herum und schob ihn zurück zu den Magiern. Als Doppelacht über die Schulter blickte, war der Bettler verschwunden.

Der erste Papiervogel war ein paar Tage später tief in der Nacht gekommen und hatte sich in Rauch aufgelöst, sobald er die Nachricht gelesen hatte.

Du bist nicht allein, Doppelacht. Wir beobachten dich. Wir sind in der Nähe, und wir werden dir helfen, wenn die Zeit gekommen ist …

Sie kamen immer häufiger und er setzte sich im Dunkeln im Bett auf und wartete auf das leise Geräusch der flatternden Papierflügel.

Westerly Haven kann dir ein neues Leben bieten …

Wir können dich beschützen …

Es ist bald so weit …

Und jetzt, in dieser Nacht, folgte Doppelacht den Anweisungen der neuesten Nachricht – es war erst der zweite Papiervogel, der eine Antwort erwartete. Der erste von letzter Woche hatte ihn aufgefordert, einen sicheren Ort zu finden, wo er einen Gegenstand ungefähr in der Größe einer Streichholzschachtel verstecken könnte. Doppelacht war ein großes Risiko eingegangen, hatte ein Buttermesser aus dem Speisesaal geschmuggelt und unter seiner durchgelegenen Matratze versteckt. Im Laufe mehrerer Nächte hatte er das Messer benutzt, um eine der Bodendielen neben seinem Bett zu lockern.

Das Risiko in dieser Nacht war allerdings weitaus größer.

Als er den Türgriff anfasste, zitterte Doppelachts Hand wie verrückt. Er fasste fester zu, biss die Zähne zusammen. Während er sich im stillen Schlafsaal umsah, drehte er den Griff, öffnete die Tür und schlüpfte hinaus in den Gang.

Der Bezirk der Weißen Magier lag im Osten von King's Haven, nahe den riesigen Fabriken, wo sie arbeiten mussten. Eine Reihe großer, einheitlicher Gebäude, streng und farblos, bot Platz für sämtliche Weiße Magier der Stadt. Weiße Magier bekamen keine Annehmlichkeiten vom Silberkönig. In den Gebäuden gab es keine Teppiche oder Dekorationen, keine Farbkleckse. Doppelacht zuckte beim Geräusch seiner nackten Füße auf den Dielen zusammen. Jedes kleinste Knarzen bedeutete Gefahr. Es war stockdunkel, die Drachenatemlampen waren alle aus, aber Doppelacht war froh über den Schutz der Nacht, auch wenn dadurch die Schatten manchmal lebendig wirkten.

Durch den Gang, hinaus auf einen breiteren Flur und dann durch eine weitere Tür in die riesige Empfangshalle. Hier lauerte die größte Gefahr: Mond- und Lampenlicht quollen durch ein riesiges Bogenfenster hinein. Um dahin zu kommen, wohin er wollte, würde Doppelacht durch das Licht laufen müssen.

Er duckte sich, eilte zur Treppe und lief sie hinunter.

Gerade hatte er die unterste Stufe erreicht, als er sich nähernde Fußschritte hörte.

Doppelachts Herz blieb beinahe stehen.

Ein paar Sekunden lang wartete er bewegungslos, ein Fuß auf dem Boden, den anderen immer noch auf der Treppe. Die Schritte kamen näher, den Hauptflur entlang – jeden Moment würden sie durch die Doppeltüren kommen und ihn sehen …

Rechts von der Treppe stand ein großer Empfangstresen – dort saß tagsüber ein Rezeptionist. Doppelacht rannte so schnell er konnte dorthin, sprang über den Tresen und landete auf der anderen Seite auf dem Boden, genau in dem Moment, als zwei ältere Weiße Magier den Raum betraten.

Doppelacht hielt sich eine Hand vor den Mund und versuchte, langsam und geräuschlos zu atmen. Durch eine Lücke unter dem Tresen konnte er ihre Füße daran vorbeilaufen sehen, das Licht ihrer Zauberstäbe wurde von ihren weißen Schuhen reflektiert und warf Schatten auf den bloßen Holzboden. Sie sprachen nicht, sondern liefen in der gewohnten eisernen Stille, die bei den Weißen Magiern üblich war.

Als die Schritte verklungen waren, blieb Doppelacht noch eine Weile auf dem Boden liegen, bis er schließlich genug Mut aufbrachte, um über den Tresen zu spähen. Die Luft war rein. Er stand langsam auf und lief dann durch den Raum. Bald fand er die richtige Tür und eilte hinunter in die Tiefen des Gebäudes, bis er schließlich eine der großen Waschküchen erreichte.

Hier brannten immer starke Lampen, um die frisch gewaschene Wäsche zu trocknen. An der Wand standen Waschtröge aus Stein, und Wäscheleinen durchzogen den gesamten Raum, voller frisch gewaschener Kleidung, sodass es unmöglich war, von einer Seite des Raums zur anderen zu blicken. Der Geruch nach Seife zwickte in der Nase.

Doppelacht bliebt wie versteinert stehen. Eine Stimme in seinem Kopf schrie ihn an: *Geh zurück! Geh zurück ins Bett, du Idiot, und vergiss, dass irgendetwas hiervon jemals passiert ist!*

Aber Doppelacht ging nicht zurück.

»Hallo?« Er flüsterte, aber in der Stille wirkte seine Stimme so grell, dass er zusammenzuckte.

Nichts. Doppelacht versuchte verzweifelt, etwas zwischen den Wäscheleinen zu erkennen, an denen weiße Roben hingen, die wie Geister wirkten.

Und dann, mitten aus diesen Geistern, erklang eine Stimme.

»Sehr gut, Doppelacht. Du warst sehr mutig.«

Doppelacht fuhr herum, vor Schreck zitternd. »Komm heraus«, sagte er. »Komm raus, damit ich dich sehen kann.«

»Vergib mir, dass ich das nicht tue, mein Lieber«, sagte die Stimme – die einer Frau. »Ehrlich gesagt ist es in meiner Position besser, nicht gesehen zu werden. Verstehst du?«

Doppelacht nickte. »Ja, ich schätze schon.«

»Gut. Nun, bevor wir weitermachen, mein Lieber, bevor ich entscheide, was als Nächstes passiert, muss ich dir eine Frage stellen. Warum machst du das hier?«

Doppelacht runzelte die Stirn.

Er zögerte.

»Weil ich frei sein möchte.« Es war das erste Mal, dass Doppelacht diese Worte gesagt hatte, und er war schockiert von ihrer Kraft, wie sie durch ihn hindurchschossen und sein Blut in Flammen setzten. »Ich will mich richtig lebendig fühlen. Weiße Magier … es ist uns nicht wirklich erlaubt, ein Teil der Welt zu sein, weißt du? Wir schauen nur zu. Ich will nicht nur zusehen. Ich will Dinge fühlen und an Orte gehen und meine eigene Geschichte erzählen.«

Für einen Moment war es still in der Waschküche.

»In Ordnung«, sagte die Stimme. »Ich schätze, ich kann dir helfen. Aber Freiheit ist auch nicht einfach. Deine Probleme werden nicht verschwinden. Und bevor wir das machen können, müssen wir über etwas sprechen …«

»Meine Seele?«, fragte Doppelacht. Seine Stimme zitterte.

»Ja. Deine Seele. Mrs Hester hat sie eingeschlossen an einem geheimen Ort mit den Seelen aller anderen Weißen Magier. Wenn du mit uns mitkommst, wirst du sie zurücklassen müssen.«

Eine schreckliche Übelkeit überkam Doppelacht. »Aber wie kann ich ohne meine Seele frei sein?«

Stille.

»Hast du dich je gefragt, mein Lieber, was dich von anderen Weißen Magiern unterscheidet? Hast du dich je gewundert, wieso du über Freiheit und Magie und Freundschaft nachdenkst, während die anderen glücklich damit zu sein scheinen, einfach nur so zu existieren?«

»Natürlich hab ich das. Ich musste diese Gedanken jeden Tag meines Lebens verstecken.«

»Mrs Hesters Kräfte sind nicht mehr das, was sie einmal waren«, sagte die Frau, und sie klang zufrieden. »Ihre Macht lässt nach. Als du noch sehr klein warst, hat sie dir deine

Seele genommen, aber nicht alles davon. Sie hat ein kleines Stück übersehen. Es ist genug von dir übrig, dass du grübeln, träumen und fühlen kannst. Und es gibt noch mehrere wie dich. Ein paar davon sind in den letzten Monaten schon auf unsere Seite gewechselt. Wir hoffen, eines Tages den Ort zu finden, wo sie die gestohlenen Seelen aufbewahrt, und sie alle zu befreien, aber bis dahin können wir immerhin Weißen Magiern wie dir helfen.«

Doppelacht starrte in die Dunkelheit der eng beieinander hängenden Laken, drückte eine Hand an seine Brust, fühlte sein Herz deutlich und schnell schlagen. Er hatte immer gewusst, dass er anders war, aber hatte nie gedacht, dass noch etwas von seiner Seele in ihm war, dass ein wunderbarer, leuchtender Teil von ihm genau vor seiner Nase versteckt lag. Es fühlte sich gleichzeitig wunderbar, Angst einflößend und furchtbar an.

Die Stimme sagte: »Es ist deine Entscheidung, Doppelacht. Wenn du es für zu gefährlich hältst, zu fliehen, kannst du zurück ins Bett gehen und vergessen, dass dieses Treffen jemals stattgefunden hat.«

»Nein! Ich würde verrückt werden. Ich will hier raus.«

Doppelacht hörte, wie etwas Gläsernes über den Boden rollte, dann stieß ein Gegenstand gegen seinen Fuß. Er hob ihn auf – ein winziges Zauberfläschchen – und starrte ungläubig auf das zischende Glitzern buttergelber Magie darin. Er hatte natürlich noch nie einen Hexenzauber gesehen, aber er wusste sofort, dass dies einer war, denn er war farbenfroh und warm und schien voller wilder Fantasie zu stecken. Und er klang nicht nach dem trüben und monotonen Flüstern eines Zaubers der Weißen Magier. Es war glitzernde

Musik, die das Herz erfreute. Das hier war so weit weg von der sterilen, farblosen Magie der Weißen Magier wie Feuer von Eis.

»Was ist das?«

»Ein Zauber. Er wird dir dabei helfen, weit von deiner Seele wegzureisen, ohne zu sehr zu leiden.«

Doppelacht griff nach dem Stöpsel.

»Noch nicht!«, sagte die Stimme mit Nachdruck. »Dich hier rauszuholen, erfordert Planung. Meine Freunde da draußen brauchen Zeit, um sich vorzubereiten. Und der Zauber wirkt erst im Laufe der Zeit. Träufele jede Nacht ein paar Tropfen auf deine Haut, bis du von uns den Plan erfährst. Wegen der Nachricht, die ich letzte Woche geschickt habe, dass du ein Versteck für etwas Kleines finden sollst: Hast du das geschafft?«

Doppelacht nickte.

»Guter Junge. Bewahre den Zauber dort auf. Wenn es Zeit ist, zu gehen, schicke ich einen Vogel mit Anweisungen. Alles klar?«

»Ich schätze schon.«

»Verhalte dich bis dahin unauffällig. Bleib tapfer.«

Doppelacht öffnete den Mund, um zu sprechen, aber er hörte ein Rauschen und sah, wie einige der Roben an den Wäscheleinen hin und her schaukelten. Er konnte fühlen, dass er allein in der Waschküche war. Mit einer Handbewegung ließ Doppelacht die Hexenmagie in der Flasche einschlafen. Das gelbe Licht verstarb und das musikalische Flüstern verstummte. Dann machte er sich auf den Rückweg zum Schlafsaal, mit dem Gefühl, er würde das größte Geheimnis der ganzen Welt bei sich tragen.

Zurück im Schlafsaal, kauerte sich Doppelacht neben sein kleines Bett, umgeben vom Schnarchen und Seufzen der schlafenden Weißen Magier, und fingerte das Buttermesser unter der Matratze hervor. Als er die Diele hochgestemmt hatte, nahm er die Zauberflasche und steckte sie in die Lücke. Dann drückte er die Diele zurück an ihren Platz.

»Was machst du da?«

Fast hätte Doppelacht vor Schreck laut geschrien. Eine Stimme im Schlafsaal zu hören, war stets ungewöhnlich, erst recht mitten in der Nacht.

Er schob das Buttermesser in seinen Ärmel und schaute über die Schulter. Hundertdrei stand am Fuß des Betts und starrte mit müden Augen auf ihn herunter. Hundertdrei war zwölf Jahre alt, ein Jahr jünger als Doppelacht, und er war sich ziemlich sicher, ihn noch nie in seinem Leben sprechen gehört zu haben.

»Ich konnte nicht schlafen.«

»Warum hockst du auf dem Boden?« Hundertdreis Stimme war flach, distanziert und emotionslos. In seinen Augen war kein Funken von Leben.

»Eine Maus«, sagte Doppelacht. »Ich glaube, ich hab eine Maus gesehen.«

Hundertdreis kalter Blick haftete auf Doppelacht. »Geh zurück ins Bett oder ich melde dich. Keiner soll nach Einbruch der Nacht sein Bett verlassen.«

»Du hast recht«, sagte Doppelacht. »Mach ich.«

Hundertdrei ging zu seinem Bett. Während Doppelacht unter seine Decke schlüpfte, warf er einen verstohlenen Blick auf den Boden, wo er den Zauber versteckt hatte. Die Diele *schien* wieder richtig an Ort und Stelle zu liegen. Aber hatte

Hundertdrei womöglich etwas gesehen? Nein, ziemlich sicher nicht.

Doppelachts Kopf quoll über von Gedanken, Plänen und der Gefahr, entdeckt zu werden. Sein Herz raste.

Er bezweifelte, dass er schlafen können würde. Ihm stand eine lange Nacht bevor.

Flüsternde Bücher

Es regnete.

»Das ist unnatürlich. So ein Wetter mitten im Sommer!«

»Möge die Lichtgöttin uns retten! Auf der Slipknot Road steht das Wasser schon kniehoch.«

»Der König müsste mal was machen. Wozu hat er eine ganze Truppe von Weißen Magiern, wenn er sie verhext noch mal nicht benutzen will?«

Gerüchte wie diese verbreiteten sich überall im Armenviertel. Es war immer dasselbe. Wenn etwas passierte, das die Leute nicht erklären konnten, schoben sie es automatisch auf die Hexen aus Westerly Haven auf der anderen Seite des Meers.

Wenn es eine Dürreperiode und Ernteausfälle gab: Oh, dahinter stecken die Hexen!

Wenn der Winter besonders kalt war und der Fluss zufror: Die Hexen haben uns verflucht!

Wenn ein Hund tollwütig wurde und Schaum vor dem Mund hatte: Der wurde von einer Hexe berührt!

Und so weiter.

Lara war schon immer davon überzeugt gewesen, dass das reiner Unsinn war. Der Krieg lag schließlich schon Hunderte Jahre zurück. Und wenn die Hexen wirklich jemals angreifen sollten, würden sie bestimmt weitaus Schlimmeres anrichten, als ein paar Hunde den Verstand verlieren oder ein bisschen Wasser vom Himmel fallen zu lassen.

Dennoch war der Regen zweifellos nervig. Lara konnte nicht in die Kanalisation zurückkehren, weil der unterirdische Wasserstrom gefährlich angestiegen war. Also fand sie sich in den Straßen von King's Haven wieder, schnüffelte nach Essen und Gelegenheiten – und in einer Stadt wie dieser, mit so vielen Menschen, dunklen Ecken und sich windenden Straßen, gab es überall Gelegenheiten.

Manchmal kamen sie in Gestalt einer frisch gebackenen Fleischpastete, die auf einer Fensterbank abkühlte, oder als das Glitzern einer Münze in einer unbewachten Tasche. An diesem Tag war es ein Streit an einem Obststand.

»Ich sag Ihnen, der Apfel ist faul!«

»Faul? Wie können Sie es wagen, Madame?«

»Ich will mein Geld zurück.«

»Ihr Geld zurück, sagt sie.«

Lara schlüpfte ungesehen und flink wie ein Wiesel zwischen den Streithähnen hindurch und stibitzte zwei glänzende Äpfel vom Stand. Sie verputzte den ersten innerhalb von Sekunden mit Kerngehäuse und schmatzte und leckte den Saft von ihren Fingern.

Der Regen wurde zu einer Wand aus fallendem Wasser, das auf die Pflastersteine prallte.

Lara duckte sich unter die Beine eines stehenden Eisenherzes, um unter dessen Metallbauch Schutz zu suchen, während sie dem Ticken und Wirbeln des verzauberten Uhrwerk-Innenlebens lauschte.

»Hey! Hau ab.«

Der Reiter trat nach ihr, aber sie wich ihm aus, bedachte ihn mit einigen ihrer besten Schimpfwörter und rannte die Straße hinauf davon, den Kopf gesenkt, um ihr Gesicht vor dem beißenden Wind und dem Regen zu schützen. Als das Medaillon plötzlich an ihrer Brust vibrierte, blieb sie so abrupt stehen, dass eine alte Dame in sie hineinlief und sich dann fluchend vorbeidrängelte.

Laras Hand umfasste das Medaillon durch ihre Kleidung. Es pulsierte und summte mit beunruhigender Heftigkeit. Lara hörte ein musikalisches Flüstern in der Luft – fast zu stark, um es zu ertragen. Das Geräusch schien aus einem Laden zu kommen, und als Lara einen zögerlichen Schritt auf die Tür zu machte, verstärkte sich das Vibrieren des Medaillons. Es war, als spräche es zu ihr, als leitete es sie wie ein Kompass.

Hör auf das Medaillon, hatte Grandma ihr gesagt.

Ein unkontrollierbarer Drang überkam Lara. Sie öffnete die Tür und schlüpfte in den Laden. Die Tür schloss sich und das Rauschen des Sturms erstarb. Ihr kam absolute Stille entgegen und der Geruch nach Staub, altem Papier und Leder.

Es war ein *Buch*laden.

Anscheinend hatte sie Glück. Niemand saß am Verkaufstresen, kein arroganter Ladenbesitzer, der sie hätte vertreiben können. Also schüttelte sie das gröbste Wasser von ihrer Kleidung und aus ihren Haaren und betrachtete die Bücherregale voller Neugier. Die ganze Zeit vibrierte das Medaillon und ihr Kopf war erfüllt von klangvollem, zerbrechlich-kristallenem Flüstern. Sie war noch nie in einem Buchladen gewesen. Warum auch? Sie konnte Bücher weder essen noch trinken. Ihre Finger strichen über die Buchrücken und plötzlich war sie zurück im Klassenzimmer von Miss Wratchets Waisenhaus und malte die Buchstaben des Alphabets mit Kreide auf ein Stück Schiefer.

A …

B …

C …

»Das nennst du ein C, Fox? Hände auf den Tisch!«

SCHNAPP.

»Wenn du weinst, gibt es noch einen Stockschlag. Jetzt wisch das weg und versuch es noch mal.«

Lara verscheuchte die Gedanken und bemerkte, dass sie schwitzte. Sie strich sich den Schweiß von der Stirn, griff unter ihr Oberteil und holte das Medaillon hervor ins Dämmerlicht des Ladens. Es lag in ihrer Handfläche und vibrierte, als wäre ein Insekt darin gefangen.

Verzaubert folgte Lara der Melodie, bis sie ein Regal erreichte und das Medaillon einen kleinen Satz in ihrer Hand machte. Lara ließ es sinken, ihr Blick richtete sich auf das Bücherregal, wo nun eins der Bücher summte und zitterte. Sie machte zögernd einen Schritt in Richtung Ausgang, ein Teil von ihr war eingeschüchtert und wollte gehen. Aber ihre Hand sehnte sich danach, das Buch zu berühren …

Langsam, ganz vorsichtig, schlossen sich Laras Finger um das vibrierende Buch.

Klong.

Sie ließ los und schnappte nach Luft und das Buch fiel zurück an seinen Platz. Dann passierte etwas ziemlich Ungewöhnliches: Mit einem tiefen Grollen senkte sich das Bücherregal und verschwand im Boden, bis – *klong* – das oberste Brett zu einer Bodendiele geworden war. Wo vorher das Regal gestanden hatte, war nun eine Öffnung, und dahinter sah Lara eine dunkle Kammer, gefüllt mit noch mehr Bücherregalen und Reihen willkürlich gestapelter Bücher. Das Flüstern verstärkte sich, und Lara wusste irgendwie, dass es von diesen geheimen Büchern kam. Sie blickte sich voller ängstlicher Verwunderung um. War das Hexenmagie?

»Kann ich dir helfen, meine Liebe?«

Lara war allein gewesen. Sie war sich ganz sicher. Aber nun stand eine Frau neben ihr im versteckten Durchgang. Sie hatte glühende Wangen und volles, kastanienbraunes Haar, durchzogen von silbernen Strähnen. Sie trug ein kratzig wirkendes Strickkleid in allen Farben des Regenbogens und zwischen ihren Lippen steckte eine Zigarre. Zu Laras Überraschung schien sie nicht wütend darüber zu sein, ein fremdes, pitschnasses Kind in ihrem Laden zu entdecken. Neugierig, auf jeden Fall, aber überhaupt nicht wütend.

»Das ist aber ein hübsches Ding. Woher hast du das?«

»Es … es tut mir leid«, sagte Lara. »Ich hab mich verlaufen. Ich bin aus Versehen hier reingekommen.«

Die Frau starrte sie an. »Bist du dir sicher, Liebes?«

»Ja. Entschuldigung. Ich muss los. Entschuldigung.«

Lara drängte sich an der Frau vorbei, ihre Hand fest gegen das Medaillon gedrückt, durch den Laden und hinaus in den Sturm. Der Regen prasselte weiterhin vom Himmel, aber die beißenden Regentropfen schienen weiter entfernt zu sein, weil Laras Kopf ganz woanders war, gefüllt mit Verwunderung, Verwirrung und Gedanken an flüsternde Bücher.

Lara bog um eine Ecke auf die Needle Street und fiel fast über eine Kotsammlerin, die auf der Straße hockte und Pferdemist in einen Eimer schaufelte.

»Pass doch auf!«

»Ach, halt deine verhexte Klappe!«

Sie lief weiter, den Kopf gesenkt und den Kragen gegen den strömenden Regen hochgeklappt, rannte eine Nebengasse der Needle Street entlang, unter einer Eisenbahnbrücke hindurch, an einer Schmiede und einer Eisenschmelze vorbei, während das Pfeifen und Grollen einer Dampflokomotive den Boden erzittern ließ. Auf der anderen Seite der Unterführung überquerte Lara die Station Road, vorbei an einer der großen Fabriken aus Ziegelstein, in denen die Weißen Magier ihre Zauber herstellten. Dunkelgrauer Rauch quoll aus den Schornsteinen.

Als zwei Weiße Magierinnen die Zauberfabrik verließen, die Ärmel ihrer Roben angekokelt von einem langen Arbeitstag an heißen Kesseln, konnte Lara nicht anders, als in erbitterter Faszination ihre ausdruckslosen, wächsernen Gesichter anzustarren.

Sie hatte gehört, Weiße Magier würden bei der Geburt mit mächtiger Magie verflucht – und dass das Königreich ihnen ihre Seelen nahm. Kindern wurde von klein auf beigebracht, dass mit Magie auf keinen Fall zu spaßen war, dass sie eine Flasche voller Magie niemals anfassen durften. Das zu tun, war gefährlich. Selbst wenn man die Magie überlebte, würde man die Strafe dafür, dass man überhaupt damit herumhantiert hatte, nicht überstehen.

Magie war etwas, vor dem man Angst haben musste, und wenn das der Fall war, dann sollte man wohl auch vor den

Weißen Magiern, diesen seltsamen, seelenlosen Kreaturen, Angst haben. Doch Lara …

Lara hatte keine Angst vor ihnen. Jetzt verspürte sie sogar den unerklärlichen Drang, mit ihnen zu sprechen, sie über Magie auszufragen – und über ihr Medaillon. Als Lara die Magierinnen beobachtete, fühlte sie zum ersten Mal, dass die Welt der Magie ein glitzerndes Netz war und sie Gefahr lief, sich darin zu verfangen.

Als die Magierinnen außer Sicht waren, setzte Lara ihren Weg fort und stellte bald fest, dass sie, ohne es zu realisieren, zum Hafen gelaufen war. Das Fluchen und Lachen der Männer, das Quietschen der dampfbetriebenen Kräne, die brummenden Motoren und der tiefe Klang der Schiffshörner – die Geräusche dieses Orts erzeugten ein ständiges Echo um sie herum.

Der Regen war zu einem leichten Nieseln geworden. Lara reckte sich und atmete tief ein.

Oh, wie sie die Gerüche hier liebte. Hundert verschiedene Düfte tanzten miteinander, jeder wundervoller als der vorherige. Holzboote brachten wohlriechende Gewürze von der anderen Seite des Silberkönigreichs, Pfeffer und Zimt und gemahlenes Mondkraut, und diese Aromen vermischten sich mit den Parfums der anderen Schiffe, der trockenen Wärme von Drachenatem in den schwerfälligen Metallschiffen aus dem Norden, der brennenden Hitze des Feuerwhiskeys aus dem Süden und dem salzigen Seegras des Flusses Anchor.

Während sie zwischen Kisten voller Kohle, Seesterne und Fässern voll Drachenatem hindurchlief, fühlte sie wieder diese Vibration an ihrer Brust – ein Klimpern wie das der Flügel einer Biene. Und zwischen dem Krach des Hafens, dem Rumpeln und Krachen und Schreien, hörte sie erneut diese feine, kristallene Melodie.

Verlor sie den Verstand? Hatte sie in der Kanalisation Gas eingeatmet, das sie nicht vertrug? Oder war sie durch etwas von der weggespülten verbotenen Hexenmagie gelaufen, die jetzt ihr Gehirn angriff?

Was auch immer es war, es ließ sich nicht ignorieren. Ein Teil der Musik kam aus ihrem Medaillon, und sie blickte sich um, um zu sehen, ob noch jemand es hören konnte. Aber die Hafenarbeiter konnten das entweder nicht oder interessierten sich nicht dafür.

Der andere Teil der Musik kam ganz aus der Nähe.

Lara versuchte, die anderen Geräusche auszublenden, sich zu konzentrieren, und sie merkte, dass sie nicht nur mit ihren Ohren hörte, sondern mit etwas anderem in ihr, mit etwas, das sie nicht näher beschreiben konnte. Es war, als wäre der Klang in ihre Brust geflogen, hätte sich um ihr Herz gewickelt und zog es – und damit sie – in eine bestimmte Richtung. Sie lief zum Fluss und starrte die Reihe der Schiffe entlang, atmete den Dampf und Rauch ihrer Motoren ein. Ihr Blick blieb an einem kleinen unscheinbaren Schiff haften, auf dessen Seite der Name *Libelle* in goldener Farbe zu lesen war. Das Vibrieren an ihrer Brust verstärkte sich.

Langsam bewegte sie sich auf das Boot zu und hielt dabei Ausschau nach der Besatzung, wartete und beobachtete, um sicherzugehen, dass niemand an Bord war. Es war vollkommen normal, dass eine Besatzung die Ladung des Schiffs ablud und sich dann schnurstracks zu den Tavernen der Stadt begab.

Laras Hand drückte immer noch gegen das Medaillon. Sie

starrte auf das Boot, ging zur Laufplanke, setzte einen Fuß auf den Metallsteg …

Aber das war Irrsinn! Sie könnte jeden Augenblick erwischt werden. Das Medaillon pulsierte stärker als je zuvor an ihrer Haut und trieb sie an. Der glitzernde Klang schien klarer zu werden. Grandmas Worte hallten durch Laras Kopf.

»Das Medaillon. Hast du es noch? Pass darauf auf. Höre darauf!«

Höre darauf …

Wollte es ihr gerade etwas sagen? Sagte es ihr, dass etwas Wichtiges auf diesem Schiff war? Hatte das Medaillon sie auch irgendwie in den Buchladen geführt? Aber warum? Das waren auf jeden Fall die Gedanken von jemandem, der den Verstand verlor. Und doch war es wieder da, das seltsame Ziehen in ihrer Brust, das einen Teil von ihr bewegte, den sie nicht identifizieren konnte. Sie blickte sich ein letztes Mal im geschäftigen Hafen um, stellte sicher, dass niemand sie beobachtete, dann atmete sie tief ein und eilte über die Laufplanke.

DIE GEHEIME FRACHT

LARA WAR NOCH NIE auf einem Schiff gewesen. Darüber hatte sie nicht nachgedacht, bis sie von der Laufplanke aufs Deck der *Libelle* trat. Es war ein merkwürdiges Gefühl, auf den Holzbrettern zu stehen und zu spüren, wie sich unter ihr das Schiff schwerfällig hin und her bewegte.

Die kristallene Melodie in ihrem Kopf wurde klarer und der Krach des Hafens verstummte. Lara fühlte sich wie aufgeladen, sie hatte am ganzen Körper Gänsehaut, und es wirkte, als würde sie durch einen Traum wandeln.

Sie lauschte, ließ sich durch die ihr Herz anziehende Melodie leiten, bis sie eine Luke auf dem Deck fand, den Riegel zur Seite schob und sie öffnete. Sofort wurde die Melodie lauter und aus dem Summen ihres Medaillons wurde ein Brummen, es strahlte Wärme aus. Der Raum unter ihr war dunkel, und ihr Herz flatterte, als sie die knarzenden Holzstufen hinabging, am Eingang eines leeren Frachtraums ankam und ins Dunkel blinzelte.

Der Raum fühlte sich lebendig an, als wäre sie im Bauch einer riesigen Kreatur. Die Luft war geschwängert von den

Geistern Tausender Schiffsladungen. Im Bauch des Schiffs folgte sie der Spur der Melodie, bis ihre Augen etwas in der Dunkelheit entdeckten. Ein viereckiges Stück violettes Licht schien von unten durch die Bretter.

Ein Geheimfach!

Lara atmete langsam aus und sammelte sich.

Es gab keinen Griff, keine Lücke, die groß genug gewesen wäre, um etwas hochzustemmen. Sie ließ sich auf alle viere sinken, und als ihre Hände die rauen Holzbretter ertasteten, fand sie einen Abschnitt, der sich ein bisschen anders anfühlte. Sie drückte gegen das Brett, spürte, wie es ihrem Druck nachgab. Eine riesige Welle der Aufregung schwappte über sie, als sie erneut drückte, diesmal fester.

Sie hörte das Klacken von Zahnrädern, und sie machte einen Satz zurück, als die Falltür sich absenkte und dann zur Seite rutschte, wo sich ein viereckiges Loch im Boden offenbarte, aus dem ein helles Leuchten aufstieg, das an der Decke des Frachtraums schimmerte und herumwirbelte.

Sie rückte ein Stück vor. Ihre Augen weiteten sich und ihr Mund blieb vor Verwunderung offen stehen. Da, versteckt unter dem Boden, lagen zahllose kleine Glasflaschen in Heu gebettet. In jeder davon wirbelten kleine Strudel aus strahlendem Licht. Es gab grüne, blaue, violette und rote und sie wirbelten und blinzelten wie lebende Wesen in ihren Flaschen. Um die vielen leuchtenden Flaschen herum knisterte die Luft vor Energie, und Lara wusste – tief im selben Teil ihres Herzens, der nicht anders gekonnt hatte, als dieses Boot zu betreten –, was sie vor sich hatte: wilde Magie.

Hexenmagie.

Ich sollte wegrennen, dachte sie. *Weit weg von hier. Diese*

Zauber könnten mich töten. Und wenn mich die Wachmänner in der Nähe von Hexenmagie finden, hängen sie mich auf.

Aber Lara lief nicht weg. Sie konnte nicht. Die wundersame Melodie hatte sie verzaubert und mit Wärme und Erstaunen umhüllt. Sie sehnte sich danach, eine der Flaschen zu berühren, und sie lehnte sich unwillkürlich vor, griff in das Geheimfach und strich mit den Fingerspitzen leicht über die Stöpsel. Sie wählte eine der kleinsten Flaschen, zog sie aus dem Heu und hielt sie in der Hand. Sie fühlte sich warm an. Der Zauber darin hatte die Farbe des Meeres an einem Sommertag. Lara hielt sie nah an ihr Gesicht und schaute zu, wie es im Inneren des Glases wirbelte, schimmerte und sich wand.

Plötzlich leuchtete der Zauber so stark auf, dass er sie blendete, und die Flasche wurde glühend heiß. Sie ließ sie fallen und sie zersprang auf dem Holzboden. Lara stand in der Dunkelheit, geblendet und keuchend. Die Luft hatte sich verändert, war süßlich und kalt geworden, knallende und krachende Geräusche erfüllten den Frachtraum.

Als sie wieder sehen konnte, war Lara fassungslos, was sich vor ihren Augen abspielte.

Bäume und Pflanzen wuchsen im Frachtraum, stießen durch die Bretter und sprossen hinauf. Zweige bewegten sich und breiteten sich in der Dunkelheit aus. Diese unheimlichen Pflanzen wuchsen so dicht, dass es Lara vorkam, als stände sie in einem Wald. Panik ergriff sie und sie besann sich, kraxelte den Weg die Holzstufen hinauf zurück ans Tageslicht.

Ein Mann war auf der Laufplanke.

Er war riesenhaft, sein Gesicht fast völlig unter einem roten Bart verborgen, und er blieb abrupt stehen beim Anblick des fremden jungen Mädchens auf seinem Boot.

Der Mann starrte Lara an und sie starrte zurück. Einen Moment lang wirkte es, als wüsste keiner von ihnen, was zu tun sei. Dann barst das Deck zwischen Laras Füßen und der Ast eines Baums schoss hinaus ans Tageslicht und daraus sprossen gelbe Blätter.

Die Augen des Manns weiteten sich und blitzten zornig auf. Er fuhr herum, um sicherzustellen, dass niemand im Hafen bemerkt hatte, was hier vor sich ging. Dann drehte er sich zu Lara um, Zorn und Fassungslosigkeit in seinem Blick. »Meine *Libelle*! Was. Hast. Du. Gemacht?«

»Ähm …« Lara durchstöberte den dicken Vorrat an Ausreden, die sie sich im Laufe der Jahre als Tosher und Gelegenheitsdiebin zugelegt hatte. »Das war ich nicht, Mister! Ich bin hier einfach nur langgelaufen und habe mich um meinen eigenen Kram gekümmert, als ich plötzlich ein paar Jungs auf Ihr herrliches Schiffchen hier springen sah. Ich hab zu mir selbst gesagt: ›Die haben bestimmt nichts Gutes im Sinn‹, also habe ich sie verjagt. Aber nicht, bevor sie etwas Schaden angerichtet haben.«

Er griff in seinen Mantel und zog einen Holzstab heraus, an dem eine Revolverkammer befestigt war. Wie festgefroren beobachtete Lara ihn dabei, wie er wieder in seinem Mantel herumkramte und schließlich eine kleine Flasche herausnahm, die er in eine der Kammern steckte. Er trat aufs Deck, hob den Stab und zielte damit hinab in den Frachtraum.

Lara nutzte ihre Chance. Sie rannte an ihm vorbei, wich seinem freien Arm aus, als er nach ihr griff, sprintete über die Laufplanke und weg vom Hafen, ohne sich zu trauen, über die Schulter zu schauen.

Cottons Ende

»GUT GEMACHT, JUNGS. Der erste Tag nach der Überschwemmung hat sich ordentlich für uns gelohnt!«

Vin Cotton und seine Bande standen in einem Kreis in der Kanalisation unter der Milk Street. Cotton spuckte ein braunes Stück Kautabak in den Abwasserstrom. Zu seinen Füßen lag ein Hanfsack. Er griff hinein und zog die Dinge heraus, die sie den Toshern abgenommen hatten, die sich im Laufe des Tages in ihr Revier verirrt hatten.

»Bitte schön, Davo. Hier, John-John. Das Ding ist für dich, Corky.«

Der Tunnel war erfüllt vom Echo sich nähernder Schritte. Cotton hielt inne. Er nickte den Jungs zu und sie hoben ihre Brecheisen. Cotton steckte eine Hand in seine Hosentasche und schloss sie um den Griff seines Messers. Ein Mann trat aus der Dunkelheit, dünn, ganz in Schwarz gekleidet. Als er die Bande sah, hielt er an und blickte um sie herum. Cotton fand es merkwürdig, dass der Mann keine Angst zu haben schien. *Das werden wir bald ändern,* dachte er.

»Was für eine Tosher-Ausrüstung ist das denn bitte?«,

fragte er, schnaubte verächtlich und zeigte auf die schwarze Kleidung des Mannes.

Der Mann ignorierte die Frage. »Ich suche nach etwas. Ein Holzkästchen, ungefähr so groß. Ich weiß, dass es hier unten ist. Habt ihr es zufällig gesehen?«

Vin Cotton und seine Jungs grinsten. »Holzkästchen, sagst du? Ist es wertvoll?«

Der Mann antwortete nicht, schaute nur abwechselnd in ihre Gesichter. Er leckte sich über die Lippen. »Ich hab Hunger.«

Cotton kam der Gedanke, dass der Typ aus einer Irrenanstalt ausgebrochen sein musste. »Mir ist egal, ob du Hunger hast. Ich will nur reich werden. Machen Sie sich also keine Sorgen, Herr Gouverneur, wenn ich Ihr Holzkästchen in einem meiner Tunnel finde, gehört, was auch immer darin ist, mir. In der Zwischenzeit leeren Sie am besten Ihre Taschen, wenn Sie mit all Ihren Gliedmaßen zurück an die Oberfläche kommen wollen.«

Der Mann bewegte sich so schnell, als existierte er an mehreren Stellen gleichzeitig. Er zog ein langes Messer, wirbelte zwischen den Bandenmitgliedern hin und her und durchschnitt ihre Kehlen, bis nur noch Cotton übrig blieb, der fassungslos auf seine gefallenen Freunde blickte, deren Blut den Abwasserstrom tiefrot färbte. Er zog mit zitternder Hand sein Messer.

Das Licht aus Cottons Drachenatemlampe flackerte, und er bemerkte, dass der Mann keinen Schatten auf die Wände der Kanalisation warf.

Cotton sprang vor und stach dem Mann in die Brust. Es hatte keine Wirkung.

Der Mann beugte sich vor.

Er öffnete seinen Mund, weiter, als es möglich sein sollte, und noch weiter, dabei zeigte er Reihe um Reihe nadelscharfer Zähne und eine klaffende Dunkelheit. Cotton versuchte zu schreien, aber es fühlte sich an, als würde er aus seinem Körper gezogen. Der Teil von ihm, der dachte und überlegte und lachte, der Teil von ihm, der er selbst war, wurde heruntergeschluckt. Es gab ein reißendes Geräusch und für Cotton blieben nur noch Kälte und Dunkelheit und niemals endender Schmerz.

Schattenjack blickte auf den Boden der Kanalisation, auf das, was von seiner letzten Mahlzeit übrig geblieben war. Cottons Körper lag unnatürlich verrenkt auf dem Boden. Seine Haut wirkte eingefallen, als wäre sein Skelett geschrumpft, und seine Augen waren ausdruckslose schwarze Murmeln. Schattenjack hob den Beutel auf und wühlte durch den Inhalt. Erst überprüfte er Cottons Taschen, dann die seiner Bandenmitglieder. Als er sicher war, dass das Kästchen nicht in diesem Tunnel war, ging er weiter und überließ Cotton und seine Jungs den Ratten als Futter.

Der Kanalwürger

ES GAB EINE KNEIPE auf der Indigo Lane, die »Der Eitrige Stumpf« genannt wurde, und sie hatte genau den Charme, den man bei so einem Namen erwarten würde. »Der Eitrige Stumpf« war der Lieblingsplatz örtlicher Tosher, und als Lara an diesem Abend durch die Tür schritt, sprachen alle von einem schrecklichen Vorfall in der Kanalisation, der sich an diesem Tag ereignet hatte.

»Wirklich? Alle vier?«

»Abgeschlachtet, habe ich gehört, in einem Tunnel unter der Milk Street!«

»Sie sagen, das war ein einzelner Typ. Unmöglich, stellt euch das mal vor!«

»Tja, irgendwie hatten sie es aber auch verdient.«

»Ja, die tun mir kein bisschen leid.«

Lara versuchte, im dichten Tabakqualm etwas zu erkennen, bis sie Joe Littlefoot mit Albert Shiner und Daumen-Johnny ganz hinten zusammensitzen sah. Joe schien immer noch gut bei Kasse zu sein, denn er bestand darauf, ihr ein Getränk auszugeben, und ließ es sich nicht ausreden.

»Wo bist du gewesen?«, fragte er. »Hab in den letzten Tagen keine Spur von dir gesehen.«

Es stimmte. Nach dem Vorfall auf dem Schiff hatte Lara sich im Hintergrund gehalten. Normalerweise hätte sie so ein Abenteuer jedem erzählt, der ihr zuhören wollte, aber wenn sich etwas von verbotenen Zaubern und Hexen und Schmuggel herumsprach und ihr Name damit in Verbindung kam, würde sie schnell unangenehme Schwierigkeiten mit den Wachmännern bekommen.

Sie ließ das trübe, schlammfarbene Bier in ihrem Glas hin und her schwappen.

»Bin krank gewesen«, log sie. Dann wechselte sie das Thema. »Was ist in der Kanalisation passiert? Worüber quasseln die alle?«

Joe schaute die anderen an und Albert und Daumen-Johnny runzelten die Stirn.

»Du hast nichts davon gehört?«

»Offensichtlich, sonst würd' ich ja nicht fragen.«

»Jemand tötet Tosher«, sagte Johnny. »Unten in der Kanalisation. Den Würger, nennen sie ihn.«

Joe Littlefoot nahm einen Schluck Bier. »Sieben Tote bisher!«

Lara hielt einen Schluck dickflüssiges Bier einen Moment gedankenverloren in ihrem Mund, bevor sie ihn hinunterschluckte. »Dahinter stecken bestimmt Cotton und seine Bande«, sagte sie. »Die werden immer schlimmer und schlimmer und nun sind sie zu weit gegangen ...« Sie hielt inne, als sie Joes Gesicht sah. »Was? Was ist los?«

»Es ist nicht Cotton.«

»Und woher weißt du das?«

»Weil«, sagte Albert Shiner, »Cotton und seine Handlanger tot sind. Der Würger hat sie gestern erwischt!«

Lara lehnte sich nach vorne, den Becher Bier in ihren Händen. »Bist du sicher?«

Die anderen nickten.

»Zwei Tosher haben es schon geschafft, diesem Irren zu entkommen, indem sie sich tot gestellt haben«, sagte Joe. »Und sie haben beide dasselbe gesagt: Es war ein Mann, der das getan hat. Er kommt aus dem Nichts. Sie sagen, er hat keinen Schatten! Kannst du das glauben, Lara? Und er fragt alle seine Opfer nach einem Holzkästchen.«

Eine Glocke klang irgendwo in Laras Kopf. *Ein Mann ohne Schatten.* Wo hatte sie das schon mal gehört?

»Klingt wie eine Geistergeschichte«, sagte sie und versuchte, überzeugend zu klingen. Aber in ihr kribbelte und rumorte es. Sie hatte das Gefühl, dass die Welt, die sie kannte, ihr entglitt, außer Kontrolle geriet. Erst ihr Medaillon, dann der Buchladen und die Zaubersprüche auf dem Schiff und die seltsame Melodie in der Luft und nun das. Der Kanalwürger war vielleicht sogar das Schlimmste von allem, denn die Kanalisation war immer der Ort gewesen, an dem sie sich sicher gefühlt hatte, an den sie sich zurückziehen konnte, wenn sie der Welt entfliehen wollte.

»Ich frag mich, was in dem Kästchen ist«, sagte Joe. »Wonach sucht er?«

»Was auch immer es ist«, sagte Daumen-Johnny, »es muss wertvoll wie ein Drachenei sein.«

Sie saßen in der verrauchten Kneipe voller zwielichtiger Gestalten und grübelten vor sich hin, bis Joe sie aufschreckte, indem er rief: »Oh Mann, ich hätte es fast vergessen.« Er griff unter den Tisch, zog eine braune Papiertüte hervor und schob sie zu Lara rüber.

Sie zog eine Augenbraue hoch. »Was ist das?«

»Mach auf und sieh selbst.«

Lara riss die Papiertüte auf und fand eine Drachenatemlampe mit einem Schultergurt aus Leder – die Art, die Tosher in der Kanalisation benutzten.

»Joe Littlefoot, ich hab dich gewarnt, mir keine …«

»Ach, hör schon auf, Lara. Du hast mich da unten gerettet, und dir eine Suppe zu spendieren, ist keine Gegenleistung. Nimm sie. Hier läuft ein Verrückter rum, und vielleicht, nur vielleicht, beschützt dich das Licht dieser Lampe.«

Lara funkelte ihn an, aber insgeheim war sie dankbar und erleichtert. Ein Tosher konnte kein Tosher sein ohne eine Lampe. Sie drehte am Messingrad der Lampe und eine warme Flamme schoss im Glasgehäuse hoch. In ihrem Flackern glaubte Lara einen Herzschlag lang die Form eines Vogels zu sehen. Aber als sie genauer hinsah, war nichts mehr davon zu sehen.

GEFANGEN

EINE KELLE FARBLOSER HAFERBREI klatschte in Doppelachts Schüssel – ein dampfender, stückiger Klumpen. Er schaute auf den Brei und dann hoch zu dem großen, ernst blickenden Mann hinter der Essensausgabe mit seiner weißen Schürze und seinem Hut. Auf der Nase des Manns saß ein riesiges Eitergeschwür mit einer weißen Spitze. Doppelacht fürchtete, es könnte jeden Moment explodieren und Eiter in seine Schüssel schießen.

»Danke schön.«

Er drehte sich um und setzte sich allein an einen der langen Tische im Speisesaal. Hunderte Weiße Magier und Magierinnen saßen um ihn herum, größtenteils stumm, aßen ihren Haferbrei und tranken ihr Wasser. Die Mahlzeiten sahen jeden Tag gleich aus: Haferbrei und Wasser zum Frühstück, mittags Brot und Käse und abends Hammeleintopf.

Doppelacht begann zu essen, zwängte jeden schleimigen Löffel seinen Hals hinunter. In der Halle war es totenstill. Weiße Magier schlossen keine Freundschaften, denn Freundschaft bedeutet, dass man seine Seele für jemand anderen öffnet. Die einzigen Geräusche waren das Schlurfen von Stuhlbeinen auf dem Boden, das Kratzen der Löffel in den Schüsseln, das Kauen und Trinken.

Das vertraute Läuten der Glocke ließ jeden wissen, dass das Frühstück beendet war. Doppelacht schob sich aus der Halle, durch den Hauptflur und hinaus auf die Pflasterstraßen des Viertels, in dem die Weißen Magier lebten. Es regnete in Strömen. Doppelacht zog die weiße Kapuze über seinen Kopf und hielt ihn gegen den Wind gesenkt, als er zwischen den emporragenden grauen Gebäuden zum Tor eilte.

Es gab nur einen Zugang zum Bereich der Weißen Magier: ein gewaltiges schmiedeeisernes Tor, das zweimal am Tag geöffnet wurde, einmal am Morgen und einmal spät am Abend, um die Weißen Magier zu den Fabriken und zurück gehen zu lassen. Der ganze Bereich war von einer fünfzehn Meter hohen Mauer umgeben, niemand konnte hinein oder hinaus, ohne dieses Tor zu passieren.

Doppelacht reihte sich in der wartenden Menge ein, während der Regen auf ihn einprasselte. Tausende Weiße Magier und Magierinnen standen Schulter an Schulter, und doch war es, als würden sie sich gegenseitig gar nicht wahrnehmen. Sie sprachen nicht, lächelten nicht, schauten sich nicht an. Das riesige Tor öffnete sich kreischend und sie strömten hinaus auf die Straßen von King's Haven.

Es war so früh, dass der Großteil der Stadt noch im Tiefschlaf lag. Der König versuchte, die Weißen Magier aus dem Sichtfeld der gemeinen Bevölkerung zu halten, und Doppelacht war froh darüber. Denn jedes Mal, wenn er in der Stadt an Menschen vorbeigelaufen war, hatten sie ihn mit kalten, hasserfüllten Blicken und verletzenden Bemerkungen bedacht.

Sie sehen uns nicht als Menschen. Für die sind wir Tiere – wertloser als Tiere.

Der Regen nahm zu. Es wirkte fast, als hätte die Natur die Schmutzkruste entdeckt, die auf der Stadt lag, und versuchte, sie abzuwaschen. Aber jede Schicht von Ruß offenbarte eine weitere und noch eine und verrußtes, tintenschwarzes Regenwasser gluckerte durch die Rinnsteine.

Die Weißen Magier marschierten durch die Fabriktore. Doppelacht hatte jeden Tag seit mehr als einem Jahr – als seine Magie gereift war und er von der Schule genommen worden war – im selben Gebäude gearbeitet. Nichts änderte sich. Er hätte den Weg mit geschlossenen Augen laufen können, wenn er gewollt hätte: durch die Türen der Fabrik und den Flur entlang zu seinem Arbeitsplatz. Eine schwere Werkbank in einer Reihe von Hunderten identischen, alle ausgerichtet auf den Klang des trostlosen, leblosen Flüsterns der Magie der Weißen Magier. Auf der Bank stand ein großer Kessel, und darin entzündete Doppelacht ein Feuer, wie an jedem Tag. Er öffnete die Schubladen seiner Werkbank, zog Gefäße und Flaschen mit Zutaten heraus und begann, sie abzuwiegen und abzuzählen.

Er hatte immer nur eine Art Zauber hergestellt.

Doppelacht hatte gehört, dass es zahllose Zauber gab, dass die Hexen aus Westerly Haven ständig neue, wilde Variationen erfanden. Weiße Magier erzeugten dieselben Zauber – Tag für Tag, Mond für Mond, Jahr für Jahr. Manchmal dachte er an neue Zauber, malte sich aus, wie prächtige Wirbel aus blendender Farbe aus seinem Kessel explodierten. Wie wunderbar es wäre, wenn er – nur ein Mal – seine Vorstellungskraft benutzen könnte, um etwas Wildes zu erzeugen, das nicht nummeriert und inspiziert werden musste und völlig leb- und farblos war.

Natürlich hatte er immer gewusst, dass er diese Gedanken mit niemandem teilen durfte – schon als Kind hatte er gespürt, dass die anderen nicht so dachten. Den Weißen Magiern wurde beigebracht, dass Emotionen Schwäche zeigten und sie ihre Gedanken darauf konzentrieren sollten, Mrs Hester und dem Silberkönig zu dienen. Deshalb hatte er sein Geheimnis tief in sich drin vergraben, immer mit dem Gefühl im Hinterkopf, dass er ein Freak war, dass etwas mit ihm nicht in Ordnung war. Aber vielleicht würde er das bald alles hinter sich lassen. Seit dem geheimen Treffen mit der Hexe unten in der Wäschekammer hatte er jede Nacht ein paar Tropfen des Fluchtzaubers auf seine Haut geträufelt, auch wenn er noch keine Auswirkungen bemerkt hatte. Er fragte sich, wie lange er noch warten musste, wie viele Tage, bis er frei wäre, und ob er bereit wäre, wenn die Zeit kam.

Doppelachts Aufgabe – dieselbe wie die jedes anderen Weißen Magiers in dieser Fabrik – war die Herstellung des Zaubers, der normales Papier in Zauberpapier verwandelte. Der Zauber ließ sich recht einfach herstellen. Zunächst nahm Doppelacht ein Stück Papier und folgte den Anweisungen des *Zauberbuchs des Silberkönigreichs* – geschrieben von Mrs Hester –, indem er einige detaillierte Symbole abmalte:

den Vogel, das Herz, den Kompass und die Wolke.

Als die Symbole komplett waren, nahm Doppelacht das Papier und steckte es in den Kessel, wo es sich kräuselte und schließlich schwarz in den Flammen zerbröselte. Als Nächstes nahm Doppelacht die anderen Zutaten, die für den Zauber notwendig waren – ein Tropfen destilliertes Mondlicht, ein Löffel gemahlene Adlerfedern, die Nadel eines Kompasses –, und fügte sie hinzu.

Dann folgte der wichtigste Teil der ganzen Zauberherstellung: das Magiergebet. Doppelacht sprach die Worte sanft, ehrfürchtig:

Entsprungen aus Feuer, entsprungen aus Mut,
entsprungen aus Mutter Erdes Glut,
Benutze es weise, benutz es bedacht,
mein Herz, mein Blut, zum Zauber erwacht.

Ein Funke. Der Kessel vibrierte und füllte sich mit wirbelndem lila Rauch. Schnell zog Doppelacht einen Satz identischer Zauberfläschchen hervor und füllte in jede einzelne davon ein wenig von dem Zauber, den er gerade hergestellt hatte, bis der Kessel leer war. Er legte die Flaschen in eine Kiste mit Stroh, schrieb den Namen des Zaubers darauf und läutete ein Glöckchen am Ende seiner Werkbank. Eine Minute darauf kam eine alte Frau mit einem Transportkarren zu seinem Arbeitsplatz. Sie hob die Kiste auf den Karren zu den anderen – ihnen würde nun noch ihre Farbe entzogen werden. Sie schob den Karren weiter, ohne Doppelacht anzusehen oder ein Wort zu sagen.

So war jeder Tag seit über einem Jahr verlaufen. Einen Zauber herstellen, dann die Glocke läuten.

Doppelacht konnte es noch nicht wissen, aber dieser Tag würde ganz anders werden.

An diesem Tag würde sich alles ändern.

Die Mittagspause stand bevor und Doppelacht war mit seiner Arbeit zufrieden. Er hatte es geschafft, acht Sätze des Zaubers herzustellen – eine Kiste mehr, als er durchschnittlich schaffte. Als er sich den Schweiß von der Stirn wischte, spürte er, wie sein Magen knurrte. Und genau in dem Moment bemerkte er, dass zwei Weiße Magier sich seiner Werkbank näherten.

Sie waren große, riesige Männer, einer mit brauner Haut und einem rasierten Kopf, der andere mit so blasser Haut, dass sie fast blau wirkte, und einem Kopf voller wirrer grauer Haare.

Sie blieben an Doppelachts Arbeitsplatz stehen und musterten ihn eingängig.

»Acht-acht-fünf-vier-sieben-sechs?«, fragte der Mann mit der braunen Haut nach Doppelachts vollem Namen.

Doppelacht nickte. Sein Mund fühlte sich trocken an.

Der blasse Mann zog seinen Zauberstab heraus. Bevor Doppelacht reagieren konnte, richtete der Mann den Stab auf ihn, und eines der Zauberfläschchen leuchtete grell in seiner Revolverkammer auf.

Reißender, scharfer Schmerz durchzog Doppelachts Kopf. Er versuchte zu schreien, aber er fiel in eine sich drehende Dunkelheit. Noch bevor er den Boden erreichte, verlor er das Bewusstsein.

Der Seelenkäfig

»AUFWACHEN, MEIN LIEBER. Ja, genau so.«

Doppelacht öffnete seine Augen und stöhnte, als ihn die verschwommene Helligkeit eines wolkigen Himmels blendete, die durch ein schmales Fenster fiel. Er versuchte, sich zu bewegen, und merkte dann, dass er an einen Stuhl festgebunden war, gefesselt an Taille, Hand- und Fußgelenken. Panik ergriff ihn und ihm wurde übel. Er spuckte ungewollte, ängstliche Laute aus.

Eine Hand lag auf seiner Schulter. Doppelachts Augen weiteten sich und seine Fingernägel kratzten an den Stuhllehnen.

Jeder Weiße Magier kannte dieses Gesicht von Postern, Gemälden und Handbüchern. Er schaute hoch zu Mrs Hester, der Magierin des Königs und Befehlshaberin über alle Weißen Magier der Welt.

»Sei still«, sagte sie und hob einen Finger vor ihre roten, vollen Lippen. »Kein Wort, außer ich bitte dich darum.«

Irgendwie schaffte es Doppelacht, zu nicken. Sein ganzer Körper zitterte, er hatte noch nie solche Angst gehabt.

»Du hast vielleicht davon gehört«, sagte Mrs Hester, »dass wir zuletzt ein kleines Problem hatten. Weiße Magier sind mit der Hilfe von Hexen aus Westerly Haven weggelaufen. Ich finde das abstoßend. Geben wir euch nicht zu essen? Geben wir euch nicht einen sicheren Ort, um zu leben? Unterkunft und Arbeit? Tun wir das nicht?«

Wieder gelang es Doppelacht, zu nicken. Die Angst in ihm war kalt und übermächtig.

Mrs Hester griff in ihre strahlend weiße Robe und zog etwas Kleines und Glänzendes heraus. Doppelacht hatte das Gefühl, sich übergeben zu müssen. Es war der Hexenzauber, den er unter den Bodendielen versteckt hatte.

»Ein loyaler Magier in deinem Schlafsaal hat dich gemeldet«, sagte Mrs Hester. Sie hielt den Zauber hoch, betrachtete, wie er sich in der Flasche hin und her drehte. Dann zog sie ihren Zauberstab hervor – ein länglicher Holzstab aus dunklem, poliertem Holz mit einem wütend grünen Zauber in einer der metallenen Revolverkammern. »Wer hat dir den Hexenzauber gegeben?«

Doppelacht, der so stark zitterte, dass der Stuhl zu vibrieren begann, schüttelte den Kopf. »Ich … ich weiß es n…nicht. Ich hab ihr Gesicht n…nie gesehen.«

Mrs Hester kam näher und fixierte Doppelacht mit einem so einschüchternden Blick, dass ihm der Atem stockte. Sie war unglaublich schön, aber irgendwie konnte er spüren, dass ihre Schönheit eine Maske war, dass darunter etwas Bösartiges lag.

»Du hast es *n…nie* gesehen?«, äffte sie ihn nach. Sie hob ihren Stab, machte eine ruckartige Bewegung, und der wütende grüne Zauber leuchtete hell in der Flasche auf, bevor eine grüne Spirale aus der Spitze des Stabs schoss und zu einer schillernden, qualmenden Kobra wurde. Die Schlange bog sich zurück, schnappte dann in einer atemberaubend schnellen Bewegung nach vorn und versenkte ihre Giftzähne in Doppelachts gefesselter Hand. Er schrie vor Schmerz und Angst, während das Gift der Zauberschlange sein Inneres brennen ließ. Jeder Teil von ihm schmerzte, brannte, verwandelte sich in Asche. Er wollte sterben, wollte diesen Schmerz hinter sich lassen.

Mrs Hester ließ locker und die Schlange löste ihren Biss.

»Ich frage noch mal: Wer hat dir den Hexenzauber gegeben? Wer wollte dir helfen, zu fliehen?«

Doppelacht konnte vor Tränen nichts mehr sehen. Der Schmerz war weg. Er konnte keine Bissspuren auf seiner Hand entdecken. Er schluchzte. »Ich schwöre bei Mutter Erde! Ich habe ihr Gesicht nie gesehen. Ich weiß nicht …«

Die Schlange schoss herab auf seine Hand und sein ganzes Inneres wurde versengt.

Er hörte sich schreien.

Lass mich sterben, dachte er. *Lass es einfach vorbei sein.*

Wieder ließ die Schlange von ihm ab.

Sie biss noch fünf weitere Male zu.

Mrs Hester schaute interessiert zu, wie Doppelacht schrie und sich wand, wie hässliche Blutgefäße auf seinem Gesicht, Hals und Händen hervortraten.

Fast bewusstlos, hörte er sie sagen: »Na gut. Ich glaube dir. Es macht wahrscheinlich keinen Unterschied. Wir werden sie kriegen.« Der leuchtende Schlangenzauber verschwand und Doppelacht weinte. Eine seltsame Mischung aus Erleichterung und Furcht stieg in ihm auf.

Mrs Hester verschwand in den Schatten. Sie kehrte zurück und trug etwas, das wie ein Vogelkäfig aussah, aber die Stäbe waren aus einem seltsamen, silbernen Material, als ob jemand Fäden von Mondlicht genommen und geflochten hätte. Im Käfig war etwas, das noch seltsamer war. Im ersten Moment dachte Doppelacht, es wäre eine geflügelte Kreatur aus warmem, goldenem Licht. Aber je näher er hinsah, desto unsicherer war er, was er dort wirklich sah. Und das Gefühl, das dieses himmlische Etwas in ihm auslöste, war zugleich Glück, Sehnsucht und überwältigende Traurigkeit.

»Weißt du, was das ist?«

Plötzlich wurde es Doppelacht klar. Er wusste es, so wie er wusste, dass der Himmel blau oder das Wasser im Meer nass war, dass im Käfig keine Kreatur saß. Es war ein Teil von ihm.

Doppelacht blickte auf seine Seele.

»Ganz genau«, sagte Mrs Hester, während etwas in Doppelachts Innerem zerbrach und eine verzweifelte Sehnsucht an seinem Herzen riss. »Du gehörst mir. Jeder Weiße Magier gehört mir.« Sie tippte gegen ihre Stirn und kniff ihre Augen zusammen. Für einen Sekundenbruchteil glaubte er, ihr wahres Gesicht zu sehen, uralt und verfault. Sie hob ihren Zauberstab und berührte mit seiner Spitze Doppelachts Brust.

Er schloss die Augen und wappnete sich.

Aber Mrs Hester feuerte keinen Zauber ab.

»Ich glaube, ich habe ein kleines bisschen von deiner Seele da drin gelassen«, sagte sie und tippte mit ihrem Stab gegen sein Brustbein. »Deshalb willst du frei sein.« Sie beugte sich so weit zu ihm vor, dass sich ihre Nasen beinahe berührten, und als sie ausatmete, konnte Doppelacht einen leichten Hauch von Tod und Krankheit riechen. »Aber du wirst nie frei sein. Ich könnte mir jetzt alles nehmen, weißt du? Den Rest deiner Seele. Es wäre ganz einfach – und wie ich es genießen würde, das Licht in deinen Augen erlöschen zu sehen, zu beobachten, wie all deine lächerlichen Träume von Freiheit verwelken.«

»Bitte«, sagte Doppelacht, und das Licht seiner Seele wirkte durch seine Tränen wie ein Kaleidoskop bunter Farben.

Mrs Hester richtete sich auf.

»Aber das werde ich nicht tun«, sagte sie. »Ich werde den Rest deiner Seele nicht nehmen. Willst du wissen, warum?«

Sie strich über die seltsamen glühenden Gitterstäbe des Seelenkäfigs. »Wenn ein Weißer Magier stirbt, wenn dieser Magier ein guter Diener gewesen ist, gebe ich die Seele frei. Das heißt, die Graue Alyce kann den Magier über die Knochenwüste ins nächste Leben geleiten. Aber ein Verräter … nun, ein Verräter *verdient* nicht die Freiheit des Todes. Ich werde an dir ein Exempel statuieren. Ich werde jedem Weißen Magier zeigen, was mit Verrätern geschieht. Ich werde dich auf dem Reaper's Square hängen lassen. Und wenn deine Beine aufgehört haben zu zucken, werde ich deine Seele öffentlich ausstellen, und du, Junge, wirst für immer zwischen Leben und Tod gefangen sein. Ha! Mal sehen, wie viele wie du danach noch versuchen, wegzulaufen!«

Sie beugte sich erneut vor und wischte die Tränen aus Doppelachts Gesicht. Er roch wieder den Verfall aus der Tiefe ihres Körpers. »Sieh es von der positiven Seite. Die meisten Weißen Magier leben und sterben, ohne etwas in der Welt zu hinterlassen. Morgen, Doppelacht, wirst du berühmt werden.«

Der Henkersknoten

LARA MOCHTE an dem vergessenen Dachboden über dem Opernhaus vor allem dessen Ruhe. In einer Stadt wie King's Haven, wo die Menschen durcheinanderkrabbelten wie eine Milbenplage, war Ruhe seltener als Sternenstaub.

Wenn Lara morgens aufwachte, wusste sie, was für ein Tag es werden würde, bevor sie ihre Augen öffnete. Der Klang von Vogelzwitschern vom Dach war immer ein Anzeichen für klares, helles Wetter, während der entfernte Schall von Nebelhörnern bedeutete, dass die Welt unter einer Dunstglocke steckte. Im Winter wachte sie manchmal auf und hörte nur die wattierte Stille von Neuschnee.

Seit Tagen war Lara beim Aufwachen vom stetigen Getrappel des launischen Sommerregens begrüßt worden. Aber an diesem Morgen, als sie aus abklingenden Träumen erwachte, fehlte das Murmeln des Regens, und ein ungewohntes Geräusch füllte die Stille.

Entfernte Stimmen.

Geschrei.

Fluchen.

Als sie langsam die Müdigkeit abschüttelte, fiel Lara auf, dass der Krach ein Muster hatte. Einen Rhythmus, wie Trommelschlag.

Eine Menschenmenge wiederholte dasselbe Wort immer und immer wieder.

HEXER!

HEXER!

HEXER!

Lara zog sich rasch an, holte das Medaillon unter dem Kissen hervor, hängte es sich um den Hals und versteckte es unter ihrem Oberteil. Sie lief durch die leere Stille des Opernhauses die Treppen herunter zu einer Seitentür und schlüpfte hindurch in die Gasse dahinter. Ein paar Sekunden später stand sie auf der Allee der Götter.

Sie hatte schon zuvor erlebt, wie Hexen erhängt worden waren, und sie hatte es gehasst, genauso wie sie Grausamkeit gegenüber allen Lebewesen verabscheute. Angeblich waren Hexenspione überall im Königreich verteilt. Wenn man den Gesetzen des Königs glaubte, waren alle Hexen gefährliche Mörder, und doch hatte Lara nie einen wirklichen Beweis dafür gesehen. Die Menschen wurden ermahnt, jeden zu melden, der verdächtigt wurde, Hexenmagie zu nutzen, und Hexen, die geschnappt wurden, bekamen die Möglichkeit, zu konvertieren, Weiße Magier zu werden. Wenn sie das ablehnten, kümmerte sich der Galgen um sie. Solche Hexenhinrichtungen holten das Schlimmste aus den Leuten heraus. Beim Anblick einer Hexe wurden scheinbar normale Personen zu vor Wut schäumenden, naiven Wahnsinnigen, die zu allem bereit waren.

Auf der Straße standen Hunderte von Menschen. Lara

kämpfte sich durch die Menge, geschockt von einigen Ausrufen.

»Hängt ihn!«

»Häutet ihn!«

»Er verdient es, zu brennen!«

»Schlitzt ihn auf. Verteilt seine Gedärme auf der Straße!«

Lara bahnte sich ihren Weg zu den vordersten Reihen der Meute, die zum Reaper's Square lief. Es sah aus wie üblich: Ein paar Wachleute in ihren steifen schwarzen Uniformen gingen voran, zwei gewaltige Eisenherzen im Schlepptau. Die Eisenherzen zogen einen rollenden Käfig auf vier Rädern und in dem Käfig war der Hexer.

Nur dass es diesmal kein Hexer war.

Lara konnte es nicht glauben.

Es war ein Weißer Magier! Sie hatten einen der eigenen Leute in den Käfig gesperrt. Sie dachte kurz, sie würde weiterhin träumen, so seltsam war der Anblick. Der Magier war noch ein Junge, vielleicht vierzehn oder fünfzehn Jahre alt. Er war dünn und bleich wie Mehl und seine strähnigen, dunklen Haare hingen über seine Augen. Der verunsicherte und verängstigte Gefangene glotzte in alle Richtungen, während die Menge verfaultes Obst, Steine und Dreck von der Straße auf ihn warf. Einer der Steine traf ihn über dem linken Auge und Blut spritzte aus einer tiefen Platzwunde.

Schaut euch doch an, dachte Lara und beobachtete die Menge mit einem Gefühl von steigender Übelkeit. *Ihr seid wie wild geworden.*

Sie strömten auf den Reaper's Square, grölend und schreiend und fluchend, bis die schaurige Parade im Schatten des Palasts zum Stehen kam, neben einem Steinpodest, auf dem ein Galgen stand. Die Wachmänner schwärmten zum rollenden Käfig, zerrten den Magierjungen heraus und schleiften ihn die Stufen zum Podest hinauf – überzogen von Dreck und Kot und faulendem Fisch und Gemüse.

»Verräter!«, schrie die Menge.

»Weidet ihn aus!«

»Verfüttert ihn an die Hunde!«

Lara konnte nicht wegsehen, als die Wachmänner den Magierjungen zum Galgen zogen und die Schlinge um seinen Hals legten.

Eine Bewegung an den prachtvollen Palasttoren erregte Laras Aufmerksamkeit. Sie drehte sich um und sah eine Frau, die zum Galgen marschierte. Lara hatte Mrs Hester, die Magierin des Königs, nur ein paar Mal gesehen, weil sie meistens hinter den Palastmauern blieb und mit den piekfeinen Leuten zu tun hatte. Aber ihr Anblick, mit ihrem wunderschönen weißgoldenen Haar und ihrer makellosen Haut, war unvergesslich – und das galt auch für die seltsame Spannung in der Luft um sie herum.

Hinter den Toren, im Hof des Palasts, hatte Mrs Hester sämtliche Weißen Magier der Stadt versammelt. Sie standen in geraden, stillen Reihen und blickten hoch zum Galgen, als Mrs Hester die Stufen hinaufstieg. Sie starrte einen langen Augenblick den bemitleidenswerten Magierjungen mit der Schlinge um den Hals an, dann zog sie ihren Zauberstab hervor und berührte damit ihre Lippen. Ein Zauber leuchtete in seiner Kammer auf, und als Mrs Hester sprach, war ihre Sprache magisch verstärkt, jedes Wort dröhnte über den Platz.

»Freunde! Die Aufgabe eines Weißen Magiers ist einfach: dem Silberkönigreich dienen. *Euch* dienen. Magie herstellen – nur mit den Zaubersprüchen, die laut der Gesetze des Königs rein sind –, die euch ein erfülltes, glückliches Leben ermöglicht. Magie, die dem König dabei hilft, die vielen Ländereien sicher im Griff zu behalten.« Sie machte eine Pause, während sich in ihrem Kopf ein weiterer Schwall an Worten bereit machte, sich *über* die Massen zu ergießen. »Ich habe meine Weißen Magier vor vierhundert Jahren ins Silberkönigreich geführt. Innerhalb dieser Zeit habe ich euren Königinnen und Königen gedient – und wir haben zusammengearbeitet, um das größte Reich zu erschaffen, das diese Welt je gesehen hat. In jedem Gebiet, das wir erobert haben, sind wir auf Hexen gestoßen, und wir haben sie vertrieben. Aber sie sind immer noch da draußen in ihren Verstecken. Sie beobachten uns immer noch.«

Die Menge spuckte und fauchte, als die Hexen erwähnt wurden. Mrs Hester hob eine Hand und Stille erfüllte den Platz. Sie nickte einem Mann zu, der am Fuß der Stufen erschienen war, und er stieg das Podest empor. Dabei trug er etwas, das mit einem roten Seidentuch bedeckt war, mit großer Sorgfalt vor sich her. Die Magierin des Königs, die sichtlich den Augenblick genoss, nahm ihm den Gegenstand ab. Sie zeigte auf den Magierjungen am Galgen und nahm dann die Seidenabdeckung in die Hand, um sie übertrieben feierlich wegzuziehen …

… Doppelacht blinzelte das Blut aus seinen Augen. Die Platzwunde an seinem Kopf blutete immer noch und die Schlinge lag eng um seinen Hals und kratzte an seiner Haut. Er war erschöpft, zerschlagen und seine stinkende Kleidung ließ ihn würgen.

Er stand bewegungslos da, an Händen und Füßen gefesselt, blickte starr auf den Boden, wollte nicht in die Menge schauen. Er hatte noch nie so viele Leute an einem Ort gesehen, und der Gedanke, dass jede einzelne Person auf dem Platz hergekommen war, um ihn sterben zu sehen, um zu jubeln, wenn der Boden unter ihm wegfiel und sein Genick in der Schlinge brach, ließ weitere beißende Tränen seine Augen fluten.

Eine Welle von ängstlicher Verwunderung schwappte über den Platz, und jetzt blickte Doppelacht doch hoch und erkannte, dass Mrs Hester den kleinen Käfig mit den mondlichthellen Gitterstäben in der Hand hielt und ihren Zauberstab darauf richtete.

»Wenn ein Weißer Magier geboren wird«, sagte sie zur Menge, »gibt er uns seine Seele. Gibt *euch* seine Seele. Seht ihr den Magier da am Galgen? Er hat seine Seele gegeben, und hier ist sie, in diesem Käfig. Aber er will uns verlassen. Er will weglaufen. Und deshalb ist es meine … *traurige* Pflicht, heute Morgen an ihm ein Exempel zu statuieren. Dies ist eine Nachricht an euch, Freunde: Weiße Magier werden euch nie verlassen. Nie im Stich lassen.« Sie drehte sich zum Palast, um die versammelten Weißen Magier anzusprechen. »Und eine Nachricht an euch, meine Weißen Magier: Wenn ihr das Königreich im Stich lasst, werde ich euch finden, und ihr werdet hängen. Und wenn ihr sterbt, werde ich eure Seele behalten, und ihr werdet für immer zwischen Leben und Tod verloren sein.«

Die Menge erwachte bei diesen Worten schlagartig zum Leben. Der Aufschrei war so heftig und ohrenbetäubend, dass Doppelacht ihn gegen sich prallen fühlte. Eine Trommel wurde geschlagen, langsam und gleichmäßig, und der Pöbel verfiel in erwartungsvolle Stille.

Der Henker trat vor, sein Gesicht bedeckt von einer schwarzen Kapuze.

Doppelacht wollte mehr als alles andere tapfer sein, seinen Kopf erheben, tief durchatmen und noch einmal zum Himmel blicken. Aber er fühlte sich nicht tapfer. Er hatte riesige Angst und fühlte sich furchtbar allein. Er weinte wieder. Seine Augen waren verschmiert von Blut und Tränen, während er blinzelte und auf die Gesichter der aufgebrachten Menge starrte, eines hasserfüllter als das andere.

Und dann, mitten in diesem Meer aus Gift, blieb sein Blick an einem Gesicht hängen, das weder wütend noch hasserfüllt war.

Die makellose braune Haut des Mädchens schien in der Sonne zu glitzern, ihre großen, dunklen, intelligenten Augen fixierten ihn mit einem Blick, gefüllt von so viel Scham und Traurigkeit, dass er nicht weggucken konnte. Die kalte Einsamkeit in Doppelachts Herz taute ein bisschen auf und dann tat das Mädchen etwas Unerwartetes und Wunderbares. Etwas, dass ihm die Welt bedeutete …

… Lara lächelte ihn an.

Sie war sich nicht sicher, warum und was es bringen sollte – sie wusste nur, dass sie selbst, wenn sie da am Galgen stünde, im letzten Gesicht, das sie sähe, lieber ein Lächeln als Hass sehen würde.

Warum musste der Junge überhaupt sterben? Weil er frei sein wollte? Wenn Lara in einem Leben als Sklavin gefangen wäre und ihr jemand einen Ausweg böte, würde sie die

Möglichkeit auch ergreifen. Und wenn die Hexen diejenigen waren, die Weiße Magier befreiten, wie schlimm konnten sie dann eigentlich sein?

Der Trommelschlag wurde schneller.

Lara hielt sich die Hände vor die Augen und spähte durch die Lücken zwischen ihren Fingern. Jeden Augenblick würde der Henker den Hebel betätigen und der Boden würde unter dem Magierjungen verschwinden. Wenn er Glück hatte, brach sein Genick sofort, aber Lara hatte fürchterliche Hinrichtungen gesehen, wo der arme Typ am Ende des Seils hin und her gezuckt hatte, während seine Augen fast aus den Höhlen platzten, bis er langsam erstickt war.

Der Henker griff nach dem Hebel.

Ein Lichtblitz.

»Schaut! Da oben!«

»Da sind Leute auf dem Dach!«

»Was ist das? Was tun sie?«

Wenn Lara es nicht selbst gesehen hätte, hätte sie es nicht geglaubt. Zwei Personen standen auf einem nahe gelegenen Hausdach. Sie hielten Zauberstäbe empor, aus denen dunkler Rauch aufstieg. Der Rauch bewegte sich in der Luft, blähte sich auf und formte eine Wolke, die über dem Platz hing. Die Wolke wankte und rollte und verformte sich. Dort entfalteten sich Flügel aus dem Rauch und dann ein gepanzerter Kopf, so groß wie eine Kutsche.

»Ein Drache!«, rief jemand aus der Menge.

»Sei nicht dämlich. Das ist nichts als Rauch!«

»Hexen!«

»Hexenmagie!«

»Lauft!«

Ein gewaltiger Knall ertönte und eine Schockwelle brach sich ihren Weg durch die Menge. Der Rauch explodierte in alle Richtungen und hinterließ an seiner Stelle einen Drachen aus wirbelndem rotem Feuer. Der Feuerdrache schlug mit den Flügeln und aus seinen Nüstern schoss versengende Luft auf die Menschen zu.

Die Zeit schien sich zu verlangsamen. Lara sah alles wie in einem Traum, als würde sie von außen das Leben einer anderen Person beobachten. Panik. Schreie. Chaos. Menschen lagen auf dem Boden, weil sie in der Hektik gestürzt waren, andere trampelten über sie hinweg.

Der Drache aus Feuer brüllte und schwang sich in die Luft, beschrieb einen Halbkreis über dem Palast und schoss dann auf den Reaper's Square zu. Lara ließ sich wie die Menschenmenge zu Boden sinken. Sie war sicher, der Drache würde in sie hineinrasen, sie so stark verbrennen, dass sie sterben würde. Aber in letzter Sekunde gewann er wieder an Höhe, sein glühender Bauch nur einen Meter über ihr. Die Hitze raubte ihr den Atem. Lara rappelte sich auf und zog jemanden neben sich auf die Beine – eine Dame, die ein Kleid aus feinem Stoff trug.

»Laufen Sie«, rief Lara ihr zu. »WEG HIER!«

Der Feuerdrache kreiste erneut und flog über die Menge, vertrieb die Menschen wie Laub. Irgendwo in Laras Kopf erwachte ein Gedanke.

Der verbrennt niemanden.

Das war kein Angriff. Es war eine *Ablenkung.* Sie drehte sich um und blickte zum Galgen, wo nur noch eine leere Schlinge baumelte. Der Magierjunge war weg. Und neben dem Galgen hantierte die Magierin des Königs mit einer Zauberflasche, lud sie in die Kammer ihres Stabs und richtete ihn zum Himmel.

Die Flammenzunge, die aus ihrem Zauberstab sprang, wurde eine Schlange, und die Schlange prallte hoch über den Straßen auf den Feuerdrachen, schlang sich um ihn, und die beiden Feuerkreaturen verblassten und lösten sich auf, hinterließen nur geisterhafte Schemen in der raucherfüllten Luft.

Die Menschen rappelten sich auf, halfen anderen hoch und schauten voll eingeschüchterter Verwunderung zum Himmel.

Lara beschloss, dass es besser war, zu verschwinden. Die Wachmänner würden sicherlich jemanden – irgendjemanden – dafür bezahlen lassen. Und wenn man aus den Armenvierteln kam, war man ein äußerst geeigneter Kandidat.

Also eilte sie über den Platz und überquerte die Knochenbrücke in Richtung Armenviertel, zu der Kanalisation, einem Ort, der sich noch echt anfühlte.

Mrs Hester stand schwer atmend am Galgen und sah sich auf dem von Rauch erfüllten Platz um. Sie stürmte hinüber zur leeren Schlinge, fasste das Seil an und ließ ihren Blick über die angrenzenden Hausdächer schweifen. Keine Spur war von den Hexen zu sehen. Eine Welle des Unbehagens lief durch die zusehende Menge der Weißen Magier, denn auch wenn Mrs Hester ihnen ihre Seelen genommen hatte und sie weder von Glück noch von Freiheit träumen konnten – Angst berührte sie. Und nichts erfüllte sie mehr mit Angst als Mrs Hesters Zorn.

Mit irrem Blick rannte sie über das Podest und schnappte

sich den Seelenkäfig, der in dem Chaos umgefallen war. Die Seele des Jungen war immer noch darin. Sie hatten es nicht geschafft, sie zu befreien. Aber sie hatten den Jungen mit ihrem verdammten Fluchtzauber befreit und sie vor den Augen ihrer Stadt, direkt vor ihren Weißen Magiern, gedemütigt. Mrs Hester richtete ihre Augen zum Himmel und schrie. Dann hastete sie zurück zum Palast.

Die Immernacht

MRS HESTER TÖTETE drei ihrer Weißen Magier auf dem Rückweg in den Palast, indem sie deren Inneres in Feuer verwandelte, sodass sie kreischend und sich krümmend starben. Ihr eigenes Inneres brannte lichterloh vor Zorn und Hass. Dieser Morgen hatte eine Machtdemonstration werden sollen, um ihren Weißen Magiern sämtliche Gedanken an Freiheit auszutreiben. Stattdessen hatten die Hexen sie gedemütigt und sie schwach erscheinen lassen. Schlimmer noch, sie hatten dafür gesorgt, dass Mrs Hester an sich selbst zweifelte – etwas, das sie nie zuvor getan hatte. Wie viele Fehler waren ihr unterlaufen? Wie viele Weiße Magier trugen noch Reste ihrer Seele in sich? Nach der schrecklichen Vorstellung gerade vermutete sie, dass mehr von ihnen als je zuvor davon träumten, zu fliehen. Das konnte sie nicht zulassen, nicht tolerieren. Der König war ohnehin schon aufgebracht. Wenn der Trottel auf die Idee kommen sollte, sie loswerden zu wollen, hätte sie keine andere Möglichkeit, als ihn zu töten – und das würde alles noch komplizierter machen.

Nein. Sie würde nicht zulassen, dass sich ihre Pläne – ihr

Lebenswerk – vor ihr in Luft auflösten. Sie musste die Hexen aus Westerly Haven ein für alle Mal bezwingen und den Mutterbaum kontrollieren, sodass sie die Magie direkt aus seinen Blüten atmen konnte.

Mrs Hester stürmte hinauf in ihren Turm, trat die Tür auf und zerschmetterte ein paar Zauberfläschchen an der Mauer. Dann griff sie nach der Urne und öffnete sie. Als Schattenjack neben Mrs Hester erschien, blickte er in ihr hasserfülltes Gesicht.

»Warum habe ich das Gefühl, etwas verpasst zu haben?«, fragte er.

»Ich will, dass es erledigt wird.«

»Was?«

»Ich will, dass die Immernacht freigelassen wird. Jetzt!«

»Jetzt? Sind Sie sicher, dass das eine gute Idee ist? Wir haben den Untergangszauber noch nicht.«

»Nun, das dürfte ja nicht mehr lange der Fall sein, wenn ich dir glauben kann.«

»Trotzdem wäre es besser, zu warten. Wenn Sie die Immernacht loslassen, ohne die Mittel, sie wieder zu bannen, dann …«

»Nein. Ich bin es leid, zu warten. Es muss jetzt geschehen.« Sie fuhr ihn an, ihr Gesicht grell erleuchtet durch ihren Zauberstab, und er sah befremdlichen, wütenden Wahnsinn in ihren Augen. »Die Hexen halten mich vor der gesamten Stadt zum Narren. Lassen mich in den Augen meiner eigenen Weißen Magier schwach erscheinen! Ich lasse das nicht mehr zu. Ich will, dass sie sterben. Alle von ihnen. Und wenn die Immernacht sie holt, will ich, dass sie wissen, dass Mrs Hester sie zu ihnen gebracht hat. Jetzt führ mich dorthin.«

»Jetzt? Wollen Sie sich nicht erst ausruhen? Es ist ein zweitägiger Flug.«

»Nein. Ich will nicht fliegen. Ich will, dass du mich anders dahin bringst. Auf die Dschinn-Weise.«

Schattenjack schüttelte den Kopf. »Keine gute Idee. Das wird Sie töten.«

»Viele Dinge hätten mich schon vor langer Zeit töten sollen. Ich bin ein zäher Knochen. Tu es!«

Schattenjack trat an sie heran und schlang seine Arme um sie. Sie standen für einen Augenblick still in ihrer unbeholfenen Umarmung, dann umhüllte sie ein Wirbel aus Dunkelheit.

Als die Hülle von ihnen wich, befanden sie sich am Rand eines schwarzen Sees unter einem Mitternachtshimmel voller Sterne. Die Luft war eiskalt und die Welt glitzerte unter einem Mantel von kristallenem Raureif. In der Mitte des Sees ragte eine kleine Felseninsel empor. Mrs Hester kannte diesen Ort gut. Schattenjack hatte sie schon oft hierhergebracht, in ihren Gedanken.

Ihr schwindelte und die Sterne tanzten am Himmel. Sie sank auf die Knie, schnappte nach Luft, übergab sich und sah, dass ihr Erbrochenes von Blut durchzogen war. Schattenjack versuchte ihr aufzuhelfen, aber sie wehrte ihn ab und stand wankend auf.

»Das hat sich angefühlt … als wäre ich in Millionen kleiner Teile zerbrochen und dann wieder zusammengesetzt worden.«

Schattenjack nickte.

Mrs Hester zeigte auf ihn. »Nun ja, ich hoffe für dich, dass du alles wieder richtig zusammengesetzt hast. Was ist los? Warum schaust du mich so an?«

»Sie sind ein wenig älter geworden«, sagte Schattenjack.

Mrs Hester blickte prüfend auf ihre Hände und sah, dass ihre jugendliche, glatte Haut dünner geworden war. Sie trat an den See, lud einen Lichtzauber in ihren Stab und betrachtete dann ihr Spiegelbild im ruhigen Wasser. Ihre Augen waren von Krähenfüßen eingefasst und Falten durchzogen ihre Stirn. Graue Strähnen krochen durch ihr Haar. Die Jugend, die sie der jungen Dame im Turm gestohlen hatte, verblasste schon, zweifellos aufgrund der Kraft, die es gekostet hatte, die Reise hierhin zu überleben. Vor einigen Jahren hätte sie das noch ohne Schwierigkeiten weggesteckt. Aber jetzt … sie wurde so verdammt alt. Und die Seelen all dieser Weißen Magier aufzubewahren, kostete sie so viel ihrer Macht.

Sie musste die Dinge jetzt in Bewegung setzen, bevor es für sie zu spät war. Sie hatte lang genug so weit vom Mutterbaum entfernt gelebt, nur die Magie benutzt, die dessen Blüten in die Luft ausatmeten; Magie, die durch die ganze Welt getragen und dadurch geschwächt worden war. Kaum auszumalen, was sie tun könnte, wenn sie die Quelle der Magie kontrollierte. Wenn sie doch nur zwischen den Blüten hindurchwandern könnte und die Magie um sich herum spüren könnte.

Mrs Hester wühlte in ihren Taschen herum, lud eine weitere Flasche in die Revolverkammer ihres Stabs und feuerte den Zauber auf den See. Dort, wo der Zauber auf die Wasseroberfläche traf, bildete sich eine dünne Eisbrücke, die knisterte und krachte. Sie reichte hinüber bis auf die Felsklippe in der Mitte. Mrs Hester lief über die Eisbrücke auf die winzige

Insel, Schattenjack direkt hinter ihr, und kletterte den steilen Felsen hinauf.

»Wo ist sie?«

»Ich weiß es nicht genau. Nur, dass sie hier ist.«

»Dieser gottverhexte Mantel!« Mrs Hesters langer Mantel hatte sich an einem Felsvorsprung verfangen, woraufhin mehrere Zauberfläschchen klirrend in die Dunkelheit fielen. »Egal. Schau!« Sie kraxelten weiter hoch – die Klippe war viel höher, als sie von unten ausgesehen hatte, sie hatten erst die Hälfte des Aufstiegs zum Gipfel geschafft – und erreichten einen Vorsprung und einen düsteren Eingang.

Schwer atmend nahm Mrs Hester ihren Stab und bereitete einen weiteren Lichtzauber vor. Die Helligkeit brannte in ihren Augen, aber es war ihr egal. Sie eilte zum Eingang, hielt ihren Stab vor sich und spähte in die Höhle. »Stufen. Weiter!«

Da waren tatsächlich Stufen. Viele davon, grob in den Stein gehauen, alle unterschiedlich hoch und unregelmäßig geformt. Über die Stufen gelangten Mrs Hester und Schattenjack unter die Erde, zu einer Kammer weit unter dem See und der Insel. Die Luft war abgestanden, schwefelhaltig und feucht, und als Mrs Hester einen Arm ausstreckte, um sich an der Höhlenwand anzulehnen, schreckte sie angesichts der schleimigen Oberfläche zurück.

»Was ist das für ein Geräusch?«

Aus der Dunkelheit jenseits der Reichweite von Mrs Hesters Lichtzauber schallte der untrügliche rhythmische Klang von Atemzügen.

»Wer ist da?« Sie drehte sich zu Schattenjack um. »Wer ist hier drin?«

»Ich weiß es nicht.«

Mrs Hester nahm ein paar letzte Zauber aus den Taschen ihres Mantels und lud sie in die Kammern ihres Zauberstabs. Ihr Blick wanderte aufmerksam in jede Ecke, während sie weiter in den Raum schlich. Schließlich blieb sie stehen, neigte ihren Kopf und schaute angestrengt in die Finsternis, als müsste sie sich vergewissern, dass das, was sie sah, wirklich dort war.

In der hintersten Ecke des Raums saß ein alter Mann auf einem Holzstuhl. Er schlief – sein Bart war so zerzaust und seine Haare so lang, dass sein Gesicht kaum sichtbar war. Irgendwo im verfilzten Durcheinander seiner schmutzigen Barthaare stand sein Mund offen. Er trug einen langen Magiermantel aus Leder und auf seinem Schoß lag ein wunderschön geformter Zauberstab mit einer verzierten silbernen Revolverkammer.

Mrs Hester blickte Schattenjack an. Schattenjack zuckte mit den Schultern. Mrs Hester wies ihn an, zur Seite zu treten, und er verschwand in den Schatten. Dann bewegte sich Mrs Hester nach vorn, zog den Stab vom Schoß des alten Mannes und trat ihm gegen das Schienbein.

Er schreckte auf und blickte sich verwirrt um, dann sah er Mrs Hester über sich stehen und versuchte, aufzuspringen. Aber er war so alt, dass er sich nur mühsam vom Stuhl erheben konnte. Als er auf den Füßen stand, wirkte er erschöpft.

»Wer bist du?«, fragte ihn Mrs Hester.

Er öffnete seinen Mund und sagte: »Flaahrghensht fwooop.«

Mrs Hester starrte ihn ausdruckslos an. »Was?«

»Lonky-yopdoodlepip!«

»Wie bitte?«, sagte Mrs Hester.

Der alte Mann schüttelte mit Nachdruck seinen Kopf. Er

steckte einen Finger in ein Ohr, wackelte damit herum und machte die Art von Geräusch, die eine Person nur machen kann, wenn sie sich irgendwo mitten im Gehirn kratzen will, weil es dort fürchterlich juckt. »Fwaaaa. Hhhnnnnggggg.« Er blinzelte. »Es t-tut mir leid. Ich habe nicht mehr … gesprochen seit … oh, das müsste jetzt bald neunhundert Jahre her sein. Ich hab fast vergessen, wie es geht.« Er richtete sich so gut er konnte auf und fragte in einem überraschend tiefen Befehlston: »Warum sind Sie gekommen?«

Mrs Hester versuchte, ruhig zu bleiben, obwohl ihr Herz raste. »Wegen der Immernacht, natürlich.«

Der alte Mann schaute sehr ernst. »Wer sind Sie?«

»Mein Name ist Mrs Hester. Ich bin die Gebieterin aller Weißen Magier.«

»Weiße Magier? Was sind Weiße Magier?«

»Die Welt hat sich verändert, seit Sie hierhergekommen sind«, sagte Mrs Hester. »Es gab einen Bürgerkrieg zwischen zwei Gruppen von Magiebegabten. Jetzt gibt es die Hexen, die Westerly Haven besetzt haben, und die Weißen Magier, die es für sich beanspruchen.«

»Nun, ich interessiere mich nicht für Hexen oder Weiße Magier«, sagte der alte Mann. »Ich sorge mich nur um die Immernacht.« Sein Gesichtsausdruck wirkte ruhelos und seine Augen schienen noch weiter in ihren tiefen Höhlen zu versinken. »Sie können sich nicht vorstellen, wie stark sie ist. Man sagt, die Lichtgöttin selbst habe sie damals während des Kriegs der Götter in die Unterwelt gesperrt. Als wir Magier sie vor tausend Jahren unabsichtlich befreiten, musste Sam Hawk, der mächtigste Hochmagier aller Zeiten, sie zurückdrängen. Er schickte mich hierhin, um sie zu bewachen, um sicherzustellen, dass die Immernacht unter der Erde gefangen bleibt. Das habe ich getan – und das werde ich weiterhin tun, bis zu meinem letzten Atemzug.«

Schattenjack trat in den Schein des Zauberlichts. Der alte Magier starrte zu ihm hoch und dann auf den Boden, wo kein Schatten zu sehen war.

»Dschinn«, flüsterte er rau. »Ein *echter* Dschinn?«

Mrs Hester nahm den Stab des alten Manns und zerbrach ihn über ihrem Knie. Er hob abwehrend die Hände und jammerte. »Tun Sie das nicht. Wenn Sie die Immernacht herauslassen, wird sie all das Gute und das Licht und die Fröhlichkeit auffressen. Sie haben keine Ahnung, wie stark sie ist, was sie vermag. Sie werden nicht in der Lage sein, sie wieder zu bannen!«

Mrs Hester beugte sich vor und küsste ihn auf die Stirn.

»Sie haben ein bisschen Ruhe verdient. Schlafen Sie gut.«

Sie nickte Schattenjack zu, der sein Messer zog. Einen Augenblick später war der alte Mann, der einst der stärkste aller Magier gewesen war und seinen Posten fast eintausend Jahre treu bewacht hatte, tot.

Beim letzten Herzschlag des Mannes erschütterte ein tiefes Grollen die Insel. Mrs Hester und Schattenjack stolperten, als Felsstücke von der Decke fielen und zersprangen. Unter ihren Füßen zerstreute sich der Staub aus Tausend Jahren und offenbarte ein kreisförmiges Siegel auf dem Boden, einen Ring aus verflochtenen Ästen, und in der Mitte einen Vogel im Flug.

Als das Grollen verstummte, stand Mrs Hester am Rand des großen Siegels.

»Sind Sie sicher?«, fragte Schattenjack.

Mrs Hester versuchte, sich zu beruhigen. Sie konnte die fließende Kraft von etwas Uraltem unter ihren Füßen spüren, und das erste Mal, soweit sie sich zurückerinnern konnte, fürchtete sie sich. Aber eine größere Angst trieb sie an: die Angst, ihre Macht zu verlieren. Ihr Hass auf die Hexen, auf den König, der peinliche Moment, als sie vor ihren Weißen Magiern schwach gewirkt hatte – all das hatte ein Feuer in ihr entfacht, das die letzten Überreste der Vernunft verbrannte. Sie wollte nur die Hexen leiden sehen, den Mutterbaum ganz für sich alleine haben, wollte sehen, wie die Immernacht der Hochmagierin den letzten Atemzug nahm.

Sie nahm ihren Stab und berührte mit der Spitze das Siegel. Sofort leuchteten die Gravuren hell auf, und die Höhle rumorte und erzitterte, aber die Macht stach weiß glühend in Mrs Hesters Adern, und sie schrie. Die Verzauberung hob sie hoch und warf sie zur Seite.

»Au!« Sie landete unsanft, der Stab glitt ihr aus den Fingern. Schattenjack eilte zu ihr, half ihr hoch und gab ihr den Zauberstab zurück. Sie erleuchtete den Raum und blickte auf ihre verbrannten Fingerspitzen, wo die glatte Haut dünn und faltig geworden war.

»Es ist zu stark«, stammelte sie und konnte ihre eigenen Worte kaum glauben. »Ich bin zu alt.«

Ein Moment der Stille.

»Tretet einen Schritt zurück«, sagte Schattenjack.

Er trat auf den Mittelpunkt des Siegels. Dort stampfte er mit dem Fuß auf und ging dann in die Hocke, um mit seinem Finger über die Inschriften zu fahren, die Sam Hawk vor so langer Zeit geschaffen hatte. Er leckte an seinem Finger, um von der Magie zu kosten. Dann nickte er, stand auf und verwandelte sich in den Raben. Er schwang sich hinauf zur Decke der großen Kammer. Mrs Hester hielt ihren Stab hoch, und am Rand ihres Lichtzaubers sah sie, wie er seine Flügel faltete und im Sturzflug herabschoss. Innerhalb weniger Meter wurde er unglaublich schnell, und als er auf den Boden prallte, krachte er geradewegs durch den Mittelpunkt des Siegels. Er hinterließ ein unebenes Loch, aus dem eine klebrige, rauchende schwarze Flüssigkeit spritzte.

Mrs Hester sprang einen Schritt zurück, ihre Augen groß wie Vollmonde. Ein krachendes Grollen erschütterte den Boden, schoss durch ihren Körper und ließ sie in die Knie gehen. Das Siegel brach in einer Explosion endgültig auf und warf Schattenjack auf den Boden. Er hatte wieder die Gestalt eines Mannes und rappelte sich auf, überzogen von der schwarzen Flüssigkeit, wischte sie aus den Augen, spuckte sie hustend aus.

»Wir müssen hier weg.«

Mrs Hester stellte keine Fragen. Sie rannten aus der Höhle, während die Mauern rund um sie herum einstürzten, die Treppe hinauf und hinaus in die klare Nacht auf der dunklen Seite der Welt. Fast fallend stolperten sie die Klippe hinunter, und als sie über die Eisbrücke liefen, explodierte die Spitze der Insel und ließ heißes Geröll und Asche auf sie herabregnen. Das Eis schmolz und brach unter ihren Füßen. Als sie es zurück aufs Land geschafft hatten, blickten sie sich um und sahen Feuer aus dem offenen Felsen schießen. Fahle orange Flammen züngelten hoch aus einem Ort, den Mrs Hester sich nur ausmalen konnte.

Ein dünner, spinnenartiger Riss zog sich die Felseninsel hinab. Als der Riss den See erreichte, erfüllte ein donnerndes Gebrüll die Dunkelheit, und der Boden tief unter der Wasseroberfläche des Sees brach auf, woraufhin das Wasser schäumte und gurgelte, als es ablief. Bald war der See trocken, und auf dem Grund erstickten im Dunkeln lebende Fische, die sich hin und her warfen.

Aus dem Riss auf dem Grund des Sees kam ein weiteres markerschütterndes Gebrüll.

Eine tintenartige, rauchige Substanz schoss hinauf in Richtung der Sterne wie bei einem Geysir. Sie sammelte sich in der Luft, waberte hin und her, wuchs und erblühte. Sie war eine albtraumhafte Mischung aus Luft und Materie, aus Schatten und fauligem, stinkendem Gas, aus Angst und Tod und Hass, erleuchtet aus dem Inneren von knisternden Blitzen.

Die Immernacht war erwacht.

Tief in den Bergen und in den hintersten Ecken dieser Mitternachtsländer hatten Stämme von schwarzen Kreaturen fast tausend Jahre geschlafen. Nun, als die Immernacht sich rührte, erwachten auch ihre Diener aus ihrem Schlummer. Die Muster auf ihrer Haut glühten mit der knisternden Kraft wiedergeborener dunkler Magie. Sie machten sich auf den Weg zum See. Die Bemalten waren unterwegs.

In die Kanalisation

»HEY! Ist es wahr, was auf dem Reaper's Square passiert ist?«

»Das soll ein Drache gewesen sein, angeblich.«

»Nö! Ich war da. Es waren *zwei* Drachen!«

»Einer davon hat einen Weißen Magier gefressen.«

»Das waren Hexen. Müssen's gewesen sein. Schätze, wir sind alle erledigt.«

Die engen, gewundenen Straßen der Armenviertel wimmelten nur so von Gerüchten und Geschwätz. Lara war immer wieder erstaunt, wie schnell sich Neuigkeiten im Viertel verbreiteten. Man sagte, wenn ein Typ an einem Ende der Armenviertel furzte, waren sich die Leute am anderen Ende kurz darauf sicher, was er am Abend zuvor gegessen hatte. Ganze Schwärme von Papiervögeln flogen in alle Richtungen, sausten durch die Straßen, um Nachrichten und Notizen und Hörensagen über das unglaubliche Ereignis zu verbreiten.

»Hab's mit eigenen Augen gesehen«, sagte Lara, als sie sich einer Gruppe von tratschenden Händlern näherte. »Ich war dabei, höchstpersönlich. Auf dem Platz.«

»Erzähl uns davon!«, riefen sie. » Wir müssen es wissen. Werden wir angegriffen? Waren es Hexen?«

Lara strich sich grübelnd über ihr Kinn.

»Hmm, meine Erinnerung ist plötzlich ein wenig verschwommen. Muss wohl der Schreck gewesen sein. Ich schätze, ein paar Münzen könnten sie *möglicherweise zurückholen …*«

Sie lächelte sie unschuldig an, woraufhin die Händler murrten und zusammenlegten, um ihr ein paar Bronzemünzen zu reichen.

»Ah, *jetzt* erinnere ich mich …«

Lara zwängte das Ende ihrer Brechstange in die Lücke zwischen dem Kanaldeckel und der Straße, legte ihr Gewicht auf die Stange und hebelte, bis – *klong* – der Deckel hochsprang. Sie schob ihn zur Seite, setzte sich auf den Rand des Lochs, sodass ihre Beine in die Dunkelheit hinabbaumelten, und lauschte konzentriert. Sie konnte hören, dass der Abwasserstrom immer noch schnell floss, immer noch gluckerte und schäumte, aber dass der Wasserstand gesunken war. Damit konnte sie umgehen, solange sie konzentriert blieb und auf jeden Schritt achtete.

Sie starrte hinunter in die Dunkelheit und ihr Herz flatterte in ihrer Brust. Gedanken an den Kanalwürger kamen ihr in den Sinn – ein Mann ohne Schatten, der durch die Tunnel schleicht, bereit, zuzuschlagen. Für einen kurzen Augenblick überlegte sie, ob sie sich von der Kanalisation fernhalten sollte, bis die Angriffe aufhörten. Aber sie verscheuchte den Gedanken wie eine lästige Fliege, wütend auf sich selbst, weil sie ihn überhaupt in Erwägung gezogen hatte.

Lara blickte sich ein letztes Mal um und kletterte in das Loch, ihre Füße sicher auf den Sprossen der Leiter, und begann den Abstieg.

Bevor sie von der Welt über der Erde verschwand, schob sie ihre Brechstange vor und zog damit den Deckel zurück über den Eingang zur Kanalisation. Sie hatte das schon unzählige Male gemacht. Jedes Mal gab es diesen einen Moment, kurz bevor der Deckel sich schloss und das letzte bisschen Tageslicht aufleuchtete wie ein Diamant an einem Ring. Der Anblick ließ Laras Herz immer rasen und sie fragte sich: *Wird das das letzte Mal sein, dass ich die Sonne gesehen habe?*

Danach kam nur noch das abschließende Klacken des Kanaldeckels – und Dunkelheit.

Am Fuß der Leiter, tief unter den Straßen, griff Lara in ihre Toshertasche und holte die neue Drachenatemlampe heraus, die Joe ihr gekauft hatte. Sie drehte am Messingrad am Fuß der Lampe und eine hell flackernde Flamme erwachte hinter dem Glas und warf einen goldenen Lichtschein auf die Kanalwände.

Die meisten Leute zitterten bei dem Gedanken, in die Gedarme der Stadt hinabzusteigen, zwischen den Dreck und Gestank, die Ratten und Kanalkreaturen, die Leichen. Aber Lara blickte sich um, sah das Licht, das auf die glatten Steine schien, auf die gekräuselte Oberfläche des Wassers. Sie hörte das gluckernde Lied des Abwasserstroms – und sie lächelte. Denn das war ihre Welt. Ihr Gebiet. Und wer wusste schon, welche Schätze an diesem Tag für sie bereitlagen.

Es riecht heute gar nicht so schlimm, dachte Lara, als sie durch die glänzende Dunkelheit stapfte. An manchen Tagen, meistens während der Sommerhitze, wenn der Fluss wenig Wasser führte und die Kanäle nicht so oft vom Regen durchgespült wurden, war der Gestank so dicht, dass man ihn fast sehen konnte, und er fühlte sich glitschig und ölig auf der Haut an. Aber an diesem Tag, nach dem Wolkenbruch und dem hohen Wasserstand, wirkten die Tunnel glänzend und neu. Tatsächlich hätte Lara darauf gewettet, dass sie deutlich sauberer waren als manche der Straßen darüber.

Jeder Tosher hatte seine Lieblingsorte – Stellen im Kanal, wo sich ein Riss in den Steinen gebildet hatte oder wo die Tunnel so geformt waren, dass kleine, schwere Dinge sich sammeln oder stecken bleiben konnten. Lara kannte mehrere solcher Orte. Snapleg Corner war ein absoluter Glücksgriff gewesen, dann dort gab es einen wunderbaren Abschnitt, den sonst niemand zu kennen schien. Eine Verbindungsstelle unter Wasser, in der sie regelmäßig Münzen fand. Das Problem war, dass sich Snapleg Corner vor einem halben Mond mit giftigem Gas gefüllt hatte. Ein Tosher kam mit seiner Drachenatemlampe des Weges und die nackte Flamme traf das Gas: Bummmm! Das war's für die Snapleg Corner gewesen … und für den Tosher.

Also hatte sich Lara heute für den Blutfluss entschieden.

Der Blutfluss war ein kurzer Kanalabschnitt auf der Südseite des Flusses. Er trug den Namen, weil er direkt unter einer Schlachterei lag. Wenn sie das Blut vom Boden wegspülten, floss es den Abfluss hinunter und färbte den Abwasserstrom rot.

Lara hielt bei jedem Schritt ihre Augen weit geöffnet und lauschte aufmerksam. Gasansammlungen waren nur eine von vielen Gefahren, die unter der Stadt lauerten. Es gab

Stellen, wo einen der Wasserstrom mitreißen konnte. Jeder Tosher kannte die Hochwasserzeiten auf die Sekunde genau, und sie huschten zurück auf die Straßen, bevor die Flusstore geöffnet und die Kanalisation überschwemmt wurde. Es gab außerdem Geschichten über seltsame Kanalbewohner – Kreaturen, die sich versteckt hielten und einen Tosher als leckere Mahlzeit betrachteten.

Irgendwo in der Nähe überquerten einige Ratten den Abwasserstrom und wuselten und schnüffelten einen anderen Tunnel herab. Laras Gedanken schweiften ab zu ihrem Zusammenstoß mit Cotton vor einigen Tagen und wie die Ratten ihr geholfen hatten, zu entkommen. Sie zog ihr Medaillon hervor, hielt es in der Hand und erlaubte dem Licht ihrer Lampe, die Vogelgravur sichtbar zu machen. Sie schüttelte das Medaillon, aber es blieb unbewegt. Sie war inzwischen sicher, dass sie im Kanal unwissentlich in weggeschüttete Magie geraten war und deshalb ihr Medaillon für einen kurzen Zeitraum lebendig geworden war. Nun musste die Magie aufgebraucht sein, also war alles wieder beim Alten.

Es gab schließlich eine Menge weggespülte Magie in der Kanalisation. Alfie Button, erzählte man sich, hatte gerade nach Wertgegenständen gesucht, als ein ganzer Cocktail aus verschiedenen Zaubern an ihm vorbeifloss, ihn in eine Magiewolke hüllte und ihn schrumpfen ließ, bis er nicht mehr größer war als eine Feldmaus.

Der arme Alfie hatte sein Ende gefunden, als die Nachbarskatze ihn eines Tages entdeckt hatte und beschloss, dass er ziemlich lecker aussah. Dann gab es Peg Leggot, die in eine glühende Wasserlache gefallen war und in Stein verwandelt wurde. Sie war immer noch dort unten, unter der Admiral

Street, und jeder Tosher, der an ihr vorbeikam, berührte ihren Kopf, weil das Glück bringen sollte.

Jawohl, Gefahr war hier unten überall.

Und vergiss nicht den Kanalwürger, erinnerte sich Lara.

Zumindest bin ich im Vorteil, hielt sie dagegen. *Hier unten ist meine Welt, nicht seine.*

Aber sie konnte die Angst nicht ganz abschütteln und ärgerte sich darüber.

Das Platschen von Fußschritten vor ihr ließ sie langsamer werden. Sie löschte ihre Lampe und ließ sich in den Schatten sinken, während sie angestrengt lauschte. Mit einem Griff in ihre gewachste Tasche zog sie das Brecheisen hervor und hob es über ihren Kopf, bereit, es herabsausen zu lassen.

»Lara? Bist du das?«

Der Schein einer anderen Lampe tauchte aus der Dunkelheit auf und mit ihm das freundliche, von Sommersprossen übersäte Gesicht von Joe Littlefoot. Lara atmete wieder, senkte das Brecheisen und lachte darüber, wie panisch sie reagiert hatte.

»Ich bin es in der Tat, Joe! Wie läuft's bei dir? Irgendwas gefunden?«

Joe grinste breit. »Kann man wohl sagen!« Er ließ seine Toshertasche von der Schulter gleiten und öffnete sie. Lara blickte hinein und sah zwei Silbermünzen, drei aus Kupfer, einen glitzernden Ohrring, in dem der Stein fehlte, und ein Glasauge.

»Verteufelt noch mal, Joe. Lass dem Rest von uns auch noch etwas übrig!«

»Ha! Ich sag dir, Lara, so eine Glückssträhne hatte ich noch nie. Ich bin gerade auf dem Weg zum Laden vom alten Hans.

Ich schätze, von diesem Fang kann ich eine ganze Woche essen!« Dann wurde er ernst. »Du hast niemanden im Schatten herumschleichen sehen, oder? Ich erwarte jeden Augenblick, dass der Würger über mich herfällt.«

»Geht mir genauso. Aber ich hab noch nix gesehen.« Lara griff ihr Brecheisen und schwang es ein paarmal hin und her. »Aber ich bin bereit für ihn.«

Joe blickte mit einer Art ehrfürchtiger Bewunderung zu ihr hoch, als würde er ein Wesen aus einer anderen Welt anschauen. »Ich schätze, der Würger sollte lieber auf sich aufpassen, wenn du hier unterwegs bist. Frohes Toshen, Lara!«

Und so lief er weiter, fröhlich pfeifend vor Glück.

Als Lara den Blutfluss erreichte, war das Wasser zwar braun gefärbt wie trübes Dunkelbier, aber die Luft war frei vom Eisengeruch des Schlachthausbluts. Sie machte sich sofort an die Arbeit, überprüfte ihre Lieblingsstellen, indem sie mit ihren schlanken Fingern Risse in den Pflastersteinen unter Wasser ertastete. Beim ersten Versuch griffen ihre Finger ins Leere. Beim zweiten ebenfalls. Aber als sie an der dritten Stelle herumtastete, berührte sie etwas Hartes, Kaltes und Kleines. Ihr Herz macht einen Sprung. Sie lockerte den Gegenstand, zog ihn aus dem Wasser und hielt ihn in den Lichtschein. Eine Münze. Kupfer, aber besser als nichts. Ein guter Start in den Tag!

Es stellte sich heraus, dass im Blutfluss nichts mehr zu finden war, also machte sich Lara auf den Weg zu den Tunneln tiefer unter der Erde, stapfte in ihren wachsbeschichteten Stiefeln durch den fließenden Abwasserstrom in Richtung anderer Lieblingsorte, die sie in ihrem Gedächtnis abgespeichert hatte.

Aber leider schien es nicht ihr Tag zu sein. Sie fand nichts. Nach mehreren Stunden waren ihre Finger so wund, dass sie schmerzten, und die Hochwasserzeit stand bevor. Also drehte Lara um und begab sich zurück zum Eingang unter der Bone Alley, mit nichts als einer einsamen Kupfermünze in ihrer Toshertasche. Sie hatte auf mehr gehofft, klar, aber die Münze würde dazu beitragen, sie für ein oder zwei Tage zu ernähren.

Lara wollte zur Oberfläche klettern, als sie eine grauenvolle Entdeckung machte. Am Rand des Lichtscheins ihrer Lampe sah sie ein Paar kleine, seltsam verrenkte Tosherfüße. Der Anblick ließ Lara erstarren. Sie hielt die Lampe hoch, blinzelte in die Dunkelheit, ihr Herz schlug schneller und sie atmete gehaucht und stoßweise.

Sie schlich sich näher heran und der Schein ihrer Lampe offenbarte mehr von dem kleinen Körper. Er war durchnässt vom Abwasser, als hätte er im Wasserstrom gelegen und sich dann herausgeschleppt. Als das Lampenlicht auf das Gesicht des Toshers fiel, schnappte Lara nach Luft. »Joe!« Sie eilte zu ihm und beugte sich über ihn, schob ihre Hand unter seinen Kopf, um ihn wach zu rütteln. Sein Gesicht war übel zugerichtet, ein Auge zugeschwollen, seine Nase überzogen von getrocknetem Blut. Sie beugte sich näher an sein Gesicht und lauschte. Er atmete gleichmäßig. »Joe! Wach auf, Joe!«

Ein Stöhnen begann tief in seiner Brust. Es polterte den Hals herauf, dann öffnete er den Mund und ließ es heraus, sodass es ein lautes Echo durch den Tunnel schickte. Er öffnete das gesunde Auge. »Lara?«

»Ich bin's, Joe. Dir geht es gut. Es wird alles gut, Joe.«

Joe wirkte benommen, als würde er träumen, doch plötzlich schien er aufzuwachen, denn er wirkte auf einmal aufgebracht, erhob sich und wimmerte vor Schmerz. Dann tastete er um sich herum den Boden ab.

»Mach langsam, Joe.«

»Meine Sachen«, stammelte er. »Meine Toshertasche …«

Lara half ihm hinüber zur Wand des Kanals, wo er sich gegen die glatten Steine lehnte. »Was ist passiert, Joe? Wer hat dir das angetan?«

Joe hob seinen Blick und seine Augen quollen über vor Angst. »Der Kanalwürger, Lara. Es stimmt, was sie sagen. Er hat keinen Schatten! Zuerst dachte ich, er wollte meine Beute haben – er hat meine Toshertasche genommen und darin rumgewühlt, aber er war an nichts darin interessiert. Er hat alles ins Wasser geworfen! Dann kam er wieder auf mich zu und hat auf mich eingeschlagen! ›Wo ist das Kästchen?‹, hat er immer wieder gefragt, jedes Mal, wenn er mich schlug. ›Wo ist das Kästchen?‹«

Lara kochte vor Wut. Sie hatte eine Riesenangst um Joe. »Wie bist du entkommen, Joe?«

Eine Träne rann Joes Wange hinunter und mischte sich mit dem frischen Blut aus seiner Nase. »Ich bin einfach nur ruhig liegen geblieben«, sagte er mit abwesendem Blick. »Hab versucht, ganz schlaff zu wirken, als wäre ich tot. Er hat mich noch eine Weile hin und her geworfen und dann wirkte er irgendwie überrascht. Das war total seltsam. Seine Augen weiteten sich und die Luft um ihn herum wirbelte und verschwamm und dann war er weg!«

Lara betrachtete Joe von Kopf bis Fuß. So blutig und zerschlagen er auch war, seine Verletzungen schienen nicht lebensbedrohlich zu sein. Er versuchte wieder, aufzustehen.

»Meine Sachen. Ich muss sie finden. Ich muss für Grandma sorgen.«

Lara drückte ihn zurück. »Bleib hier sitzen, Joe. Ganz ruhig. Ich suche nach deiner Beute.«

Sie fand Joes Drachenatemlampe in der Nähe, entzündete sie und stellte sie neben ihn, dann lief sie den Abwasserstrom entlang. Seine Toshertasche fand sie ein kurzes Stück weiter, sie war von der eisernen Brechstange unter Wasser gezogen worden. Lara zog an der Kordel und blickte in die Tasche, fand allerdings keine Spur des Schatzes, den Joe morgens auf seiner Toshertour gefunden hatte. Also folgte sie dem Wasser und suchte, indem sie alles mit ihren Fingern durchkämmte. Sie fand nichts.

»Es tut mir leid, Joe. Sieht so aus, als wäre es längst weg.« Sie sah die Enttäuschung in seinem Gesicht, und er tat ihr so leid, dass sie in ihre eigene Toshertasche griff. Sie zog die gerade erst gefundene Kupfermünze heraus und fischte dann aus ihrer Manteltasche die Münzen, die die Typen auf der Straße ihr gegeben hatten. Sie ließ die Münzen in Joes Tasche gleiten und tat dann so, als würde sie noch ein letztes Mal darin stöbern. »Warte mal, Joe. Ich hab mich getäuscht. Sieht so aus, als hätte ich etwas übersehen!« Sie holte ihre Kupfermünzen hervor und reichte sie ihm. »Es ist nicht viel, aber besser als gar nichts!«

Joe nahm die Münzen und schenkte ihr ein schmerzerfülltes Lächeln. »Du hast immer auf mich aufgepasst, Lara. Immer.«

»Jetzt werd mal nicht sentimental«, sagte sie und half ihm auf die Beine. Dabei blickte sie sich um, überprüfte die Schatten, lauschte. Sie war erfüllt von Wut, zitterte, und als sie zusammen durch die Kanalisation wankten, spürte Lara, wie das Medaillon wieder an ihrer Brust vibrierte. Sie fühlte, wie Wärme daraus floss und wie sich ihr Kopf mit dem Klang kristallener Stimmen und mit Traumbildern füllte: der Magierjunge am Galgen auf dem Reaper's Square, die Hexen auf dem Dach, der Drache aus Feuer.

Die Dunkelheit naht

WEIT ÖSTLICH VON LARA und der großen Stadt von King's Haven entfernt, sogar noch weiter weg als die Weinenden Inseln, dampfte ein Fischkutter die weiß getünchten Wellen des Grenzmeeres entlang. *Marys Licht* war ein Krabbenkutter, und ihre Kapitänin war eine der wenigen, die bereit war, in den Gewässern so weit im Osten zu fischen. Es war ein guter Tag gewesen, sie hatten Reuse um Reuse aus der Tiefe gezogen, alle gefüllt mit fetten Blaukrabben – auch blaues Gold genannt –, also war die Kapitänin bester Laune, während ihre Männer arbeiteten.

Gerade ankerten sie, um weitere Reusen zu überprüfen. Die erste quoll fast über vor riesigen Blaukrabben – der größte Fang des Tages bisher –, und es gab Pfiffe und Freudenschreie. Weitere Reusen wurden hochgezogen, alle voll, und die Besatzung sang, lachte und tanzte.

Dann fiel plötzlich ein Schatten auf das Boot.

Das lustige Treiben der Besatzung verstummte. Sie standen bewegungslos da, hoben und senkten sich sanft mit dem Boot, starrten ungläubig hoch zu einem riesigen, klaren

Nachthimmel voller hell leuchtender Sterne und einem silbernen Vollmond. Die Luft wurde beißend kalt. Der Wind führte einen schwachen, leicht süßlichen Geruch nach Verwesung mit sich.

»Was passiert hier?«

»Wir müssen abgedriftet sein, raus aus dem Silberkönigreich, Skip!«, schlug Big Matts vor, der Bootsmann.

Skip schüttelte den Kopf und drängte sich an seiner massigen Statur vorbei.

»Unmöglich!«

Big Matts zeigte mit einem wulstigen Finger nach Westen, wo der Nachthimmel zur Abenddämmerung und dann erst weit hinten am Horizont richtig hell wurde.

»Skip?«

Die Stimme schien aus weiter Ferne zu kommen.

»Skip!«

Sie riss sich los vom Anblick des dunklen Himmels, schaute in die ungläubigen Gesichter ihrer Besatzung und dann hinaus aufs Wasser. Irgendwo in der nahen Dunkelheit erwachte das flackernde Licht einer Öllampe. Eine weitere folgte, dann noch eine. Hunderte von Lampen, Tausende. *Marys Licht* war umzingelt von bulligen schwarzen Schiffen. Sie waren unsichtbar gewesen im Schutz der Dunkelheit. Auf den Decks dieser Schiffe standen Kreaturen direkt aus Märchenbüchern und Albträumen.

Irgendwo tief in ihrem Gedächtnis fand sie die Geschichten, die ihre Brüder ihr erzählt hatten, als sie noch ein kleines Kind war. Geschichten über Leute, in deren Haut dunkle Magie eingraviert war.

Die Bemalten.

»Der Himmel«, schrie Frank Calder, ein weiteres Besatzungsmitglied. »Schaut euch den Himmel an!«

Skip schaute hoch. Sie wünschte, sie hätte es nicht getan. Die Sterne erloschen einer nach dem anderen.

In ihrer Vorstellung war Skip wieder sechs Jahre alt, ängstlich, zitternd. Sie erinnerte sich daran, wie sie mit ängstlicher Faszination auf die Wasserfarben in einem ihrer Bücher gestarrt hatte – eine detailreiche Illustration eines riesigen Wesens im Osten, das Dunkelheit über die Welt ausbreitete und den Tag zur Nacht machte.

»Wir sind erledigt!«, heulte Frank Calder. »Es ist die Immernacht. Möge die Lichtgöttin uns beschützen!«

Der Rest der Besatzung begann zu beten, ihr leises Murmeln durchzogen von Schluchzen.

Die schwarzen Schiffe näherten sich.

Ein Bemalter sprang auf das Deck der *Marys Licht*. Als er sich aufrichtete, überragte er alle anderen Männer auf dem Kutter deutlich, und seine muskelbepackten Arme wirkten wie bei allen Bemalten, zu lang – seine Hände hingen fast auf Höhe der Knie. Er war in abgerissene Kleidung und Felle gehüllt und er starrte mit funkelnden schwarzen Augen die Besatzung an. Jeder Zentimeter seiner grauen Haut war mit Tätowierungen und Mustern schwarzer Fleischmagie bedeckt.

»Nicht bewegen«, sagte Skip zu ihren Männern. »Macht keine Dummheiten!«

Big Matts war ein verdammt guter Krabbenfischer und stark genug, um ein Drachenei zu knacken, aber er war nicht besonders clever. Er schien zu denken, dass »Macht keine Dummheiten« etwas ganz anderes bedeutete, denn er trat einen Schritt vor und schlug mit seiner großen Faust wütend nach dem Bemalten.

Der Bemalte fing Matts' Faust. Eine der Tätowierungen an seinem Hals leuchtete hell auf. Der Bemalte drückte, und die Kapitänin hörte, wie die Knochen in Big Matts' Hand brachen und zersplitterten. Big Matts schrie, als wäre er vier Jahre alt. Dann ließ der Bemalte los, und Matts sackte zu Boden, die Reste seiner Hand mit der anderen umklammert.

Niemand sonst bewegte sich.

Der Bemalte trat zwei Schritte vor, sodass er nah genug vor Skip stand, dass sie ihn riechen konnte. Es war ein nasser, moschusartiger Geruch, der in ihrem Hals stecken blieb.

»Runter von meinem Boot«, brachte sie heraus.

Er bewegte sich nicht, lächelte nicht oder runzelte die Stirn. Er starrte einfach nur herunter auf Skip, seine dunklen Augen saugten das Licht der Lampen auf.

Der Bemalte griff mit seiner großen tätowierten Hand in die Tiefen seiner Tierhautkleidung. Als er sie wieder herauszog, offenbarte er eine gebogene Klinge mit einem Griff aus Knochen. Er nahm das Messer und drückte die Spitze in seine eigene Hand, in die fleischige Erhebung unterhalb seines Daumens. Blut rann aus dem Schnitt, und Skip war überrascht, dass sein Blut rot war, genau wie ihres.

Der Bemalte streckte den Arm aus, mit der Handfläche nach oben, sodass sich das Blut in der Mitte sammelte, und steckte das Messer zwischen seine Zähne. Dann tauchte er einen Finger der freien Hand in die Blutlache und drückte ihn auf die Stirn der Kapitänin.

Das Blut fühlte sich warm auf ihrer Haut an. Seine Finger beschrieben ein Muster, und er kehrte zur Blutlache zurück, wie ein Maler, der seinen Pinsel in einen Farbtopf taucht. Als er zufrieden war, zog der Bemalte das Messer zwischen seinen Zähnen hervor und hob die Klinge zur Stirn der Kapitänin.

Sie fühlte, wie die Spitze der Klinge ihre Haut durchstieß, und der brennende Schmerz schoss von ihrer Stirn durch ihren ganzen Schädel. Wenn sie in der Lage gewesen wäre, sich zu bewegen, hätte sie geschrien und geflucht und gespuckt. Während die Klinge ein Muster in sie schnitt, breitete sich der Schmerz aus, überflutete jeden Teil von ihr, ihr Blut und ihre Knochen und ihr Fleisch, bis es so unerträglich wurde, dass sie sich wünschte, ihr Herz bliebe stehen. Skips Augen rollten in den Höhlen nach oben, und sie sah, dass die Sterne komplett verschwunden waren. Der Himmel war schwarz, leer. Er verschlang sie.

Und dann verließ die Klinge Skips Haut und der Schmerz schrumpfte und verging schließlich.

Ich bin nicht tot. Vielleicht stehe ich das hier durch. Oh Lichtgöttin, lass mich mein Zuhause wiedersehen!

Aber die Dunkelheit des Himmels überflutete ihr Gehirn, all ihre Gedanken, öffnete die Türen in ihr Bewusstsein, fand ihre Erinnerungen, tötete sie eine nach der anderen …

Das erste Mal, dass sie eine Angel gehalten hatte.

Das Lächeln auf dem Gesicht ihres Vaters, als sie den ersten glitschigen, kalten Fisch in ihren Händen gehalten hatte.

Der Geruch nach frischem Brot in der Küche ihrer Grandma – »Behalt deine Finger bei dir oder du verlierst sie!«

Skip klammerte sich an diese Erinnerungen, kämpfte gegen die Dunkelheit, hielt sich fest …

Aber die Menschen in ihren Erinnerungen waren nun gesichtslos. Die Orte verschwommen.

Ihre Brüder wurden Fremde und bald waren sogar die Geschichten verschwunden und die Erinnerung an ihre Familie und ihr Lachen wurde in einen leeren Abgrund gesaugt. Sie wusste nicht mehr, wer sie war, wo sie war oder welche Farbe der Himmel eigentlich haben sollte.

Sie sah nur die Immernacht. Diese war ihre Welt geworden, füllte jeden ihrer Herzschläge mit dem Instinkt, sie beschützen zu müssen. Skip sah zu, wie die Bemalten ihre Besatzungsmitglieder mit ihren Klingen und ihrem Blut zeichneten, und fühlte nichts.

Als das erledigt war, kroch die sich windende Dunkelheit der Immernacht weiter nach Westen, und die Schiffe segelten hinterher.

Der alte Hans

DINGELINGELING!

Das war die Melodie der Glocke an der Ladentür des alten Hans. Es war ein fröhlicher Klang, fand Lara, als sie den nachmittäglichen Nieselregen aus ihren Kleidern schüttelte. Und dies war ein fröhlicher Ort, ein sicherer Hafen, wo Tosher willkommen waren und sich wie Menschen fühlen durften, die die Luft wert waren, die sie atmeten.

Dunkel, staubig und gefüllt mit Raritäten und Ecken voller Spinnweben: Der Laden des alten Hans war eine Fundgrube aller Alltagsgegenstände aus den Armenvierteln – von Büchern und Lampen über Spielzeugschlangen und Pistolen, von ausgestopften Tieren bis zu Schüsseln voller Puppenaugen.

Lara näherte sich dem Verkaufstresen mit einem Lächeln auf ihren Lippen, weil sie zum ersten Mal seit Ewigkeiten einen annehmbaren Tag gehabt hatte. Der Würger mochte nachts wieder zugeschlagen haben, aber was sollte Lara tun – mit dem Toshen aufhören und vor lauter Angst verhungern? Die Tunnel mochten dunkler als sonst wirken, die Schatten so, als würden sie hinter jeder Ecke lebendig werden, aber die Kanalisation war Laras Revier und sie würde sie nicht aufgeben.

Hans saß gebeugt hinter dem Tresen, so alt und klapprig wie der verfallende Laden um ihn herum. Er schrieb gerade in einem Kassenbuch, die Konzentration war in jeder Falte seines wulstigen Gesichts deutlich zu sehen. Hans leckte seine Lippen von einer Seite zur anderen und wieder zurück, während der Stift die Spalten voller Zahlen entlangglitt.

Lara wartete geduldig und lauschte dem Kratzen des Stifts auf dem Kassenbuch, während sie den verworrenen Duft des Ladens einatmete – den Staub, das verrottende Holz, den Geruch anderer Menschen.

Schließlich wirkte der alte Hans zufrieden. Seine Zunge verschwand zwischen seinen dünnen Lippen, er legte den Stift auf den Tisch und schloss das Kassenbuch. Aufgrund seines Alters litt der alte Hans unter ständigem Zittern; es betraf seine Hände, und sein Kopf bewegte sich ständig hoch und runter, als würde er aufgrund seiner eigenen Gedanken zustimmend nicken.

»Larabelle Fox! Na, so was, ich hab dich seit Wochen nicht mehr gesehen!«

»Haben Sie sich Sorgen um mich gemacht, alter Hans?«

»Es ist schwierig, sich keine Sorgen um ein junges Mädchen zu machen, wenn ein Mörder unterwegs ist«, sagte er. Dann fügte er in großväterlichem Ton hinzu: »Bist du vorsichtig, Larabelle? Passt du auf dich auf?« Bevor sie antworten konnte, hielt er einen krummen Finger hoch. »Warte hier.« Er stand auf und schlurfte durch die Tür hinter dem Tresen zum Hinterzimmer des Ladens. Ein paar Minuten später war er zurück und stellte einen Teller mit Brot und Käse auf den Verkaufstresen. »Hau rein, Mädel. Du siehst halb verhungert aus!«

Lara war so hungrig, dass sie das Essen schon mit ihren Augen verschlungen hatte. Sie riss ein Stück Brot ab und stopfte es in ihren Mund, gefolgt vom cremigen Käse. Wie wunderbar das schmeckte! Sie leerte den Teller innerhalb weniger Augenblicke, und als sie fertig war, leckte sie die Krümel vom Teller und den Rest des Geschmacks von ihren Fingern. Das warme Völlegefühl des Essens in ihrem Magen durchzog sie und sie seufzte zufrieden.

»Bei der Lichtgöttin. Du musst ausgehungert gewesen sein, Mädchen!«

»Ich hatte eine kleine Pechsträhne. Die Kanalisation kann ganz schön gemein sein, wenn sie will.«

Der alte Hans nickte. »Passiert den Besten. Aber da du hier bist, vermute ich, dass die Pechsträhne ein Ende hatte. Oder?«

Lara lächelte. Ihr Pech hatte tatsächlich geendet. Sie griff in ihre Tasche, zog ihre geschlossene Faust heraus, öffnete sie über dem Verkaufstresen und ließ einen goldenen Ring auf das zerkratzte Holz fallen. Sie blickte den alten Hans an, während ihr Herz vor Aufregung flatterte.

»Nun, nun, was haben wir denn hier?« Er richtete seine Brille, griff unter den Tresen und zog eine Lupe aus Messing hervor. Mit knorrigen, zitternden Fingern hob er den Ring auf – er brauchte mehrere Versuche –, legte ihn auf eine Handfläche und untersuchte ihn ausgiebig.

»Hmm.«

»Hmm?«, fragte Lara.

»Hmm«, sagte der alte Hans.

Er legte die Messinglupe ab, steckte den Ring zwischen seine Zähne und biss zu. Dann legte er ihn zurück auf den Tresen und stützte sich auf seine Ellenbogen.

»Und?« Lara konnte ihre Aufregung kaum zügeln.

»Er ist hübsch«, sagte der alte Hans. »Aber ich muss dir leider sagen, Lara, dass es kein echtes Gold ist. Und der Diamant da ist leider auch nicht echt.«

Laras Euphorie verflog ein wenig. »Sind Sie sicher? Er ist schwer genug.«

»Lara, ich mache das hier schon sehr lange. Glaub mir, niemand will mehr als ich, dass du einen Goldring aus der Kanalisation fischst – das bedeutet mehr Münzen für uns beide! Aber das hier ist keiner. Heute nicht.« Er blickte sie prüfend an. »Natürlich darfst du dir gern woanders eine zweite Meinung einholen. Meine alten Augen sind nicht mehr das, was sie einmal waren.«

Der alte Hans betrieb seinen Laden in der Bone Alley schon so lange, wie sich Leute zurückerinnern konnten. Viele in den Armenvierteln waren drum herum aufgewachsen. Jeder Tosher hatte zu irgendeinem Zeitpunkt mit ihm Geschäfte gemacht, und niemand konnte ein böses Wort über ihn sagen, was eine Seltenheit unter Toshern war, die eigentlich ausschließlich böse Wörter benutzten. Die Lichtgöttin wusste, dass er Lara im Laufe der Jahre aus der einen oder anderen misslichen Lage herausgeholfen hatte. Trotzdem war sie sich *sicher* gewesen, dass dieser Ring sie für eine Weile ernähren würde. Vielleicht wäre es keine schlechte Idee, jemand anderen einen Blick darauf werfen zu lassen. Aber das hier war der *alte Hans* …

»Nein«, sagte sie und bemühte sich, zu lächeln. »Nein, alter

Hans. Was auch immer Sie sagen, ist in Ordnung. Was können Sie mir dafür geben?«

Er strich sich durch die silbernen Bartstoppeln am faltigen Kinn. »Ich schätze, ich dreh ihn einem jungen Narren an, der verliebt ist und sein Mädchen beeindrucken will. Ich kann nicht mehr als eine Silbermünze dafür verlangen, also gebe ich dir die Hälfte davon. Acht Kupfer.«

»Zehn«, sagte Lara.

Der alte Hans kniff seine Augen zusammen. »Neun.«

»Abgemacht.«

Dingelingeling!

Der alte Hans wartete, bis das Mädchen außer Sichtweite war, dann kam er hinter seinem Tresen hervor, schlurfte zur Tür und verriegelte die zahlreichen Schlösser. Danach ging er zurück hinter seinen Verkaufstresen und griff nach dem Ring, den er Lara gerade abgekauft hatte. Mit ihm betrat er das Hinterzimmer.

Der Lagerraum war vollgestopft mit Regalen, Kartons und Kisten. Halb reparierte Marionetten hingen an ihren Fäden von der Decke und der Boden war versteckt unter Haufen von Fahrradreifen, Farbtöpfen, Vogelkäfigen und Stapeln alter, feuchter Zeitungen. Der alte Hans ging zu einer Stelle an der kahlen Ziegelmauer, wo der Mörtel abgenutzt war und abbröckelte. Er zwängte seine Finger in eine Lücke im Mörtel und manövrierte drei Steine aus der Mauer, die ein Loch hinterließen. Dahinter war ein Schließfach. Der alte Hans lächelte bei dem Anblick. Er drehte das Rad am Fach nach links und rechts, bis es sich mit einem Klicken öffnete. Dann zog er die Tür auf und starrte das an, was darin lag.

Ein Schatz.

Es lohnte sich, mit den Toshern zu handeln, sich mit ihrem Gestank abzugeben und sie alle mit »Wie geht's?« zu begrüßen und mit »Pass auf dich auf da unten in den Kanälen« zu verabschieden. Und es war klug, ihnen für die meiste Beute, die sie aus den Tunneln holten, einen fairen Preis zu geben. Denn wenn man das tat, wenn man sie lang genug überzeugte, dass man der *gute alte Hans* war, dann vertrauten sie einem, wenn sie etwas *wirklich* Wertvolles fanden.

Und so machte er richtig Geld.

In dem Schließfach bewahrte der alte Hans einen großen Haufen edlen Schmucks auf: verhedderte Silber- und Goldkettchen, Broschen besetzt mit glatten Edelsteinen, glitzernde Uhren, Perlenketten.

Jedes einzelne Stück war von einem Tosher gekommen. Und in keinem der Fälle hatten die Tosher eine Ahnung vom wahren Wert der Dinge gehabt, die sie verkauften.

Verkauften! Ha! Verschenken passt schon eher!

Der alte Hans betrachtete den Ring. Er war aus echtem Gold und mit einem wertvollen Edelstein obendrein! Noch ein paar solche Stücke, und er hätte endlich genug, um sich zur Ruhe zu setzen, weit weg vom Gestank des Armenviertels und der Tosher. Er hauchte auf den Ring, polierte den Stein mit seinem Ärmel und platzierte ihn dann oben auf dem Schatzhaufen im Schließfach. Dann verschloss er die Tür, schob die Ziegelsteine zurück an Ort und Stelle und ging zurück in den Laden, grinsend über seine eigene Gerissenheit.

Der Uhrwerkvogel

ES WAR SPÄT AM NACHMITTAG, als Lara den Gegenstand fand, der ihr Leben für immer verändern würde.

Ihre Laune war übel, weil sich der Ring, über den sie so glücklich gewesen war, als wertlos entpuppt hatte und sie gezwungen gewesen war, zurück in die Kanalisation zu gehen, um weiterzusuchen. Aber selbst ihre zuverlässigsten Tosherstellen schienen leer zu sein.

Dieser verdammte Regen!, dachte sie. *Und dieser verdammte starke Abwasserstrom, der alles Gute wegwischt!*

Da das Hochwasser kurz bevorstand, watete sie zurück zum nächsten Ausgang und brummte vor sich hin.

Genau da blieb ihr Fuß an etwas Hartem und Viereckigen hängen.

Laras schlechte Laune verflog sofort und sie kehrte in den Toshermodus zurück, hielt ihre Lampe nah an die Wasseroberfläche. Das Wasser war milchig braun, ohne dass man hindurchschauen konnte, also hängte sie sich die Lampe um den Hals, beugte sich vor und griff mit beiden Händen in den trüben Wasserstrom. Ihre Fingerspitzen ertasteten den

Kanalboden und hinterließen Spuren in der Schmutzschicht auf den Steinen unter dem Wasser. Und dann berührte sie etwas Glattes und Viereckiges.

Das Kästchen – denn so fühlte es sich an – steckte richtig fest, eingeklemmt in einem Riss oder Loch, das sie noch nie bemerkt hatte. Während sie arbeitete, prägte sie sich den Ort genau ein. Ein Loch wie dieses war geradezu dafür gemacht, dass sich gute Sachen darin verfingen. Mit flinken Fingern bearbeitete sie das Kästchen, tastete, drückte und zog, bis es sich lockerte und schließlich herausziehen ließ. Lara hob es aus dem Abwasserstrom. Das Kästchen war vollgelaufen, also drehte sie sie auf die Seite und ließ das Wasser durch den Spalt an den Scharnieren herauslaufen.

Sie hielt das Kästchen hoch in das warme Licht ihrer Lampe. Es war aus dunklem, glänzendem Holz. Nichts daran wirkte nobel, keine Schnitzarbeiten oder Dekorationen, außer einem kleinen Paar goldener Vögel, die den Deckel verschlossen.

Als Lara das Kästchen untersuchte, begann ihr Herz zu klopfen. Es gab nichts Besseres als das prickelnde, berauschende Gefühl, etwas entdeckt zu haben, etwas Unerwartetes und Ungewöhnliches aus dem trüben Wasser zu fischen. Ihre Finger zitterten, als sie nach dem Verschluss griff und ihn lockerte. Sie öffnete das Kästchen.

Ihre Vorstellung war schon mit ihr durchgegangen, gefüllt von Gedanken an Juwelen und Gold und glitzernde Schätze. Aber als der Deckel sich hob und das warme Licht ihrer Lampe in das Kästchen floss, ließ das, was darin auf sie wartete, Lara den Atem stocken.

Es war ein Vogel!

Natürlich kein echter Vogel. Aber einer aus Holz und Gold und Uhrwerk. Er war so groß wie ein Spatz, mit goldenen Flügeln, jede Feder ein Scheibchen aus Metall, so zart wie ein Mondstrahl. Metallzahnräder schwirrten in der offenen Aushöhlung seiner hölzernen Brust, wie im Inneren einer komplexen Uhr. Sein Kopf war aus Holz geschnitzt, mit einem goldenen Schnabel und makellosen, schillernden Saphiren als Augen.

»Hallo«, flüsterte Lara. »Wo kommst du denn her?«

Sie hob den Uhrwerkvogel aus dem Kästchen. Er war leicht und zerbrechlich und sie berührte ihn sehr vorsichtig, streichelte das kalte Metall seiner Flügel und seine Juwelenaugen. Sie fühlte sich leicht und beschwingt. Das war ein wundersames Ding, ein glänzender, magischer Schatz. Niemals in ihrem Leben hatte die Kanalisation sie mit etwas Vergleichbarem belohnt.

Eine Stimme in ihrem Kopf sagte: *Ich glaube, ich könnte reich sein.*

Dann platzte eine andere Stimme in ihre Gedanken.

Der Würger. Was hat Joe noch mal gesagt? Wonach hat der Würger gesucht?

Einem Kästchen.

Lara starrte auf die Gegenstände in ihren Händen, den Vogel und das Kästchen, und plötzlich wurde ihr klar, wie allein sie war, wie klein und schutzlos in diesen Tunneln. So schnell und behutsam wie möglich verstaute sie den Vogel wieder, schloss das Kästchen und steckte es in ihre Toshertasche. Dann floh sie an die Oberfläche.

***

In der Nacht, als Lara in der Stille des Dachbodens des alten Opernhauses schlief, begann sich etwas in ihrer Toshertasche zu bewegen.

Das Kästchen, das Lara gefunden hatte, war immer noch darin, aber bei der überhasteten Flucht aus der Kanalisation hatte sich der goldene Verschluss gelöst und das Kästchen war aufgeklappt.

Der kleine Vogel, gefertigt aus Holz und Uhrwerk und glänzendem Gold, lag unter dem Kästchen, unter Laras Brecheisen.

Im Dunkel der Tasche erwachten die Saphiraugen des Vogels zum Leben, in loderndem Blau. Der Uhrwerkvogel bewegte seinen Kopf hin und her. Dann zwängte er sich unter dem Brecheisen hervor, das auf den Boden prallte. Der Vogel erkundete die Toshertasche mit seinem Schnabel, auf der Suche nach einem möglichen Ausgang. Als er keinen finden konnte, warf er seinen Kopf nach vorn, durchschnitt das dreckige, klamme Material und quetschte sich durch das entstandene Loch.

Der Vogel hüpfte im Labyrinth der Requisiten hin und her, seine Füße klackerten auf den Dielen, hin und wieder pickte er forschend gegen Dinge. Dann hob er ab und segelte durch die Dunkelheit. Seine Augen verstreuten blaues Licht auf dem Dachboden, während er Pirouetten flog und sich hin und wieder von den hohen Balken abstieß.

Als er auf Laras Brust landete, entfuhr ihr ein müdes Seufzen, aber sie wurde nicht wach. Der Vogel zuckte mit dem Kopf vor und zurück, beobachtete anscheinend das Mädchen, während er sich mit jedem Atemzug hob und senkte. Unter ihrem Nachthemd surrte Laras hölzernes Medaillon.

Nach einer Weile lief die mechanische Kreatur einmal im Kreis, setzte sich und steckte den Kopf unter ihre Flügel. Fast als würde sie in den Schlaf gleiten, erlosch dann das Licht in ihren Augen.

Dunkle Träume

DOPPELACHT ERWACHTE mit einem Schrei und schlug um sich, gefangen irgendwo zwischen Schlafen und Wachsein, wo die dunklen Visionen seines Traums ihn immer noch packten. Er spürte raue Hände an seinen Schultern, die ihn schüttelten, und der Traum löste sich auf, hinterließ ihn verängstigt und verwirrt. Er blickte hinauf in ein breites Gesicht mit rotem Bart, das hell von einer Drachenatemlampe beleuchtet wurde.

»Still, Junge!«, sagte der Mann. Seine Augen wirkten wild und streng. »Willst du die ganze Welt wissen lassen, dass du hier bist?«

Langsam orientierte sich Doppelacht. Er versteckte sich im Bauch eines Schiffs im Hafen, wo er darauf wartete, dass die Hexen ihn nach Westerly Haven schmuggelten.

»Ich hatte einen Traum«, sagte er. »Ich glaube, es passiert etwas. Etwas Furchtbares.«

Der Mann – sein Name war Rob Nielsen – schaute besorgt. »Erzähl mir davon.«

»Ich weiß nicht …«, sagte Doppelacht. Er versuchte, es in

Worte zu fassen. »Etwas kam aus der Erde. Dunkelheit. Und da waren Leute mit Zeichnungen auf ihrer Haut. Die Dunkelheit war … sie war *lebendig*. Sie konnte mich sehen, und ich wusste, dass sie kommen würde, um mich zu holen …«

Rob Nielsen starrte den Jungen an. Er war nur ein Weißer Magier und natürlich wurden die Weißen Magier nicht in ihrer Geschichte unterrichtet. Der Junge wusste nicht, was er gesehen hatte. Aber Rob … Rob war gerade aus demselben Traum erwacht und war sich sicher, dass Magiebegabte in der ganzen Welt dasselbe gesehen hatten. Die Immernacht und die Bemalten.

Rob hatte recht. Magiebegabte überall, Weiße Magier wie Hexen, hatten in dieser Nacht denselben Traum. Den Traum von einer großen Unruhe in der Welt, von einer Dunkelheit mit unvorstellbarer Kraft.

Auch Mrs Hester war, wie Doppelacht, mitten in der Nacht aufgeschreckt. Mit der Hand gegen die Brust gepresst, um das schnelle Klopfen ihres Herzens zu fühlen, war sie zum Fenster ihres Palastturms gegangen und hatte hinaus zum Viertel der Weißen Magier geblickt. Lampen flackerten in den Gemeinschaftsgebäuden auf, in den Schlafsälen und Fluren.

Mrs Hester spürte ein Gefühl von Enge in ihrem Hals und ihrer Brust. Ihr wurde zum ersten Mal bewusst, dass sie etwas unglaublich Leichtsinniges getan hatte. Die Immernacht war frei. Bald würde sie die Stadt erreichen und mit ihr würden die Bemalten kommen. Die Erkenntnis, was sie getan hatte, ließ sie zittern. Aber es gab keine Zeit für Zweifel. Dafür war es zu spät. Der Plan musste in die Tat umgesetzt werden.

Damit sie das tun konnte, brauchte sie den Untergangszauber. Das war der Schlüssel zu allem. Mit dem Zauber in ihrer Tasche konnte sie warten, bis die Hexen erledigt waren, und dann die Immernacht dahin zurückschicken, woher sie gekommen war. Was von der Welt übrig blieb, würde ihr gehören.

Also los, Immernacht. Lass es geschehen.

Ein Messer im Rücken

LARA ERWACHTE SCHLAGARTIG, setzte sich schnaufend auf, außer Atem von dem schrecklichen Albtraum, den sie gerade gehabt hatte – von einem sich verdunkelnden Himmel und tätowierten Monstern. Etwas fiel von ihrer Brust und rollte mit einem dumpfen Geräusch auf den Boden.

Der Uhrwerkvogel.

Sie blinzelte ihn an.

»Wie bist du *hier* hingekommen?«

Sie versuchte sich zu erinnern, aber alles war verschwommen und unwirklich. Wenn der Vogel wirklich das war, wonach der Würger gesucht hatte, dann war es gefährlich, ihn zu lange zu behalten.

Dingelingeling!

Der Regen hatte aufgehört, und der Himmel war aufgeklart, aber trotz des morgendlichen Sonnenscheins lag der Laden des alten Hans in düsterem Schatten.

Er war fleißig bei der Arbeit und polierte eine kleine Sammlung von Messingschmuckstücken, an denen er wie wild mit einem alten Lappen herumschrubbte. Der Geruch des Reinigungsmittels ließ Lara leicht würgen.

»Lara!« Er trug ein Paar Vergrößerungsgläser, und seine alten Augen füllten die Linsen komplett aus, was ihn aussehen ließ wie eine seltsame Eule. »So schnell zurück, Mädel?«

»Ja, alter Hans. Ich habe etwas gefunden.«

Sie bemerkte, wie die Augen des alten Hans zu ihrer Toshertasche wanderten, dahin, wo das Gewicht des Kästchens gegen den gewachsten Stoff drückte. Sie lehnte sich an den Tresen. »Der Würger. Man sagt, er sucht da unten in den Kanälen nach etwas. Haben Sie davon gehört?«

Der alte Hans starrte sie aus milchig grauen Augen an. »Ich hab gehört, er sucht ein *Kästchen*.«

Lara zog den Schnürverschluss ihrer gewachsten Toshertasche auf und holte behutsam das Holzkästchen hervor. Sie stellte es auf den Verkaufstresen und das Lampenlicht strahlte auf ihren geschliffenen Rändern. Der alte Hans schaute das Kästchen an und blickte dann zu Lara hoch.

Sie nickte. »Machen Sie es auf.«

Hans' Finger waren zittrig und steif. Er hatte Schwierigkeiten mit dem goldenen Verschluss. Als er den Vogel vorsichtig aus dem Kästchen hob, zeigte sich ein seltsamer Ausdruck auf seinem Gesicht, aber er war sofort wieder verschwunden. »Das hast du aus der *Kanalisation*?«

»Das ist es, was der Würger sucht, alter Hans. Das muss es sein! Und wenn er bereit ist, dafür zu töten, muss es wertvoll sein. Schauen Sie doch, wie prachtvoll es ist!«

Der alte Hans antwortet nicht sofort. Er untersuchte den Vogel, drehte ihn zwischen den Fingern und hob seine zerbrechlichen Flügel an. Lara hatte den Eindruck, dass er in eine Art Trance gefallen war, verzaubert von dessen Schönheit und leuchtendem Glanz. »Das ist wirklich ein prachtvolles Stück«, sagte er schließlich.

»Können Sie den verticken?«

Er schaute von dem Vogel hoch und lächelte.

»Oh, ich wusste, dass Sie das können. Deshalb hab ihn zu Ihnen gebracht, alter Hans. Sie sind der Beste! Sie sind ein guter Kerl!«

»Danke dir, Lara. Das weiß ich sehr zu schätzen. Weiß noch jemand etwas davon?«

»Nein. Nur Sie.«

»Braves Mädchen.« Er trat hinter dem Tresen hervor, ging zur Tür und verriegelte die zahlreichen Schlösser. »Wir sollten das für uns behalten. Wir wollen ja schließlich nicht, dass sich das herumspricht, oder? Wollen nicht, dass der Würger hier an die Tür klopft.«

»Logisch«, sagte Lara. Sie starrte ihn an. Seine Finger zuckten und er wirkte unschlüssig. »Alles in Ordnung?«

»Hmm? Oh. Alles bestens, Lara. Bestens. Was hältst du davon, wenn wir beide nach hinten gehen, außer Sichtweite, hm? Ich mach uns eine schöne Tasse Tee, und wir entscheiden, was wir als Nächstes tun.«

Er legte den Vogel zurück in das Kästchen und klemmte es unter seinen Arm. Dann öffnete er die Klappe am Verkaufstresen, ließ Lara hindurch und führte sie ins Hinterzimmer des Ladens.

»Haben Sie schon einen Käufer im Sinn?«, fragte sie, und ihre Gedanken flossen über vor Goldmünzen.

»Oh, ich glaube, ich kenne da jemanden, der sehr interessiert daran sein wird. Und wenn er das wirklich ist – sagen wir mal, du wirst nicht mehr in dieser Kanalisation herumlungern müssen. Niemals mehr.«

»Ach, wissen Sie«, sagte Lara, »ich schätze, ich würde trotzdem noch hin und wieder da runtergehen. Es ist zu sehr ein Teil von mir, als dass ich für immer aufhören könnte. So wie Sie Dinge sammeln, vermutlich.«

Der alte Hans öffnete die Tür zu einem kleinen quadratischen Raum, der so vollgestopft war mit durcheinanderliegenden Waren und Kisten, dass man kaum dazwischen stehen konnte. »So sieht's aus. Hier hinein. Damen zuerst, hahaha. Da hinten steht ein Tisch. Setz dich dahin und ich mach uns ein schönes Tässchen …«

Die Tür schloss sich mit einem Knall.

Lara fuhr herum.

»Alter Hans?«

Schlüssel klapperten auf der anderen Seite der Tür. Lara versuchte, die Tür zu öffnen, aber sie war verschlossen.

»Alter Hans! Soll das ein Scherz sein? Lassen Sie mich raus!« Sie schlug nun auf die Tür ein, während schreckliche Furcht sie überkam. »Ich warne Sie! Lassen Sie mich hier heraus, noch in dieser verhexten Sekunde!«

Auf der anderen Seite der Tür war nichts als Stille. Lara hielt inne, drehte sich um und lehnte sich mit dem Rücken an die Tür. Sie schlug ihre Hände vors Gesicht und schüttelte den Kopf. Wut und Verwirrung zerrissen ihre Gedanken in kleine Stücke.

Er würde mir das nicht antun, oder? Mich einfach bestehlen. Aber wie kann ich da sicher sein? Dieser Vogel ist wahrscheinlich ein Vermögen wert und – oh, wie konnte ich nur so dumm sein?

Was auch immer der alte Hans vorhatte, es kam unerwartet und ängstigte sie, und zusammen mit all dem, was in den Tagen zuvor geschehen war, brachte es sie fast dazu, aufzugeben.

Aber nein. Sie griff nach dem Medaillon um ihren Hals. Das metallische Gefühl in ihrer Hand beruhigte sie, räumte ihre Gedanken auf. Sie schloss ihre Augen und atmete tief durch. Als sie sich genug erholt hatte, begann sie, den Raum zu erkunden und einen Ausweg zu finden.

Der Papiervogel

DER ALTE HANS stand auf der anderen Seite der Tür. Sein Bauch krümmte sich, und seine Hände zitterten, während sie das Kästchen umklammerten. Das Mädchen hatte sich beruhigt, hatte aufgehört, gegen die Tür zu hämmern und zu schreien. Er konnte hören, wie sie die Wände entlangkratzte auf der Suche nach einem Ausgang. Es gab keinen.

Er entfernte sich und lief die Treppen hoch zu seiner kleinen Wohnung über dem Laden. Seine Knie knackten und knirschten, während er hinaufstieg. Er ging zu seinem Tisch und schenkte sich einen großen Feuerwhiskey ein. Dann noch einen. Das half ein bisschen gegen das Zittern.

Der alte Hans öffnete das Holzkästchen und hob den Uhrwerkvogel behutsam heraus. Er drehte ihn hin und her und untersuchte ihn eingängig. Es war das feinste Stück Handwerkskunst, das er jemals gesehen hatte. Uhrwerkpferde gab es natürlich genug im Silberkönigreich, aber ein Uhrwerk*vogel* … von so etwas hatte er noch nie gehört. An manchen Stellen war das Metall so dünn, dass man fast hindurchsehen konnte. Der Vogel war in der Tat ein Vermögen wert.

Er fragte sich für einen Augenblick, was passieren würde, wenn er ihn verkaufte. Wenn er die Wünsche des Herrn ignorieren würde, der ein paar Tage zuvor in seinen Laden gekommen war. Der Mann ohne Schatten. Er erschauderte. Wenn er den Vogel verkaufte, würde er wahrscheinlich nicht lang genug leben, um auch nur ein paar Münzen seines neuen Reichtums auszugeben.

Nein. Er würde das tun, worum er gebeten worden war.

Der alte Hans legte den Vogel hin, öffnete eine Schublade in seinem Schreibtisch und zog eine kleine Karte heraus, die er dort aufbewahrt hatte. Die Karte war auf beiden Seiten schwarz gefärbt. Der schattenlose Mann hatte sie dem alten Hans gegeben – mit Fingern kalt wie Eis. Sobald der Mann durch die Tür gekommen war, hatte der alte Hans sich unwohl gefühlt. Da war etwas an der Art gewesen, wie er sich bewegte, wie er sich benahm, das Hans denken ließ, dass unter der Oberfläche, unter dem ruhigen Äußeren und der schwarzen Kleidung, etwas anderes steckte. Etwas Altes, Dunkles und sehr Gefährliches.

»Mir wurde ein Gegenstand gestohlen«, hatte er mit seiner aalglatten Stimme gesagt. »Etwas, das ich sehr gern wiederhaben möchte. Ein Holzkästchen. Und in dem Kästchen ist ein Vogel.«

Dann hatte er dem alten Hans die schwarze Karte überreicht.

»Wenn du auf dieses Kästchen stößt, lass es mich sofort wissen. Schreib meinen Namen auf diese Karte und sie wird mich finden. Du wirst großzügig belohnt werden.«

Und er hatte dem alten Hans seinen Namen genannt.

Als er ging, hatte der Fremde über die Schulter geblickt

und gesagt: »Wenn du das Kästchen findest und es mir nicht sagst, werde ich es mitbekommen und dich finden.«

Nun saß der alte Hans an seinem Schreibtisch und starrte erst auf die Karte und dann auf den Uhrwerkvogel.

Ein Knall schallte durch den Boden vom Lagerraum herauf. Es war ein Jammer, dass das Mädchen da hineingeraten war. Sie war eine der besten Tosherinnen der Stadt – und loyal. Sie brachte die Schätze, die sie fand, zuerst zum alten Hans. Er würde das vermissen. Aber in dem Moment, als sie das Kästchen aus ihrer Tasche gezogen hatte, wusste er, dass es keine andere Möglichkeit gab. Es lag nun in der Hand des Mannes ohne Schatten, was mit ihr geschehen würde, und das hatte nichts mit dem alten Hans zu tun.

Er nahm seinen Füller und schrieb mit schwarzer Tinte, die auf der schwarzen Karte unsichtbar war, den Namen des Mannes, der sie ihm gegeben hatte.

Schattenjack.

Die Karte – Zauberpapier – faltete sich selbst, bis sie ein kleiner schwarzer, eckiger Vogel war, der zum Fenster flog und dort erwartungsvoll in der Luft schwebte. Der alte Hans erhob sich mühsam von seinem Stuhl, schlurfte zum Fenster und stieß es auf. Der schwarze Papiervogel segelte hinaus in den Sonnenschein und verschwand über der Stadt, auf der Suche nach dem Mann ohne Schatten.

Am anderen Ende von King's Haven, in einem kleinen Waldstück in den weitläufigen Palastgärten, zwischen den Wurzeln einer uralten Eiche, war ein Loch im Boden. Das Loch war tief und schmal und führte zu einer kleinen, grob ausgehobenen Kuhle in der Erde.

In dieser Kuhle, fernab der Urne, die so lange sein Gefängnis gewesen war, schlief Schattenjack. Er träumte vom Krieg, von zerbröckelnden Planeten und flammenden Galaxien und sicheren, ruhigen Orten wie diesem und in seinem Traum war er ein Held. Die Götter belohnten ihn mit seinen eigenen Welten, mit Freiheit.

Ein Vogel aus schwarzem Papier stieß in seinen Traum herab und er wachte auf und sog die warme, erdige Luft ein.

Schattenjack kroch aus seiner Ruhestätte unter der Erde.

Der Papiervogel wartete auf den Ästen der Eiche über seiner Kuhle auf ihn, und als er ihn sah, streckte Schattenjack eine geöffnete Hand aus. Der schwarze Papiervogel segelte herunter und landete auf seiner blassen Handfläche. Schattenjack faltete den Vogel auseinander und schnüffelte am Papier. Dann lächelte er und steckte das Papier in seine Manteltasche.

Da war ein Geräusch im Wind, sanft wie schwarze Seide, und Schattenjack verwandelte sich in einen Raben und schwang sich in die Lüfte in Richtung des Ladens des alten Mannes.

Die erste Befreiung

DER ALTE HANS schenkte sich einen weiteren Feuerwhiskey ein – war es der vierte oder der fünfte? Ach, wen kümmerte es! – und schüttete ihn sich in den Rachen. Langsam, aber sicher sah er die ganze Situation etwas entspannter. Bald würde Schattenjack kommen und alles regeln, und wenn er wieder weg war, würden Hans' Taschen voller Münzen sein.

Der Uhrwerkvogel lag auf seinem Tisch. Er hob ihn auf und streichelte über das kalte, glänzende Gold seiner Flügelfedern. Es war wirklich ein Jammer, dass er ihn nicht behalten konnte. So ein seltenes und erstaunliches Ding.

Als die Saphiraugen des Vogels plötzlich glühten, dachte der alte Hans zunächst, der Whiskey würde ihm etwas vorgaukeln. Aber er blinzelte, richtete seine Brille – und die Augen glühten immer noch.

Der Vogel bewegte sich.

Er schlug ungelenk mit den Flügeln. Der alte Hans kreischte vor Angst auf. Er sprang zurück auf seinen Stuhl, dessen Beine unangenehm laut über den Boden schrammten. Der Uhrwerkvogel erhob sich und schüttelte sich einmal. Dann fuhr sein Kopf zu Hans herum und er schien ihn von oben bis unten anzusehen. Als er sich dann auf den alten Hans stürzte, schrie dieser kurz auf und wich zurück, wodurch sein Stuhl umfiel.

Der Vogel fiel über ihn her, pickte in sein Gesicht, seine Augen, kratzte ihn mit scharfen Krallen. Hans versuchte, sich mit einem Arm zu schützen und mit dem anderen nach dem Vogel zu schlagen, aber er war nicht aufzuhalten.

»Ahhhh, hau ab, lass mich!«

Hans rappelte sich auf, taumelte blindlings durch den Raum, stieß Lampen und Möbelstücke um, bis er schließlich die Tür fand. Er floh zum Treppenabsatz, tastete nach dem Geländer, während der Vogel immer noch auf ihn einstieß. Sein Fuß verfehlte die erste Stufe, und er fiel, Füße, Arme und Beine wild durcheinanderfliegend, polternd und krachend, bis er am Fuß der Treppe landete.

Hans bekam noch mit, dass der Vogel auf seinem Gesicht gelandet war und ihn als Zugabe ein letztes Mal auf die Stirn pickte.

Dann verlor der alte Hans das Bewusstsein.

Unten im Lagerraum ertasteten Laras Finger die Stelle, an der der Mörtel zwischen den Steinen entfernt worden war. Sie grub ihre Finger in die Lücke, so wie sie es auch in der Kanalisation machte, wenn sie eine ausgezeichnete Tosherstelle fand, entfernte die losen Ziegelsteine und trat einen Schritt zurück. Sie spähte in die Lücke in der Mauer und hoffte verzweifelt auf einen Ausgang.

In die Lücke schmiegte sich ein Schließfach.

Was hast du da drin, du alte Ratte?

Sie fummelte an dem Rädchen herum, klickte es in die eine, dann in die andere Richtung, aber sie kannte die Kombination nicht. Das Schließfach blieb verschlossen.

Lara ging zurück zur Tür.

»Ich hab dein Schließfach gefunden!«, schrie sie. »Ich hab es geöffnet. Meine Taschen sind voll mit deinem Kram. Du kommst jetzt besser rein und hältst mich auf!«

Als er nicht antwortete, wurde sie wieder wütend und hämmerte gegen die Tür.

»Lass mich raus! Lass mich ...«

Eine Reihe von Klängen schallte durch die Räume über ihr. Zuerst ein Schrei, dann ein Krachen, dann seltsames Scharren und schlurfende Schritte. Lara lehnte sich an die Tür und lauschte. Es klang wie eine Art Kampf. Der Krach endete mit einem Konzert aus Poltern und Krachen.

Mit atemloser Spannung blieb sie ruhig stehen. Sie hörte nichts mehr, keine Spur von Schritten oder quietschenden Dielen. Hatte der Würger irgendwie von dem Vogel erfahren? War er gekommen, um ihn zu holen?

»Alter Hans?«

Die Wörter hatten kaum ihren Mund verlassen, als der bekannte, zarte Klang aus ihrem Medaillon quoll. Sie zog es heraus, hielt es hoch und sah in sprachloser Verblüffung, wie die Vogelgravur darauf blendend hell glühte.

Ein ratterndes Geräusch im Schloss ließ sie aufschrecken. Sie griff nach dem nächsten Gegenstand, einem Kerzenleuchter, und hob ihn über ihren Kopf, als die Tür aufgeschlossen wurde und sich langsam und quietschend öffnete.

Die Türschwelle war leer. Der Gang lag im Dunkeln, nur das Leuchten von Laras Medaillon warf einen unheimlichen

Schein auf die Mauern. Sie schob sich aus dem Lagerraum, den Kerzenleuchter immer noch über ihrem Kopf, bereit, zuzuschlagen, aber als sie weiterging, war alles geradezu unheimlich still.

Der Körper des alten Hans lag zusammengekrümmt am Fuß der Treppe. Sie lief zu ihm, hockte sich hin, drückte ihr Ohr an seine Brust und fand einen Herzschlag. Der alte Sack atmete noch, und Lara war erleichtert, unter anderem, weil sie keine Lust hatte, in Verbindung mit einer Leiche von den Wachmännern gesucht zu werden.

Tapp.

Klack.

Ratter-ratter!

Die Geräusche erschreckten Lara. Sie fuhr auf der Stelle herum und folgte ihrem Gehör, schlich sich zur offenen Tür des Lagerraums und blickte um sie herum zur anderen Seite. Was sie dort sah, ließ sie die Augen reiben, blinzeln und erneut hinschauen.

Der Uhrwerkvogel bewegte sich, als wäre er lebendig. Nicht nur das, er schien seinen Schnabel im Schlüsselloch eingeklemmt zu haben, und er flatterte mit den Flügeln und schüttelte wie wild mit dem Kopf, um sich zu befreien.

Lara streckte eine zitternde Hand aus.

»Hey, ganz ruhig.«

Ihre Finger schlossen sich um das kühle Metall der Vogelflügel. Sie nahm seinen Kopf behutsam zwischen Daumen und Zeigefinger und schaffte es, ihn herauszubefördern. Sie öffnete ihre Hand. Der Vogel saß in ihrer Handfläche und blickte zu ihr herauf, während sein Kopf hin und her zuckte.

Das sanfte Flüstern kam wieder aus ihrem Medaillon und

sie fühlte einen Schauer durch ihren ganzen Körper laufen. Das Medaillon leuchtete schlagartig so stark auf, dass es den gesamten Laden ausleuchtete.

»Verteufelt noch mal!«

Sie taumelte zurück und hielt sich die Augen zu. Dann erlosch das Licht, und ihre Augen brauchten einen Augenblick, um sich wieder an das Dämmerlicht zu gewöhnen. Der Vogel stand neben ihren Füßen und blickte zu ihr hoch. Er pickte einmal auf ihren Schuh, schwang sich dann elegant in die Luft und landete auf ihrer Schulter. Dort schien er sich ziemlich heimisch zu fühlen.

Langsam, ganz langsam hob Lara ihre Hand und streichelte die goldenen Federn an den Flügeln.

»Was *bist* du, Herr Vogel?«

Vom Boden kam ein Stöhnen. Die Stimme des alten Hans erklang. »Hexe!« Seine Augen waren weit aufgerissen, sein Gesicht eine verzerrte Maske aus Angst und Ekel. »Hexe!«, wiederholte er, die Kraft schien in seine Zunge zurückzukehren. Er zeigte mit einem zitternden Finger auf Lara und das Medaillon um ihren Hals. »Hexenmagie!«

»Warte, alter Hans, das ist nicht das, wonach es aussieht.«

Lara wusste *genau*, wonach es aussah. Auf ihrer Schulter saß ein verzauberter Uhrwerkvogel und um ihren Hals hing ein magisches Medaillon. Es hätte nicht offensichtlicher sein können, wenn ihr jemand HEXE auf die Stirn geschrieben hätte.

»Hexe! Mörderin! Du wolltest mich kaltmachen!«

»Das stimmt nicht!«

Er hatte sich auf die Knie erhoben, und Lara wollte ihm hochhelfen, aber er wehrte sie ab.

»Hau ab! Ruft die Wachmänner! Hilfe!«

Lara erkannte, dass mit ihm nicht mehr zu reden war. Panik verschnürte ihr so sehr den Hals, dass sie das Gefühl hatte, zu ersticken. Alle würden denken, sie wäre eine Hexe. Sie würden sie jagen. Sie vor Gericht stellen. Sie hängen!

Sie beugte sich vor, zog die Schlüssel aus der Tasche des alten Hans und rannte durch den Laden zur Tür, wo sie die verschiedenen Schlüssel in die Schlösser steckte, bis – *klick* – sie sich endlich öffneten.

»Lara!« Der alte Hans stand am Verkaufstresen.

Klick.

»Gib mir den Vogel und ich erzähl niemandem etwas von deinem Geheimnis.«

Klick.

»Lara! Larabelle Fox!«

Klick.

Die Tür öffnete sich. Lara ließ die Schlüssel fallen, packte den Uhrwerkvogel und stopfte ihn in ihre Tasche. Dann rannte sie hinaus in die Bone Alley, während der alte Hans ihr hinterherbrüllte.

»Hilfe! Diebe!«

Der Schrei sorgte für Gemurmel in der Menschenmenge. Aber dies war King's Haven und Diebe waren so zahlreich wie Regentropfen.

»HEXE!«

Dieses Wort, offen ausgesprochen, hatte die Kraft eines Pistolenschusses. Es ließ Lara abrupt stehen bleiben und das Murmeln um sie herum verwandelte sich in Keuchen und Kreischen. Sie blickte zurück zum alten Hans, und für einen Augenblick hatte sie das Gefühl, dass es ihm leidtat und er beschlossen hatte, sie gehen zu lassen. Aber sein Gesichtsausdruck verhärtete sich und er zeigte auf sie.

»Hexe. Hexe, da! Sie hat versucht, mich umzubringen!«

Andere auf der Straße waren nun auch stehen geblieben und sie gafften sie an, zeigten mit dem Finger auf sie, flüsterten.

»Bleibt zurück!«, rief jemand.

»Ruft die Wachmänner!«

»Sie ist nur ein Mädchen. Um die kümmern wir uns selbst!«

»Jawohl! Hexenkinder sind nicht so gefährlich, hab ich gehört.«

Lara drehte sich auf der Stelle, ihr Herz gefror, ihr Körper zitterte. Überall um sie herum waren jetzt Menschen, die näher kamen.

»Sie hätte schon etwas getan, wenn sie könnte!«

»Hier! Das gibt bestimmt eine Belohnung, wenn wir sie fangen!«

»Gibt es weniger, wenn sie tot ist?«

Alles schien plötzlich wie in Zeitlupe abzulaufen. Lara blickte in die Gesichter. Das waren normale Leute, Mütter und Väter mit Kindern und Familien, aber es wirkte, als ob sie von einem Teufel besessen wären. Sie zischten und spuckten und johlten und ihre Augen waren voller Bosheit und Blutrausch. Ein paar waren schon fast nah genug, um sie zu berühren.

»Bleibt zurück!«

Da waren Hände auf ihr, an ihren Schultern, ihren Armen. Sie riss sich los, aber noch mehr Hände griffen nach ihren Haaren, nach ihrem Gesicht, und sie roch den Gestank von Schweiß und Alkohol, und ihre Augen waren verschwommen von den Tränen, die Straße nur noch ein wirres Durcheinander der Angst.

Eine Hand schob sich über ihr Gesicht und eine andere griff in ihren Mantel und tastete dort umher. Lara erkannte, dass es der alte Hans war, der den Vogel suchte. Sie biss kräftig in seinen Finger, hörte einen Schrei und spürte, wie die Hand losließ.

»Sie hat mich gebissen!«

»Packt sie!«

»Schaut mal, Wachmänner! Hey, Jungs, macht mal eure Arbeit. Schafft diese Hexe von unseren Straßen!«

Die zweite Befreiung

LARA WOLLTE der beobachtenden Menge nicht die Genugtuung geben, sie weinen zu sehen, also schloss sie ihre Augen, als die Wachmänner grob ihre Hände hinter ihrem Rücken fesselten, mit Metallschellen, die ihr ins Fleisch schnitten. Die Wachmänner führten sie stoßend und schubsend durch die Straßen, wo sich Menschenmengen sammelten. Beleidigungen und Flüche regneten auf sie herab und ließen sie zusammenzucken. Auch andere Dinge fielen auf sie herab: faules Essen, Dreck von der Straße, sogar der dampfende Inhalt des Eimers eines Kotsammlers. Ihre Hände waren gefesselt, also konnte sie ihr Gesicht nicht schützen, und der Mist überzog ihren Mund und ihre Nase, so stinkend, dass sie würgen musste.

Sie war auf allen Seiten von Menschen umringt, dennoch war sie noch nie so allein gewesen. Lara wusste, dass sie sie zu den Zellen bringen und sie einsperren würden. Sie würde natürlich als Hexe vor Gericht gestellt, und welche Chance würde sie schon haben, ein Straßenmädchen – eine Tosherin? Der alte Hans würde wahrscheinlich als Zeuge aussagen, und die Leute auf der Straße würden sich Geschichten ausdenken und schwören, sie hätten Lara zaubern sehen. Nur die reine Erwähnung des Wortes Hexe brachte in diesen Tagen ihr Blut zum Kochen, dank Mrs Hester und dem König. Wer würde schon auf Laras Aussage hören?

Niemand, da war sie sich sicher. Kein Einziger.

Also würde es weiter auf den Reaper's Square gehen. Zum Galgen.

Laras Tränen vermischten sich mit dem Pferdemist. Er war in ihren Haaren und in ihren Augen, sie konnte kaum etwas sehen.

Plötzlich erschütterte ein Geräusch wie Donner die Straße, und bevor sie wusste, was geschah, wurden Laras Augen von schwarzem Rauch geblendet. Sie war im Zentrum einer Wolke aus Kreischen und verwirrten Rufen und den Pfeifen der Wachmänner. Jemand prallte gegen sie und warf sie zu Boden. Die Menge rannte wie wild geworden los, angetrieben von blinder Panik, und sie traten auf sie, auf ihre Haare, ihre Arme und Beine, ihren Bauch und raubten ihr den Atem.

Raue Hände zogen sie hoch, und sie spürte, wie jemand sie über die Schulter warf und sie durch den Rauch, die Schreie und die Verwirrung trug.

Das Letzte, was sie dachte, bevor sie bewusstlos wurde, war, dass die Person, die sie trug – wer auch immer das sein mochte –, die Richtung gewechselt hatte. Bewegten sie sich weg vom Gefängnis? Sie war sich nicht sicher und bald umfing sie Dunkelheit und nahm sie mit sich.

Die Witterung aufnehmen

DER ALTE HANS schenkte sich mit zittrigen Händen einen weiteren Feuerwhiskey ein, schluckte ihn herunter und biss die Zähne zusammen, während die bernsteingelbe Flüssigkeit seinen Hals und seine Brust wärmte.

Dieses verfluchte Mädchen. Und der verfluchte Vogel. Wenn *sie* nicht aufgetaucht wäre, würde er nicht in der Klemme stecken. Und er *wusste*, dass er in der Klemme steckte. Der Mann ohne Schatten war unterwegs und erwartete, dass der alte Hans den Vogel hatte. Doch alles, was er finden würde, waren leere Hände und hohle Wörter.

Ein riesiger Rabe flog zum Fenster herein und ließ Hans einen Schrei ausstoßen. Die Luft um den Raben herum wirbelte schwarz – und schon stand Schattenjack im Raum.

Die Augen des alten Hans weiteten sich. »Ein Dschinn«, flüsterte er.

Groß und dünn, gekleidet in einen zerlumpten schwarzen Anzug und einen Mantel, mit schwarzen Augen, die unter der Krempe seines schwarzen Huts hervorschienen, bewegte sich Schattenjack nach vorne und baute sich vor dem alten Hans auf. Hans blickte zu Schattenjack hoch und zitterte am ganzen Körper.

»Wo ist der Vogel?«

Bevor der alte Hans antworten konnte, entdeckte Schattenjack das Holzkästchen auf dem Tisch, nahm es hoch und drehte es in den Händen.

»Warten Sie einen Augenblick. Es gibt da etwas, das ich Ihnen sagen muss, bevor Sie …«

Zu spät. Schattenjack öffnete das Kästchen. Er blickte auf die leere Stelle darin, wo der Uhrwerkvogel sein sollte, und dann blickte er den alten Hans an. In Sekundenbruchteilen hob Schattenjack einen Fuß und kippte den Stuhl nach hinten, woraufhin der alte Hans schmerzhaft auf dem Boden landete. Er setzte einen Fuß auf Hans' Hals und verlagerte sein Gewicht darauf.

»Wo ist der Vogel?«, fragte er erneut. »Gib ihn mir. Er gehört Mrs Hester.«

Er lockerte den Druck etwas. Der alte Hans keuchte und schnaufte. »Er war hier! Ich schwöre es. Ein Mädchen hat ihn hergebracht – eine Tosherin. Hat ihn in der Kanalisation gefunden. Sie wollte ihn verkaufen. Ich hab genau das getan, was Sie mir gesagt haben, Sir. Ich habe den Vogel hier behalten – und das Mädel auch, damit sie sich nirgendwo verplappern konnte. Alles war in Ordnung. Aber dann ist etwas passiert. Dieser Vogel … er wurde lebendig! Er ist auf mich losgegangen, hat mir fast die Augen ausgehackt. Ich bin diese Treppe heruntergefallen, und als ich aufgewacht bin, war das Mädchen weg. Sie hat den Vogel mitgenommen!«

Schattenjacks Gesichtsausdruck blieb starr. »Der Vogel … er hat sich *bewegt*?«

»Haben Sie mir nicht zugehört? Er hat sich nicht nur bewegt, er hat versucht, mich zu töten.«

Schattenjack schien nachzudenken. »Wer ist das Mädchen?«

»Lara.«

»Lara?«

»Ja, Larabelle Fox. Sie ist eine Hexe, da bin ich mir ganz sicher. Sie trägt eine Art magisches Medaillon um den Hals.«

Schattenjacks Augen weiteten sich und er sog prüfend die Luft ein.

Er folgte seiner Nase die Treppe hinunter bis in den Lagerraum. Als er die Mitglieder des Untergangszirkels verfolgt hatte, standen ihm mächtige Hexen gegenüber, die ausgebildet waren in der Kunst der Irreführung und Verschleierung. Individuen, die sich fast unsichtbar und unauffindbar machen konnten, ehe er sie bis zur Erschöpfung gejagt hatte. Aber das hier … das war nur ein kleines Mädchen. Sie zu finden würde ein Kinderspiel für ihn sein.

Er schnupperte ein letztes Mal die staubige Luft im Lagerraum des alten Hans.

»Ich habe ihren Geruch.«

Er machte einen Schritt und hielt dann inne. Ein magisches Medaillon? Automatisch griff er in seine Tasche, klimperte mit den Medaillons, die er von den Mitgliedern des Zirkels gesammelt hatte. Das war unmöglich … oder? Der Untergangszirkel war besiegt.

Hier waren seltsame Kräfte am Werk. Er konnte fühlen, wie sie sich wie Wolken sammelten. Vielleicht wäre es weise, mit Mrs Hester zu sprechen, bevor er etwas unternahm. Einen weiteren Fehltritt konnte er sich nicht erlauben.

Als Schattenjack verschwunden war, ging der alte Hans mit rasendem Herzen hoch in seine Wohnung und durchsuchte fieberhaft seine Bücherregale. Als er schließlich das richtige Buch fand, knallte er es auf den Tisch. Seine Gedanken wirbelten vor seltsamer Aufregung durcheinander, und er blätterte durch die Seiten, bis er den Abschnitt fand, den er gesucht hatte.

Während er den Abschnitt las, verschwand die verbliebene Angst von dem Zusammentreffen mit Schattenjack, und seine faltigen Mundwinkel zuckten aufwärts und formten ein leichtes, habgieriges Lächeln.

Der alte Hans schloss das Buch und lehnte sich mit verschränkten Armen im Stuhl zurück.

Er war sich ziemlich sicher, dass er gerade einen Dschinn getroffen hatte. Einen echten Dschinn! Dabei sollten die schon lange nicht mehr existieren. Wenn das wirklich ein Dschinn war – was für Reichtümer so jemand ihm bringen könnte … Schattenjack wurde anscheinend von Mrs Hester kontrolliert, aber das ließ sich ändern. Die Rädchen von Hans' scharfem Verstand drehten sich und formten eine Idee in seinem Kopf.

Die Weinenden Inseln fallen

VIER TAGE ENTFERNT vom Hauptland des Silberkönigreichs, weit im Osten, lagen die Weinenden Inseln. Fünf Hügel aus hervorragendem schwarzem Gestein, größtenteils dicht mit Mammutbäumen bewachsen. Die Bewohner der Weinenden Inseln wohnten in Städten und Dörfern, die an den Küsten der Inseln verstreut lagen. Sie waren Fischer, und sie waren aufrecht, standhaft und hart wie die Mammutbäume, die ihnen Holz für ihre Schiffe lieferten.

Während Lara weit entfernt in King's Haven in Schwierigkeiten steckte, sahen sich die Inselbewohner ihrer eigenen Gefahr gegenüber. Als der Nachmittagshimmel plötzlich zur Nacht wurde, versammelten sie sich auf den Straßen und starrten voller Verwunderung und Angst hoch zu den unendlichen Sternen. Familien hielten sich gegenseitig im Arm; Mütter und Väter drückten ihre Kinder eng an sich und die Kinder lachten vor unschuldiger Freude.

»Schau mal, Mama! Sterne!«

»So viele!«

»Warum ist es dunkel, Papa? Muss ich ins Bett?«

Als die Sterne nach und nach aufhörten zu leuchten, reagierten die Leute zunächst mit Stillschweigen. Aber als der letzte Stern verschwand, der Mond zu einem Nichts zusammenschrumpfte und ein klaffendes, endloses schwarzes Loch über der Welt hinterließ, brach Panik aus. Die Eindringlinge bemerkte man erst, als sie, gehüllt in Tierfelle, schon durch die Straßen liefen und ihre Bögen spannten.

Agata Olofsson stand mit ihrem Sohn auf der Hauptstraße, als die Bemalten um die Ecke bogen. Agata wusste, dass es vor dem Silberkönigreich einst viele verschiedene Länder gegeben hatte, bevor die große Argentumarmee, gestützt durch die Magie der Weißen Magier, die Welt überrollte und alles im Namen des Königs beanspruchte. Jedes dieser Länder hatte seine eigene Kultur gehabt, seine eigene Religion, eigene Götter. Aber wie unterschiedlich sie auch sein mochten, eine einzige Geschichte gab es in jeder Sprache. Die Erzählung von einer uralten Dunkelheit im Osten.

Der Immernacht.

Agata schreckte aus ihrer Benommenheit hoch. Sie blickte hinab auf ihren kleinen Jungen, Joshua, der an ihrem Kleid zog.

»Mama! Mama!«

Agata hob ihn auf ihren Arm, drehte sich um und rannte den Hügel hinauf, zur Hütte der Familie. Sie ging zum Lagerraum, schloss den Schrank auf und zog ihren Jagdbogen und den Köcher heraus. Sie schlang sich den Bogen über die Schulter und ging zurück zur Tür.

Als sie sie öffnete, stand ein Bemalter nur wenige Schritte

entfernt. Agata zögerte nicht. Sie spannte ihren Bogen, zielte und ließ den Pfeil fliegen. Der Schuss saß, das wusste sie, als der Pfeil die Sehne verließ. Er traf den Bemalten ins Herz – falls er ein Herz hatte. Aber der blickte nur nach unten und zerrte den Pfeil aus seiner Brust.

Agata riss ihren eingeschüchterten kleinen Sohn hoch und rannte mit ihm auf dem Arm die dunkle Straße hinauf, auf dem geschlängelten Weg entlang des Hügels, durch Kreischen und Brüllen, durch das Klirren von Metall und den Knall von Pistolen. Die Wachmänner waren eingetroffen, aber es gab nur wenige auf der Insel, und ihre Waffen schienen genauso nutzlos gegen die Bemalten zu sein wie Agatas Pfeile.

Eine Steinmauer begrenzte den Ort, dahinter lag eine kleine grüne Wiese und dann der Wald. Agata hielt ihren Sohn fest im Arm, während sie lief. Als sie die Grenze des Waldes erreichte, setzte sie ihn ab und blickte in seine großen blauen Augen. Sie küsste ihn und umarmte ihn fest, atmete seinen Geruch ein. »Jetzt hör zu«, sagte sie und wischte sich Tränen aus den Augen. »Sei ein guter Junge. Lauf durch den Wald zum nächsten Dorf, zu Tante Rebecca. Erinnerst du dich an den Weg? Gut. Sag ihr, dass ich dich geschickt habe, dass ihr weggehen müsst. Sie wird auf dich aufpassen.«

»Mama, ich will bei dir bleiben!«

Ein Pfeil bohrte sich in den Baum neben ihnen.

»Ich werde bald da sein«, sagte sie und strich mit ihrer Hand durch sein blondes Haar. »Ich verspreche es. Jetzt lauf. Lauf!«

»Mama!«

Sie schob ihn weg zwischen die Bäume und ihr Herz zerbrach.

Seine großen Augen glitzerten für einen Augenblick in der Dunkelheit, dann drehte er sich um und rannte.

In der Nähe brach ein Zweig.

Agata fuhr herum und stand einem der Bemalten direkt gegenüber.

Eine Minute später, als sie gezeichnet worden war und als der glühende Schmerz verging, war Agata nicht mehr Agata.

Sie war niemand. Sie hatte keine Vergangenheit, keine Familie, und der einzige Gedanke in ihrem Kopf war die Immernacht und dass sie ihr Leben geben musste, um sie zu beschützen.

DIE WHITECROWS

DIE HITZE DES FEUERWHISKEYS rüttelte Laras Innerstes auf und zerrte sie Richtung Bewusstsein. Sie hustete trocken und schreckte auf, spuckte sprühend Whiskey aus Mund und Nase, während ihre Zunge und ihre Nasenlöcher in Flammen standen.

»Langsam«, sagte eine Frauenstimme. »Sei ruhig, Kind.«

Zwei Gesichter blickten besorgt auf sie herab. Ein grauhaariger Mann mit markanten Gesichtszügen und eine Frau mit rosigen Wangen, die ein Kleid in allen Farben des Regenbogens trug. Lara hatte die Frau schon einmal gesehen, und sie erinnerte sich an den Geruch des Orts, die Mischung aus Leder, Papier und Staub. Sie richtete sich auf und bemerkte, dass sie in einem Buchladen war – in demselben, in dem sie die flüsternden Bücher gefunden hatte.

Verworrene Erinnerungen kehrten zurück – der alte Hans und der Vogel und die aufgebrachte Menschenmeute. Die Wachmänner … der Rauch …

Sie wollte aufstehen, aber eine starke Hand hielt sie zurück.

»Beruhig dich, Mädchen«, sagte die Frau. »Du bist jetzt in Sicherheit. Du bist bei Freunden.«

Lara griff in ihre Tasche – leer. Der Uhrwerkvogel war weg. Dann, besorgt, verwirrt und verängstigt, betastete sie ihren Hals. Ihr Medaillon war ebenfalls weg. Sie rappelte sich auf und diesmal ließen sie es geschehen. Lara wich zurück. Ihr Körper schmerzte noch von den Fußtritten der Menge.

»Es ist alles in Ordnung«, sagte die Frau in sanftem Ton. »Die Wachmänner kriegen dich hier nicht.«

»Meine Sachen«, sagte Lara und griff sich an den Hals. »Meine Sachen sind weg!«

»Sind sie nicht.« Die Frau verschwand hinter dem Verkaufstresen und kam mit Laras Medaillon und dem Uhrwerkvogel zurück. Lara schnappte sich das Medaillon und legte sich die Kette um. Sie fühlte sich sofort besser. Der Vogel bewegte sich nicht. Er saß in der Hand der Frau wie etwas Totes oder Schlafendes, bis Lara ihn berührte und seine Saphiraugen aufleuchteten.

Die Frau und der Mann blickten sich mit großer Überraschung an.

»Wie heißt du, Mädchen?«, fragte der Mann bestimmt.

»Lara.«

»Nun, Lara, ich bin Magnus Whitecrow und das hier ist meine Frau, Bernie.«

»Sie haben mich gerettet? Wieso?«

»Weil sie dich wahrscheinlich gehängt hätten«, sagte Bernie. »Was für ein Unding, ein junges Mädchen aufknüpfen zu wollen!«

»Aber wer würde jemanden retten, der beschuldigt wird, eine Hexe zu sein? Jeder hasst Hexen. Außer … außer Sie *sind* Hexen! Oh, ich muss hier weg. Ich stecke schon in genug Schwierigkeiten!«

Die Frau, Bernie, griff in ihre Tasche und zog eine dicke Zigarre heraus. Sie zündete sie an und nahm einen langen, gemächlichen Zug. »Bitte verwende in meiner Gesellschaft nicht das Wort Hexe. Es ist ein unanständiger Begriff, den die Weißen Magier erfunden haben, als sie sich abgespaltet haben und dem Silberkönigreich beigetreten sind.« Sie nahm einen weiteren Zug von der Zigarre und benutzte sie dann, um auf Lara zu deuten. »Ich bin schon eine Weile dabei, meine Liebe. Ich hab schon das ein oder andere gesehen. Aber in all den Jahren habe ich nie eine Magierin getroffen, die nicht *weiß*, dass sie eine Magierin ist.«

»Ich?«, fragte Lara und legte ihre Hände auf die Brust. Der Vogel flatterte von einer Schulter zur anderen und pickte nach den krausen Spitzen ihrer schwarzen Haare. »Ich bin keine He… – keine Magierin. Ich bin ein Straßenmädchen, das ist alles.«

»Pff. Und ich bin eine gute Fee. Du bist eine Magierin, Liebes, merk dir das. Hör zu … hörst du das in der Luft? Diesen Klang nach Kristall und Sternenlicht und gläsernen Träumen? Genau das ist Magie.«

Lara lauschte, und sofort hörte sie ein Flüstern, vertraut und unheimlich. »Magie? Wie kann man Magie *hören*?«

Bernie Whitecrow blickte nach oben, als würde sie all ihre Geduld aufbringen müssen. »Weil du eine *Magierin* bist!«

»Was mich interessieren würde«, sagte Magnus: »Wie konntest du aufwachsen, ohne zu wissen, was du bist? Wo sind deine Eltern?«

»Tot.«

»Wie? Wann?«

»Ein Unfall. Als ich noch ein Baby war. Ich hab ein paar Jahre in einem Waisenhaus gelebt, bis ich es nicht mehr ausgehalten habe. Bin weggelaufen. Seitdem bin ich Tosherin. Und ziemlich gut darin.« Lara hob einen Finger. »Erklären Sie mir das: Wenn ich eine Magierin bin, wie kommt es, dass ich erst seit ein paar Tagen diese komische Melodie höre, die angeblich Magie sein soll? Warum hab ich das nicht schon mein ganzes Leben gehört?«

Sie war sich sicher, dass sie sie damit überrascht hatte, aber Bernie Whitecrow wirkte kein bisschen verwundert.

»Wie alt bist du?«, fragte sie Lara.

»Ich weiß nich' genau. Ungefähr dreizehn.«

»Na also, da hast du es. Die Magie spürt man erst, wenn man vom Kind zum Erwachsenen wird. Deine Magie erwacht gerade erst, Liebes!«

Lara starrte die alte Frau trotzig an, aber sie begann zu zweifeln. Konnte es wahr sein? War sie immer eine Magierin gewesen, ohne es zu ahnen? Es würde so viel erklären ... die seltsamen Geräusche ... die Ratte in der Kanalisation ... das Schiff voller Zaubersprüche, das sie rief. Sie wollte es nicht wahrhaben. Eine Tosherin zu sein, war eine feine Sache, es bedeutete Freiheit. Aber magiebegabt zu sein – egal auf welcher Seite –, konnte nur Ärger bedeuten.

»Lass mich dir etwas zeigen, Lara.« Bernie führte sie in den hinteren Bereich des Ladens und die magische Melodie wurde stärker. Sie erreichten das Regal, zu dem Lara bei ihrem letzten Besuch hingezogen worden war, und tatsächlich griff Bernie nach demselben Buch. Sie zog daran und das Regal sank in den Boden hinab und offenbarte die Tür zum geheimen Zimmer. Wie zuvor quollen musikalische, äußerst zerbrechliche Stimmen aus den Büchern in den Regalen. Lara atmete den Geruch der alten Seiten ein und den Duft der vergessenen Geschichten.

»Bücher sind magische Gegenstände«, sagte Bernie. »Nicht die Art, die einen Zauberstab oder einen Kessel benötigt. Eine andere Art Magie. Sie steckt in den Seiten, in den Wörtern. Eine gute Geschichte gräbt sich in dich hinein, wird ein Teil von dir, verändert, wer du bist. Deshalb habe ich diesen Laden eröffnet. Ich habe hier immer noch mit Magie zu tun, aber nicht mit der Art, für die sie mich verhaften können. Zumindest für die meiste nicht.« Sie zog eines der Bücher aus dem Regal in dem geheimen Zimmer und pustete den Staub weg. »Schau mal.«

Lara blätterte durch die Seiten. Der Staub geriet in ihre Nase und sie musste niesen.

»Und jetzt«, sagte Bernie, »möchte ich, dass du das Buch schließt und mit dem Finger einmal den Buchrücken entlangstreichst, von oben nach unten.«

Lara tat, worum sie gebeten wurde.

»Öffne es noch mal.«

Diesmal öffnete sich das Buch in zwei Hälften, und die Seiten – dieselben Seiten, durch die Lara gerade noch geblättert hatte – waren nun ausgeschnitten, sodass ein kleiner Hohlraum entstanden war. Darin war eine Glasflasche. Bernie streckte ihren Arm aus und berührte die Flasche, woraufhin in ihr eine silberne Rauchspirale zum Leben erwachte.

»Ein Zauber?« Laras Augen folgten dem Licht durch das Innere der Flasche. »Aber das ist gegen das Gesetz. Ich darf nicht hier sein. Sie sind *Hexen.*«

»Hör zu, Kind, dieses Gerede von Hexen muss aufhören. Mrs Hester spricht den ganzen Tag davon, dass Hexen böse seien, dass sie töten wollen, dass sie die Macht ergreifen wollen. Das ist Unsinn. Wenn irgendjemand böse ist, dann sie. Wie sonst würdest du eine Frau beschreiben, die ihren Leuten die Seelen wegnimmt und sie in Käfige sperrt?«

Laras Gedanken sprangen zurück zu dem Weißen Magier, der fast vor ihren Augen auf dem Reaper's Square gehängt worden war, zu dem Leid und der Angst in seinem Gesicht und zu dem seltsamen glühenden Ding im Käfig … seiner Seele. Es schien wirklich böse zu sein, eine Person auf diese Weise in Stücke zu teilen. Sie beugte sich vor und tippte gegen die Flasche. »Und was macht dieser Zauber?«

Bernie Whitecrow lächelte. »Es ist ein Heiltrank. Eine erstaunliche Sache. Könnte so viel von den Seuchen und Krankheiten in dieser Stadt heilen, wenn es erlaubt wäre. Aber beim aktuellen Stand der Dinge bekommt man den nur auf dem Schwarzmarkt – und jeden Tag sterben unnötig arme Menschen.«

Lara bemerkte, dass Bernies Blick beim Sprechen immer wieder auf den Uhrwerkvogel fiel und dass er dann einen erstaunten Ausdruck annahm. Lara ließ den Vogel auf ihren Finger hüpfen. »Warum schauen Sie ihn die ganze Zeit an, Mrs Whitecrow?«

Bernie Whitecrows Augen spiegelten den blauen Glanz der Saphiraugen des Uhrwerkvogels wider. »Hast du jemals vom Untergangszauber gehört, Lara?«

»Nein, ich weiß überhaupt nichts von Magie. Das hab ich doch schon gesagt!«

»Aber du hast bestimmt von Westerly Haven gehört?«

Das klang vertraut. »Dort leben die Hex… – die anderen Magier, glaube ich.«

»So ist es. Westerly Haven war einmal die Heimat aller Magiebegabten dieser Welt. Es ist ein herrlicher Ort, eine ganze Stadt gebaut auf den Ästen eines riesigen Baums, der den Himmel berührt. Jedes Jahr, Lara, sprießen große glühende Blüten aus ihm hervor – und diese Blüten hauchen Magie in die Welt. Daher kommt alle Magie. Und daher haben Magier ihre Kräfte.«

»Und was hat das mit mir zu tun?«

»Hör einfach zu, Mädchen! Vor Hunderten von Jahren erzeugte Sam Hawk, der größte Magier aller Zeiten, einen Zauber, der uns vor den Gefahren schützen sollte, die vor langer Zeit von den Göttern zurückgelassen wurden. Der machtvollste Zauber aller Zeiten. Er nannte ihn den Untergangszauber und er wurde in Westerly Haven über Jahrhunderte sicher aufbewahrt – bis zum Bürgerkrieg. Mrs Hester führte eine Gruppe an, die den Untergangszauber benutzen wollte, um die Welt zu erobern. Sie stürmten Westerly Haven und entfachten einen blutigen Kampf. Magier gegen Magier. Schließlich wurde Hesters Truppe besiegt und zerstreut. Und weil sie verzweifelt Schutz suchten, schlossen sie ein Abkommen mit dem Silberkönig und wurden die Weißen Magier, die du heute kennst.«

»Und was passierte mit dem Zauber?«

»Jetzt wird es richtig spannend«, sagte Bernie. »Der Legende zufolge wurde der Zauber während des Bürgerkriegs einem geheimen Zirkel übergeben, weit weg von Westerly Haven gebracht und vor Hester versteckt.«

Magnus Whitecrow kam zu ihnen, in der Hand ein großes,

von Spinnweben überzogenes Buch. Er nickte zu dem Uhrwerkvogel. »Vögel sind heilige Geschöpfe für Magier. Wir glauben, dass, wenn wir sterben und die Graue Alyce uns durch die Knochenwüste geleitet hat, ein Vogel unsere Seele ins nächste Leben tragen wird. Also ergibt es Sinn, schätze ich, dass Sam Hawk beschlossen hat, seinen Untergangszauber in den Körper eines Vogels zu fassen.« Er öffnete das Buch, woraufhin eine Staubschwade durch den Raum flog.

Lara betrachtete die Seite, eine feine Zeichnung einer Gruppe von Menschen in langen Roben – vermutlich die Magier vor langer Zeit –, versammelt um einen verzierten Sockel. Auf dem Sockel stand …

Ein *Vogel.*

Lara blinzelte, beugte sich näher hinab und ihr Herz schlug schneller. Sie erkannte die Zeichnung des Vogels sofort. Er war aus Holz und Gold und Uhrwerk. Lara blickte von der Seite hoch, drehte ganz langsam ihren Kopf und starrte den Uhrwerkvogel auf ihrer Schulter an. Er pickte sanft gegen ihre Nase. »Aber das … ist das … das kann doch nicht …«

Bernie strahlte. »Ich denke, das Vögelchen, das da auf deiner Schulter hockt, Lara, könnte der Untergangszauber sein – das stärkste Stück Magie, das auf der ganzen Welt übrig geblieben ist.«

Und als sie diese Worte aussprach, verschwand plötzlich das Sonnenlicht.

Abgemacht

LARA STAND AN DER TÜR des Buchladens der Whitecrows, eine Hand an der Brust, um sicherzugehen, dass ihr verängstigtes Herz noch schlug. Das Medaillon vibrierte gegen ihre Haut wie die Flügel einer Libelle. Die Melodie wurde stärker und erreichte eine erschütternde, schmerzhafte Stufe, bevor sie zu einem Nichts verstummte.

»Die Sonne. Wo ist die Sonne hin?«

Durch das Fenster konnte sie einen Teil des Himmels sehen, klar und unfassbar schwarz und strotzend vor Sternen.

Im Dunkel des Ladens wühlten Bernie und Magnus Whitecrow in ihren Mänteln. Lara hörte das Klirren von Glas und zwei flimmernde, glänzende Lichter erschienen an den Spitzen ihrer Zauberstäbe.

Lara zitterte am ganzen Körper und fühlte sich schwach auf den Beinen. Die Schreie draußen auf der Straße, das Rufen und die Verwirrung nahmen zu, und Lara wollte auch schreien, in die Kanalisation fliehen und sich dort im tiefsten Tunnel verstecken, den sie finden konnte.

Bernie berührte ihren Arm und sie schreckte hoch.

»Lara. Du musst zuhören. Ich weiß, dass du Angst hast. Haben wir alle, meine Liebe. Doch du musst einen klaren Kopf bewahren.«

»Aber die Sonne ist weg.« Sie starrte hinauf in Bernies Gesicht und sah, dass die Farbe aus ihrem Gesicht gewichen war, dass auch sie zitterte. Die alte Magierin schloss ihre Augen und atmete ein paarmal tief ein.

»Denk nach, Bernie«, sagte sie zu sich selbst. Dann: »Der Hafen. Rob wird dort sein!«

»Aber er wird nicht bereit sein«, sagte Magnus. »Er soll planmäßig erst in zwei Tagen auslaufen.«

»Bei den knubbeligen Knien von Mutter Erde, Magnus! Ich denke, unter diesen Umständen wird Rob verdammt noch mal jederzeit bereit sein!«

Laras Gehirn erwachte langsam aus der Schockstarre.

»Stecken Magier dahinter?«

Bernie schüttelte den Kopf.

»Nein. Das sind keine Magier.« Sie war außer Atem, fasste sich an den Hals. »Es ist die Immernacht.«

Magnus schüttelte den Kopf und verzog sein Gesicht, als hätte er etwas Saures geschmeckt. »Langsam, Bernie, wir wissen das nicht.«

»Sei kein Dummkopf! Natürlich ist sie das. Jemand hat sie freigelassen. Und die Bemalten werden nicht lange auf sich warten lassen.«

Lara starrte wieder zum dunklen Himmel hinauf und dachte zurück an die Nächte im Schlafsaal, als sie sich unter ihre Decke gekuschelt hatte, während die anderen Kinder Geschichten von der Immernacht erzählten, und von den Bemalten, die einem im Dunkeln die Kehle aufschlitzten.

»Die gibt es? Die gibt es wirklich?«

Bernie sah auf einmal alt und verängstigt aus. Sie griff nach dem Uhrwerkvogel, aber er flog von einer von Laras Schultern zur anderen.

»Da liegt ein Schiff im Hafen. Wir müssen nach Westerly Haven reisen und hoffen, dass wir dort vor der Immernacht ankommen. Die Hochmagierin muss von diesem Vogel erfahren.«

»Ich will nicht weggehen!«

»Du *musst*, Kind. Es ist alles bereits in Bewegung. Der Vogel reagiert nur auf dich, glaube ich. Da gibt es eine Verbindung. Wirst du wirklich so egoistisch sein und uns deine Hilfe verweigern?«

Lara blickte aus dem Ladenfenster auf die Schatten der fliehenden Menschen und hörte die Pfeifen der Wachmänner überall in der Stadt. Es kam ihr vor, als wäre sie ein Zweig im dahinrauschenden Abwasserstrom, unfähig, zu beeinflussen, wohin sie getrieben wurde. Ein Bild erschien vor ihrem inneren Auge, vom kleinen Joe, ganz alleine in seiner winzigen Wohnung, der verwirrt und verängstigt versuchte, auf Grandma aufzupassen.

»Natürlich nicht. Ich komme mit. Aber nur, wenn auf dem Schiff Platz für zwei Freunde von mir ist.«

Bernie und Magnus Whitecrow blickten sich lange an.

»In Ordnung«, sagte Bernie. »Abgemacht.«

Der Beginn einer Reise

»BIST DU AUF DEN KOPF GEFALLEN, oder so?« Joe Littlefoot stand in der Tür seiner kleinen Dachgeschosswohnung und blickte zu Lara hoch, als wäre ihr gerade eine zweite Nase gewachsen. Das einzige Licht im Flur war das warme Leuchten von Joes Tosherlampe, die er eilig entzündet hatte, als die Sonne verschwunden war. Sein Gesicht war überzogen von gelb-blauen Flecken vom Angriff des Würgers. »Das ganze Gerede von Bemalten und davon, King's Haven zu verlassen … das bist nicht du, Lara.«

»Schau mal aus dem Fenster, Joe. In der Stadt herrscht Panik. Es ist hier nicht sicher.« Lara nickte in Bernies Richtung, die ein Stück weiter im Dunkeln stand. »Ein Schiff wartet. Kommt mit uns, du und Grandma. Nur, bis sich die Dinge ein wenig beru…«

»Bist du taub? Wir bleiben!« Es war das erste Mal, dass Joe jemals gegenüber Lara die Stimme erhoben hatte, und es kam so unerwartet, dass sie nicht wusste, was sie tun sollte. Sogar Joe wirkte überrascht, sein Gesichtsausdruck wurde sanfter und er blickte auf den Boden. »Wir können nicht.«

Es kam ein Geräusch aus der dämmrigen Wohnung, ein gurgelndes, rasselndes Husten. Joe drehte sich um und eilte nach drinnen.

Lara folgte ihm und fand ihn neben Grandmas Bett. Sie steckte unter dreckigen Decken und das Fieber hatte sie fest im Griff. Lara konnte ihre Betroffenheit nicht verbergen. Sie hatte Grandma noch vor ein paar Tagen gesehen, aber es wirkte, als wäre die alte Frau seitdem geschrumpft – zu nur noch wenig mehr als Haut und Knochen.

Joe nahm einen feuchten Lappen und betupfte Grandmas Stirn. »Ich glaube, es ist schlimm. Wirklich schlimm.«

»Warte!« Lara rannte zurück ins Treppenhaus und führte Bernie Whitecrow in die Wohnung. »Können Sie etwas tun, Bernie? Bitte? Mit einem Ihrer Heiltränke.«

»Ich hab keinen bei mir und wir haben dafür keine Zeit«, murmelte Bernie, aber Lara sah sie aus Hundeaugen an. Bernie stöhnte und zog ihren Stab unter dem Mantel hervor. Eine der Zauberflaschen in der Revolverkammer leuchtete, und ein helles, warmes Licht erwachte an der Spitze des Zauberstabs und erhellte die kleine Wohnung, sodass sie besser sehen konnte.

Joe starrte sie mit offenem Mund an und ließ den Lappen fallen. »Du bist eine Hexe! Ich kann keine Hexe hier drin dulden!«

»Still, Junge.« Bernie lehnte sich über Grandma und drückte ihre freie Hand auf die schweißnasse Stirn der alten Frau. Dann blickte sie Lara an und schüttelte leicht den Kopf. »Sie ist sehr krank. Das Beste, was ich ohne einen richtigen Heiltrank tun kann, ist, es erträglicher für sie zu machen. Es liegt an ihrem Körper, den Rest zu erledigen.« Wieder verschwand ihre Hand in ihrem Mantel, und Lara dachte, dass darin mehr Taschen sein mussten, als eigentlich möglich war. Bernie streckte Joe ein kleines Glasfläschchen entgegen, der davor zurückwich, als wäre es eine Stange Dynamit mit brennender Zündschnur.

»Verteufelt noch mal, Junge. Wenn ich dir hätte schaden wollen, hättest du es inzwischen bemerkt. Das wird ihren Schmerz lindern.«

Joe nahm das Fläschchen behutsam in die Hand, zog den Korken heraus und ließ ein paar Tropfen der Flüssigkeit in Grandmas Mund laufen. Die Wirkung setzte sofort ein. Gerade hatte sie noch gezuckt und sich gewunden, jetzt lag sie ruhig da. Joe blickte Bernie mit einer Mischung aus Überraschung und Dankbarkeit an.

»Wir gehen«, sagte Bernie. »Jetzt.«

Lara wich zurück. »Nein. Nicht ohne sie.«

»Die alte Frau ist zu krank, um zu reisen. Das würde sie töten.«

»Dann bleibe ich hier und helfe Joe. Nehmen *Sie* den Vogel!«

»Hör damit auf!« Joe Littlefoot stand zwischen ihnen und wirkte größer, als Lara ihn je gesehen hatte. »Lara, ich weiß nicht genau, wo du da hineingeraten bist, aber ich kann damit nichts zu tun haben, hörst du? Grandma braucht mich, und ich werde ihr nichts nützen, wenn ich an einer Schlinge baumele, weil ich etwas mit Hexen zu tun hatte – nichts für ungut. Indem du hier bist, bringst du Grandma in noch größere Gefahr, also … ich denke, du solltest gehen.«

Lara blickte ihn fassungslos an. »Aber Joe …«

»Bitte geh.«

Lara spürte eine Hand an ihrem Arm, und diesmal wehrte sie sich nicht, als Bernie sie wegzog. Sie erlaubte Bernie, sie durch die Tür zu führen, und als sie hinaus in den dunklen Flur gingen, blickte Lara zurück in die kleine Wohnung, von der aus Joe ihr hinterherstarrte.

»Ich komme zu dir zurück, Joe! Ich verspreche es!«

Joe antwortete nicht, und als Bernie das Licht an der Spitze ihres Zauberstabs löschte, verschwand sein Gesicht in der Schwärze der unnatürlichen Mitternacht.

Lara hatte keine Gelegenheit, über Joes Lage nachzugrübeln, denn sobald sie zurück auf der Straße waren, wurde ihr klar, dass sie jedes bisschen Konzentration brauchen würde, um lebendig zum Hafen zu gelangen. Die Dunkelheit der Kanalisation hatte ihr nie Angst gemacht – aber da unten *sollte* es eben auch dunkel sein. *Diese* Dunkelheit war unheimlich. Während sie sich mit Bernie durch die mitternächtlichen Straßen kämpfte, wanderten ihre Augen zum Himmel, und der Anblick – endlos und schwarz und voller Sterne, wo vor einer Stunde noch alles klar und blau gewesen war – jagte ihr einen Schauer über den Rücken. Sie griff nach ihrer Tasche, fühlte den Vogel, der es sich darin gemütlich gemacht hatte, und seine Wärme half ihr, mutig zu sein.

Die Dunkelheit war am Vormittag gekommen, als jeder Teil von King's Haven geschäftig und lebendig war, und nun rannten dieselben Leute, die zuvor eingekauft und verkauft, getrunken und getratscht hatten, von Panik erfüllt umher und versuchten, ihre Angehörigen oder einfach nur einen Unterschlupf zu finden.

»Das Ende ist gekommen!«, schrie ein Mann und rannte Lara fast um, als er sich an ihr vorbeidrängelte. Mit jedem Wimpernschlag schienen der Krach und die Gerüche zuzunehmen und man konnte die Angst in der Luft beinahe schmecken.

»Möge die Lichtgöttin uns retten!«

»Mami? Mami, wo bist du?«

»Ey, verpiss dich! Nimm das! Ich werd dich lehren, eine Dame bestehlen zu wollen!«

Ein führerloses Eisenherz, das einen Wagen voller Fässer mit Drachenatem zog, donnerte vorbei. Ohne Führung in der Dunkelheit prallte das große Uhrwerkpferd gegen ein Gebäude und der Drachenatem explodierte.

BUMMM!

Der Schall traf Lara zuerst, eine Welle davon, und dann riss sie ein Schwall brennend heißer Luft von den Beinen und schleuderte sie wie eine Puppe über die Straße. Sie prallte hart auf den Pflastersteinen auf, der Atem entwich zischend ihrer Lunge, Trümmerteile regneten auf sie herab.

Schreie.

Weinen.

Wehgeschrei überall.

Beißend dichter Rauch zog durch die Straße, füllte Laras Lunge und Augen. Sie rappelte sich auf und blieb dicht bei Bernie, während sie sich durch das chaotische Drängen des Armenviertels kämpften. Bernie hatte ihren Zauberstab sicher verstaut und nutzte eine Lampe zum Leuchten. Verängstigte Menschen suchten in der Regel nach einem Schuldigen und eine Hexe mit einem Zauberstab wäre ein leichtes Ziel.

Sie liefen unter der Eisenbahnbrücke hindurch in Richtung Hafen, wo die Flut beinahe ihren Höchststand erreicht hatte. Lara hatte den Eindruck, dass die Gefahr ihre Sinne geschärft hatte, denn der Geruch nach Feuerwhiskey, Pfefferstiel und Mondkraut war stärker als jemals zuvor.

Bernie zeigte nach vorn. »Wir haben ein Schiff, das Zauberfläschchen und Vorräte von Westerly Haven hierher schmuggelt und frisch befreite Weiße Magier in die andere Richtung bringt. Der Kapitän weiß, was er tut. Er ist ein großartiger Schmuggler, aber er kann einem ganz schön auf die Nerven gehen. Ah, da sind wir auch schon!«

Beim Anblick des besagten Schiffs rutschte Lara das Herz in die Hose. Es war die *Libelle,* das Schiff, auf das sie sich geschlichen hatte – das, auf dem sie die versteckten Hexenzauber entdeckt hatte.

»Bernie!« Magnus kam die Laufplanke herabgelaufen und umarmte seine Frau. »Danke, Mutter Erde! Rob hat sich selbst übertroffen. Wir sind fast bereit, abzulegen.«

Lara beobachtete den Kapitän bei der Arbeit, ein Berg mit einem Bart, der Kisten und dicke Seile mit Leichtigkeit unter der flackernden Wärme der Drachenatemfackeln hin und her zog.

»Genau so, Jungs! Macht das vernünftig!« Der Kapitän kam mit großen Schritten herangelaufen und Lara duckte sich hinter Magnus und Bernie. Er deutete zum Himmel. »Wie erklärst du dir das, Bernie? Ein Trick? Stecken die weißen Magier dahinter?«

»Auf keinen Fall. Sie sind nicht gewitzt genug – und es gibt nicht genügend Magie in der Welt, selbst wenn sie es wären. Das ist die Immernacht, Rob. Sie ist zurück. Und all diese

Panik, die du hörst, all diese Angst … die Immernacht wird die Menschen verschlingen.«

Rob verschränkte seine massiven Arme, als würde er sich selbst umarmen. »Glaubst du, sie hat Westerly Haven erreicht?«

»Nein. Ich denke, das würden wir alle fühlen. Vielleicht ist sie noch nicht stark genug. Vielleicht hält sie sich zurück. Wer weiß.«

Rob blickte zum Himmel hoch. »Na ja, ich werde mich deutlich besser fühlen, wenn wir zu Hause sind. Diese Stadt geht jeden Moment in Flammen auf.«

»Absolut«, sagte Bernie. »Und wir haben einen zusätzlichen Passagier, Rob.«

Laras Augen weiteten sich, als Magnus Whitecrow sie aus seinem Schatten hervorzog. Sie blickte Rob wild und trotzig an. Sein Gesichtsausdruck spiegelte eine Mischung aus Wiedererkennen und Wut wider. Er trat vor, stolperte fast.

»Du!«

»Ganz ruhig, Rob! Was ist das Problem?«

»Das Problem, Magnus Whitecrow, ist, dass diese Straßenratte mich fast meine Ladung und mein Schiff gekostet hätte.«

»Was? Oh. Nein, Rob. Das ist Lara. Sie gehört zu uns.«

»Sie ist eine Diebin, sonst nichts. Sie hat sich an Bord der *Libelle* geschlichen und jeden Zauber im Frachtraum aufgeweckt. Es hat mich Stunden gekostet, die ganzen Bäume loszuwerden, die aus dem Deck gewachsen sind. Ich hätte erwischt werden können – am Galgen landen können!«

Lara richtete sich auf. »Ich hab nichts geklaut! Es war ein Unfall!«

Robs Gesicht nahm im Lampenlicht einen gefährlichen Rotton an. »Ihr beide«, sagte er zu Magnus und Berni, »seid willkommen. Aber diese … *Kanalratte* betritt nicht mein Schiff.«

Bernie Whitecrow schien genug zu haben. Sie trat einen Schritt vor und baute sich vor Rob auf, wobei sie ihm kaum bis zum Kinn reichte. In einem Ton, der so scharf war, dass er den Schiffsrumpf hätte zerschneiden können, sagte die alte Magierin: »Hör mir zu, Rob Nielsen. Mir ist egal, was auch immer in der Vergangenheit passiert ist. Aus irgendeinem Grund ist die Immernacht zurück und die Bemalten sind sicher nicht weit. Wir müssen dieses Mädchen nach Westerly Haven bringen! Also hör auf, dich zu benehmen wie ein aufgeblasener Hornochse, und lass Lara auf dieses Schiff, oder ich werde sicherstellen, dass die Hochmagierin erfährt, dass du ihre Pläne behindert hast.«

Eine Welle der Wut überzog Robs Gesicht. Aber er riss sich zusammen und schluckte sie herunter. »Ich schwöre, wenn sie irgendetwas stiehlt, verfüttere ich sie eigenhändig an die Seewölfe.«

Er drehte sich um und hämmerte mit seiner Faust gegen den Schiffsrumpf. »Jungs! Wir legen ab. Jetzt!«

Die dampfbetriebenen Motoren der *Libelle* ratterten, und das Schaufelrad ließ das Flusswasser schäumen, während das Schiff Lara und ihre Beschützer forttrug von der Panik der verdunkelten Stadt, den Fluss Anchor entlang und hinaus in die Bad Mouth Bay.

Die Lampen von King's Haven leuchteten wie Glühwürmchen, und als das Schiff die Bucht erreichte und auf das Zinnmeer hinausfuhr, spürte Lara, wie sie die Straßen schmerzhaft vermisste. Es war das erste Mal, dass sie die Grenzen von King's Haven verließ. Die Gassen und die Kanalisation waren ihr Zuhause gewesen, ihre Schutzhülle, in die sie sich eingewickelt hatte. Aber jetzt kam sie daraus hervor, wurde zu etwas anderem.

Sie stand am Bug des Schiffs und blickte hinauf in einen Himmel, der so sternenklar aussah, als wäre er unendlich. Berni war in eine Unterhaltung mit Magnus Whitecrow und Rob Nielsen vertieft gewesen, aber jetzt löste sie sich und stellte sich zu Lara. Die Luft war kalt genug geworden, dass nebliger Atem aus ihren Mündern tanzte.

Lara blickte weiterhin zum Himmel. »Als ich noch klein war … lag ich steif vor Angst im Bett, während die anderen Kinder diese Geschichten von der Immernacht erzählt haben. Sie sagten, die Bemalten kommen aus der Dunkelheit und essen Menschenfleisch und trinken Blut. Und diejenigen, die sie nicht essen, die verwandeln sie mit einem Zauber in Sklaven. Stimmt das?« Lara dachte an die Menschen, die sie kannte. Diejenigen, die sie in King's Haven zurückgelassen hatte. Schreckliche, blutige Bilder füllten ihren Kopf.

Bernie legte einen Arm um Lara, antwortete aber nicht.

»Was werden wir machen, Bernie?«

Bernie blickte hinunter auf das Wasser, das sich am Bug brach. »Wir werden mit der Hochmagierin sprechen – der Anführerin aller freien Magier der Welt. Und wir können nur hoffen, dass dein Vogel der Untergangszauber ist. Und wenn er das ist, bist du möglicherweise gerade die wichtigste Magierin, die es gibt.«

Bernie ließ ihre Worte wirken und Lara spürte ihren Blick

auf sich. »Ich weiß nicht, ob ich *wirklich* glaube, dass ich eine Magierin bin.« Während sie sprach, flog der Uhrwerkvogel aus ihrer Manteltasche und landete auf ihrer Schulter.

»Ich glaube es«, sagte eine Stimme zögerlich.

Zu Laras großer Überraschung hatte sich ein Junge zu ihnen gesellt. In seinem Blick lag eine Art gequälte Leere und er war leichenblass. Sie sog die Luft durch die Zähne ein.

»Ich kenn dich! Du bist der Weiße Magierjunge, den sie auf dem Reaper's Square hängen wollten. Ich hab dich am Galgen gesehen!«

Der Magierjunge nickte. Seinem Gesichtsausdruck nach zu urteilen, erinnerte auch er sich schlagartig an etwas. »Und ich habe dich in der Menge gesehen.«

Lara starrte Bernie mit offenem Mund an. »Aber das würde bedeuten ... ihr seid auch diejenigen, die ihn gerettet haben? Ihr habt ... diesen Feuerdrachen erscheinen lassen?«

Bernie zwinkerte Lara zu und ihre Augen glitzerten.

»Du machst dir keine Vorstellungen«, sagte der Magierjunge. »Magnus hat mich schon vor Wochen gefunden und Bernie hat sich in das Viertel der Weißen Magier geschlichen, um mir zu helfen. Sie hätten getötet werden können!«

»Pah«, sagte Bernie. »Das hätten sie gern versuchen können.«

»Du bist also vor Mrs Hester und dem König geflohen?«, sagte Lara.

»Ja, so ist es. Ich heiße Doppelacht.«

»Doppelacht?«

»Eigentlich ist mein voller Name Acht-acht-fünf-vier-sieben-sechs. Aber das geht nicht gerade leicht von der Zunge.«

Ein Klirren irgendwo aus dem Schiffsbauch ließ ihn aufschrecken und er blickte hoch zum unnatürlichen Nachthimmel. Lara fand, dass er äußerst zerbrechlich und klein aussah.

Bernie wollte ihm einen Arm um die Schultern legen, doch er zuckte zurück, als erwartete er, von ihr geschlagen zu werden. Sie ließ langsam ihre Hand sinken. »Wir haben alle Angst, mein Lieber. Aber du bist unter Freunden. Und ihr zwei habt eine Menge gemeinsam. Ihr fangt beide neu an.«

Sie erzählte von Lara, dass sie gerade erst ihre Vergangenheit verstehe, und von dem Uhrwerkvogel. Als sie fertig war, blickte Doppelacht Lara direkt in die Augen und fragte: »Wie kannst du nicht wissen, dass du eine Magierin bist? Ich kann spüren, wie die Magie aus dir heraussprudelt.«

»Ich weiß es nicht«, sagte Lara und fühlte sich angegriffen. »Ich bin da nicht hineingeboren worden wie du …«

»In die Sklaverei geboren, meinst du?«

»Kein Grund, sich so aufzuspielen. Stell dir mal vor: Du bist nicht der Einzige, der es schwer hatte.«

Bernie stellte sich zwischen sie.

»Ich bin mir sicher, wenn ihr zwei euch kennenlernt, werdet ihr gute Freunde werden. Aber jetzt, Lara, schätze ich, dass ich dir ein für alle Mal beweisen muss, dass du eine Magierin bist, oder?«

»Oh! Und wie werden Sie das tun?«

Bernie lächelte nur und sagte: »Du wirst schon sehen.«

Blut auf dem Tisch

MRS HESTER STAND AM FENSTER ihres Turms und starrte hinauf zur Immernacht. Sie hatte sich in Felle gewickelt, und ein Feuer prasselte im Kamin, aber sie zitterte trotzdem.

»In der Zeit der Götter wurde sie Bodach genannt.«

Sie wandte sich vom Fenster ab und drehte sich zum Zimmer zurück, das vom Feuer erleuchtet wurde. Da stand er, mit verschränkten Armen an die Wand gelehnt. Schattenjack.

»Wovon sprichst du?«

»Die Immernacht. Während des Kriegs war sie eine lebende Waffe. Die Göttin des Lichts besiegte sie und verbannte sie tief in die Unterwelt. Und dort wäre sie auch geblieben, wenn Ihre Leute die Tür nicht vor tausend Jahren geöffnet hätten.«

Mrs Hester legte den Kopf schief.

»*Meine* Leute?«

»Lange nachdem der Krieg vorbei war und die Götter verschwunden waren, reiste eine Gruppe von Magiern zur dunklen Seite der Welt, um sie zu erkunden«, sagte Schattenjack. »Sie fanden das Gefängnis der Bodach und ließen sie frei, ohne zu erkennen, was sie war. Sie zeichnete die Magier mit dunkler Magie und verwandelte sie in ihre Armee.«

»Die ersten Bemalten«, hauchte Mrs Hester. Sie stellte sie sich nun da draußen vor, mit der Nacht reisend auf dem Weg nach King's Haven, eine Armee aus Monstern. Sie atmete ruckartig. »Du hast den Zauber, nehme ich an? Ich kann mir sonst keinen Grund vorstellen, wieso du hier sein solltest.«

»Noch nicht ganz«, sagte Schattenjack.

Mrs Hester lief dicht an ihm vorbei, zu den Regalen, wo sie die uralte Urne aus Ton aufbewahrte, auf der viele verblichene Symbole zu sehen waren. Der Anblick ließ ihn erzittern.

Mrs Hester blickte zu Schattenjack und dann zu der Urne. Sie zog sie aus dem Regal und drehte sie in ihren Händen. »Weißt du, an dem Tag, als ich in diesen Antiquitätenladen im Süden kam und diese Urne in einem Haufen wertlosem Müll liegen sah, konnte ich es kaum fassen. Sie wussten natürlich nicht, was da in ihrem Besitz war, hatten keine Ahnung, dass sich ein Dschinn darin befand – selbst ich war mir nicht ganz sicher –, und eine einzige Silbermünze war genug, um den Handel abzuschließen.« Sie starrte zornig von der Urne hoch. »Als ich dich herausgelassen habe, hast du mir versprochen, mir den Untergangszauber zu bringen. Und doch stehen wir hier, mehr als zehn Jahre später. Ich. Warte. Immer. Noch.«

»Ich *weiß*, wo der Zauber ist«, sagte Schattenjack.

»Ja, in der Kanalisation. Das hast du mir schon gesagt. Aber warum hast du ihn noch nicht?«

»Er ist nicht mehr in der Kanalisation. Es gab eine Komplikation. Ein Mädchen.«

»Ein Mädchen?«

»Ja. Es sieht so aus, als hätte sie ein Medaillon. Es … bereitet mir Sorgen.«

Mrs Hester verzog verwirrt ihr Gesicht. »Du denkst, sie gehört zum *Zirkel*?«

»Vielleicht. Ich weiß es nicht.«

»Aber es gab nur dreizehn«, sagte Hester. »Dreizehn Beschützerinnen des Untergangszaubers, und du hast sie alle erledigt.«

»Schauen Sie.« Aus seiner Tasche zog Schattenjack eine Handvoll hölzerner Medaillons und legte sie auf den Tisch.

»Das sind nur zwölf«, sagte Mrs Hester.

»Richtig. Das fehlende wurde in der Nacht zerstört, als ich Bella Fox getötet habe. Die Explosion in der Crippleback Street. Zumindest hab ich das angenommen.«

Mrs Hester überlegte kurz. Dann eilte sie quer durch den Raum, zu einer Wand voller Regale, die mit zahlreichen Flaschen und Gefäßen gefüllt war. Sie griff nach einem großen Gefäß, nahm den Deckel ab und zog den Kadaver einer Ratte hervor.

Diese ließ sie auf einen Tisch am Fenster fallen und schlitzte ihren Bauch mit einem kleinen Messer auf, sodass die Innereien herausquollen. Der beißende Kupfergeruch von Blut erfüllte den Raum. Mrs Hester vermischte und bewegte die Überreste auf dem Tisch mit einem Finger, schob das Herz, die Lungen und die Gedärme zurecht. Als sie zufrieden wirkte, untersuchte sie die blutige Ansammlung. Ihre Augen verengten und weiteten sich, während sie nach etwas suchte, und ihre Lippen bewegten sich lautlos, als würde sie eine unfassbar spannende Geschichte lesen. Plötzlich ließ sie ihre

Faust auf den blutigen Tisch hinabsausen und starrte dann Schattenjack mit einem mörderischen Gesichtsausdruck an.

»Das dreizehnte Medaillon wurde *nicht* zerstört.«

Schattenjack knurrte und ballte seine Fäuste.

Mrs Hesters Finger fuhr durch die Innereien der Ratte. Sie zitterte vor Wut. »Das Mädchen, von dem du sprichst – diejenige, die jetzt das Medaillon trägt –, sie ist Bella Fox' Tochter. Sie war dort in der Crippleback Street.«

»Aber sie müsste dann noch ein Baby gewesen sein. Sie hätte das niemals überleben können.«

»Außer, die Hexe hat sie versteckt. Sie beschützt.«

»Also … Sie meinen, Fox hat das Medaillon an ihr Kind weitergegeben? Und damit ihre Verpflichtung … ihre Verbindung zum Vogel?«

Mrs Hester nickte. »Was bedeutet, dass du mich enttäuscht hast. Der Zirkel wurde nicht zerstört. Solange das Mädchen lebt, ist ihre Seele mit dem Zauber verbunden, und nur sie kann ihn benutzen. Ich kann diese Sache nicht kontrollieren, die wir freigesetzt haben.«

»*Wir?* Ich denke …«

»Deine Aufgabe ist es nicht, zu denken. Deine Aufgabe ist es, genau das zu tun, was ich sage. Du hast dem Zirkel eine zweite Chance gegeben, indem du vor all diesen Jahren das Kind hast überleben lassen. Und wenn sie herausfindet, wer sie ist – was der Zauber ist –, sind alle meine Pläne zunichte, gemacht! Was, wenn sie versucht, den Untergangszauber zu benutzen? Im besten Falle benutzt sie ihn nicht richtig. Im schlimmsten Fall wird sie nicht in der Lage sein, mit all der Macht umzugehen – es wird sie wahrscheinlich umbringen. Und wo stehen wir dann, hm? Ohne eine Möglichkeit, die

Immernacht zu kontrollieren? Es wird keine Hexen mehr geben, keine Weißen Magier, keine Magie mehr! Der Mutterbaum wird sterben …« Mrs Hesters Atem wurde flach und ängstlich. »Es wird unser Ende sein.«

Schattenjack beäugte seine Fingernägel. »Vielleicht«, sagte er, »hätten Sie sich nicht auf etwas derart Mächtiges einlassen sollen. Ich habe versucht, Sie zu warnen …«

Mrs Hester baute sich vor ihm auf, ihr Gesicht zuckte und wirkte verzerrt vor Panik, Hass und Zorn.

»Finde das Mädchen. Töte sie. Bring mir den Zauber. Das ist deine letzte Chance. Wenn du dieses Mal versagst, gehst du zurück in die Urne. Und ich werde dafür sorgen, dass dich niemand jemals finden wird.«

Der Flug des Konzils

IN DEN HÖCHSTEN ÄSTEN des Mutterbaums von Westerly Haven stand die Hochmagierin Leora Twigg mit ihrem Konzil auf einer Plattform und blickte gen Osten. Sie konnten alle die monströse, lebende Dunkelheit im Himmel sehen und ihre Macht spüren. Furcht erfüllte ihre Herzen.

»Wie konnte sie ihrem Gefängnis entkommen?«, fragte John Bearclaw, ein riesiger Mann mit dunkelbrauner Haut und nur einem Arm – dem Ergebnis eines Zusammenstoßes mit einer wütenden Meute von Hexenjägern vor vielen Jahren.

»Spielt das eine Rolle?«, sagte Becca Stone. »Sie ist frei. Wir müssen einen Weg finden, sie wieder zurückzubringen.«

»Warum ist sie noch nicht hierhergekommen?«, fragte Emmet Feather und zeigte hinauf zum Himmel über Westerly Haven, der immer noch saphirblau war wie ein sonniger Nachmittag. »Sie ist über den Großteil der Welt hereingebrochen, aber hat ein Stück vor uns angehalten. Warum?«

»Sie wartet«, sagte die Hochmagierin.

»Auf was, Hoheit?«, fragte John Bearclaw.

»Ich denke, sie schickt die Bemalten nach King's Haven, um eine Armee aufzubauen. Und dann wird sie hierherkommen und uns zerstören.«

»Die armen Leute!«, sagte Becca Stone. »Sollten wir ihnen nicht helfen?«

»Diese armen Leute«, sagte John Bearclaw, »würden dich hängen, sobald sie dich sehen. Warum sollten wir ihnen zu Hilfe eilen? Sie haben ihre heiß geliebten Weißen Magier, oder nicht? Lassen wir Mrs Hester dagegen kämpfen. In der Zwischenzeit wird uns der Untergangszirkel zu Hilfe kommen, da bin ich sicher. Dafür wurde er schließlich ins Leben gerufen.«

»Die Immernacht wird immer stärker. Ich sehe keine Anzeichen dafür, dass der Zirkel sie kontrolliert«, sagte Leora Twigg. Die Haare der Hochmagierin wallten über ihre Schultern wie dunkelrote Bänder und ihre großen grünen Augen schienen im Sonnenlicht zu glänzen. »Sie ernährt sich von all der Angst. Wir haben keine Möglichkeit, herauszufinden, wer die Mitglieder des Untergangszirkels sind, wo sie sich aufhalten oder wie wir mit ihnen Kontakt aufnehmen könnten. Wenn sie auftauchen – falls sie auftauchen –, könnte es schon zu spät sein.«

»Aye, Hoheit«, sagte Becca Stone. »Der Zirkel wurde vor Hunderten von Jahren gegründet. Inzwischen sind die Mitglieder bestimmt in der ganzen Welt verstreut. Wir können nicht mal sicher sein, ob sie überhaupt noch da draußen sind. Was, wenn Sam Hawks Untergangszauber verloren ist?«

Ein Murmeln lief durch die Versammlung.

»Wir sollten heute fliegen«, sagte Emmet Feather. »Jetzt. Wir stellen uns dieser Dunkelheit. Kämpfen dagegen, bevor sie ihre Armee vollständig rekrutiert hat und uns und Westerly Haven in ewige Dunkelheit taucht. Das würde Bernie Whitecrow sagen, wenn sie hier wäre, Hoheit.«

Leora nickte. Bernie war diejenige, der sie am meisten vertraute. Aber für Bernie Whitecrow ging es immer um das nächste Abenteuer. Sie hatte darauf bestanden, nach King's Haven zu fahren, um Weiße Magier aus der Stadt zu schmuggeln, und die Hochmagierin hatte zugestimmt, sie gehen zu lassen. Aber wie gut hätte sie nun Bernies Weisheit gebrauchen können.

Vögel raschelten in den Ästen. Sonnenlicht fiel durch das Blätterdacht und überströmte die hölzerne Plattform.

»Wenn wir fliegen«, sagte Leora, »kommen wir mit großer Wahrscheinlichkeit nicht zurück.«

»Aber wenn wir nicht fliegen, Hoheit«, sagte Emmet, »wird die Sonne bald zum letzten Mal hinter dem Mutterbaum untergehen.«

Die Hochmagierin drehte eine Strähne ihres langen roten Haars um ihren Finger. »Wir stimmen ab. Wer ist dafür, dass wir fliegen?«

Fünf Hände schossen hinauf, darunter auch die von Leora Twigg.

»Dagegen?«

John Bearclaw hob seine Hand.

»Dann ist es beschlossen«, sagte Leora. »Wir fliegen.«

Ein Kessel stand über einer zischenden Feuerstelle in der Mitte der Plattform. Die Hochmagierin und ihr Konzil nahmen drum herum Platz. Sie zog eine höchst ungewöhnliche Flasche hervor – ihr Glaskörper war geformt wie ein Falke, der Holzstopfen sah aus wie ein Falkenkopf. Leora nahm die

Flasche und warf sie in den Kessel in der Mitte des Kreises. Sofort schossen die Flammen hoch und explodierten dann nach außen in sechs Lichtblitzen. Das Licht traf jedes Konzilmitglied in die Brust und alle fielen in eine tiefe Trance. Aus den Mündern der Magier kamen Spiralen aus goldenem, trübem Licht, das sie in die Luft, über den Kreis, hinauftrieb und sechs riesige geflügelte, vogelartige Kreaturen formte, blendend und brennend hell.

Die Seelen von Leora Twigg und ihrem Konzil waren nicht wie die Seelen der Weißen Magier. Deren Seelen waren kleine, zuckende Dinge, geschwächt durch die Gefangenschaft, hungrig nach Hoffnung und Freiheit. Die Seelen der Hochmagierin und ihres Konzils waren gigantische, wilde, donnernde Gebilde, und sie segelten über den Mutterbaum, stießen herab und schrien und jagten schließlich hinaus über das Zinnmeer, um sich der Immernacht zu stellen.

ZAUBERKUNDE

»WACH AUF, Lara.«

Sie hatte warm und gemütlich in einem Bett aus Heu im Frachtraum geschlafen, bis eine vertraute Stimme sie störte. Als sie schläfrig ihre Augen öffnete, sah sie das warme Licht einer Drachenatemlampe.

»Bernie? Was ist los?«

»Komm mit, Liebes. Und zieh deinen Mantel an. Es ist eiskalt dort oben.«

Die Luft an Deck war beißend kalt, der Himmel der Immernacht erstreckte sich endlos, während Rob Nielsens Schiff durch die schaumgekrönten Wellen stampfte. Lara zog ihren Mantel eng um sich und zitterte, als sie Bernie zu einer Stelle nahe dem Bug folgte. Doppelacht saß auf dem Deck neben einem kleinen, schwer aussehenden Metallkessel, in dem ein Feuer brannte. Lara atmete den Geruch von brennenden Zweigen und Blättern ein.

»Was ist das?«

Bernie stellte ihre Lampe ab, griff in eine der vielen Taschen ihres Magiermantels und zog eine Zigarre hervor. Sie zündete sie an, nahm einen Zug, griff erneut in ihren Mantel und zog eine Ledertasche, ein Tintenfläschchen und eine Schreibfeder hervor. Sie öffnete die Tasche, holte ein Blatt Papier heraus, das sie über das Deck zu Lara schob, und bot ihr dann die Schreibfeder an.

»Ich … Ich verstehe nicht.«

»Ich hab gesagt, ich beweise dir, dass du eine Magierin bist«, sagte Bernie und blies den Rauch in Ringen aus. »Und zwar so: Du wirst einen Zauber schreiben.«

Lara lehnte sich zurück. »Einen Zauber? Das kann ich nicht!«

»Nimm schon, Liebes.« Bernie drückte Lara die Schreibfeder in die Hand. »Zauberschreiben hat nichts damit zu tun, wie viele Schulbücher du gelesen hast. Es geht um Gefühl, Lara. Es geht darum, darauf zu hören, was in dir steckt. Aber nur eine echte Magierin kann das. Nun, wie wäre es, wenn du versuchst, einen Lichtzauber herzustellen? Das ist ein guter Anfang unter diesen Umständen.«

Lara blickte auf die Schreibfeder in ihrer Hand und dann hoch zu Doppelacht. »Aber wie?«

Doppelacht zuckte mit den Schultern. »Ich hab immer nur einen Zauber geschrieben und den habe ich aus einem Buch gelernt. Ich durfte keinen anderen ausprobieren. Ich lerne, genau wie du.«

Bernie zeigte auf den Kessel. »Die Sache mit den Zaubern ist die, meine Lieben: Sie sind für jeden anders. Ein Zauber ist wie … na ja, ungefähr wie ein Rezept für Schokoladenkuchen. Jeder hat seine eigene Version davon, eigene Kniffe und Zutaten, und jeder Kuchen ist ein bisschen anders. Denk an Licht. Denk darüber nach, was es für dich bedeutet. Was es dich fühlen lasst. Was ist das Erste, woran du bei Licht denkst?«

Lara überlegte.

»Wärme.«

»Gut. Jetzt schreib das, so gut du kannst, aufs Papier – aber in Symbolen statt in Wörtern.«

Langsam senkte Lara die Schreibfeder auf das Papier und zeichnete ein einfaches, unverwechselbares Bild: die Sonne.

»Was lässt dich Licht sonst noch fühlen?«, fragte Bernie.

Laras Gedanken reisten zurück zur Kanalisation unter King's Haven, zu dem Moment, wo sie zur Oberfläche kletterte und den Kanaldeckel öffnete und die Erleichterung spürte, wieder zurück im Sonnenlicht zu sein. »Sicherheit«, sagte sie. »Licht gibt mir Sicherheit.« Wieder berührte sie mit der Feder das Papier, dieses Mal zeichnete sie ein kleines Haus und ein kleines Strichmännchen darin.

»Gut. Jetzt noch ein paar mehr. Wenn du fertig bist, wirst du es spüren.«

Was sonst bedeutet Licht für mich?, dachte Lara. *Leben. Es bedeutet Leben.*

Sie zeichnete eine Blume.

Und Farbe. Aber wie zeichne ich das? Oh, ich weiß …

Sie zeichnete ein Auge, und dann blickte sie auf das Papier, auf die Symbole, die sie gezeichnet hatte. Sie ergaben einen perfekten Sinn.

»Ich glaube, ich bin fertig.«

»Gut, meine Liebe. Jetzt nimm das Papier und leg es in den Kessel.«

»In das Feuer?«, fragte Lara. »Warum?«

»Das wirst du sehen.«

Lara hob das Papier auf und ließ es in die Flammen fallen. Sie sah, wie es Feuer fing.

Bernie beugte sich zu ihr. »Jetzt möchte ich, dass du diese Worte sagst.« Sie flüsterte in Laras Ohr und ging einen Schritt zurück, als Lara zu sprechen begann:

Entsprungen aus Feuer, entsprungen aus Mut,
entsprungen aus Mutter Erdes Glut,
benutze es weise, benutz es bedacht,
mein Herz, mein Blut zum Zauber erwacht.

Und dann …

Während das Papier schwarz und zu Asche wurde, veränderten die Flammen im Metallkessel ihre Farben von Orange zum blendenden Strahlen einer neuen Münze in der Sonne, und Wirbel aus glühendem Rauch stiegen aus dem Kessel. Gleichzeitig wurde Laras Kopf von der klangvollen, schillernden Melodie erfüllt, die sie in Bernies Laden gehört hatte.

Lara hob ruckartig ihren Kopf und starrte Bernie ungläubig an. Die ältere Magierin starrte aus geweiteten Augen zurück, lachte triumphierend und machte einen Fauststoß in die Luft. »Hah! Ich hab's dir ja gesagt, Mädchen!« Eilig zog sie eine winzige Glasflasche hervor, nahm den Stopfen heraus und hielt sie in den Rauch. Dünne Stränge des glühenden Rauchs flogen in die Flasche, und als sie voll war, steckte Bernie den Stopfen zurück. Dann nahm sie ihren Zauberstab und lud Laras Zauber in die Revolverkammer. Sie stand auf, richtete ihren Stab nach vorn und blickte Lara hoffnungsvoll an. Dann drückte sie den Abzug an ihrem Zauberstab.

An der Spitze flackerte warmes, goldenes Licht auf.

»Haha! Es hat funktioniert. Siehst, du Lara? Haha! Schau hin, meine Liebe!«

Lara war so verblüfft, so entgeistert, dass sie nichts tun konnte als zuzusehen, wie Bernie mit dem Stab herumwedelte und einen Freudentanz aufführte. Dann beendete die alte Magierin den Zauber und umarmte Lara fest.

»Ich hab's dir gesagt«, sagte Doppelacht mit einem Lächeln.

»Ich hab das gemacht!«, sagte Lara. »Ich war das wirklich. Ich hab Magie erschaffen!«

»Das stimmt, Mädchen, das stimmt!«

Lara fühlte, dass ihr Medaillon stark an ihrer Brust vibrierte. Sie griff unter ihr Oberteil, zog es hervor und hielt es in ihrer offenen Handfläche. »Ich bin eine Magierin«, flüsterte sie. Der Uhrwerkvogel hatte es sich wie üblich in ihrer Tasche gemütlich gemacht. Nun kam er heraus, hüpfte auf Laras Hand und pickte einmal auf das Medaillon, das stärker als je zuvor vibrierte. »Bernie, wenn ich eine Magierin bin, heißt das, dass meine Mutter und mein Vater … dass sie auch Magier waren?«

»Deine Mutter auf jeden Fall, Lara. Magie wird immer von der Mutter zum Kind weitergegeben.«

Lara steckte das Medaillon zurück unter ihr Oberteil, und der Uhrwerkvogel hob ab und flog ein paar Runden übers Schiff, bevor er auf ihrer Schulter landete. Lara bemerkte ihn kaum. Ihre Gedanken waren weit weg, bei ihren Eltern, jetzt, wo sie wusste, dass die Magie in ihrem Blut von ihrer Mutter stammte.

Nun war Doppelacht an der Reihe, um den Zauber auszuprobieren, und Lara schaute mit großem Interesse zu, wie der Magierjunge mit zitternder Hand seine eigenen Symbole zeichnete. Es kam ihr unglaublich vor – und auch traurig –, sich vorzustellen, dass er die Magie nie hatte erkunden, seine Gabe nie hatte ausprobieren dürfen. Hier war er nun, mit nicht viel mehr Wissen als sie selbst, und das machte sich an seiner Nervosität und den wackeligen, unbeholfenen Zeichnungen bemerkbar, die er aufs Papier brachte.

»Müssen wir sonst nichts hinzufügen?«, fragte Doppelacht, als er seine Zeichnungen vollendet hatte.

»Was meinst du?«, fragte Bernie.

»Na ja, in den Fabriken mussten wir immer Zutaten zu den Zeichnungen hinzufügen.«

»Oh«, sagte Bernie. »Ja, natürlich bist du daran gewöhnt. Mrs. Hester lässt ihre Weißen Magier Zutaten benutzen, weil sie keine Seelen haben. Wisst ihr, die Seele … nun ja, sie funktioniert wie eine Art Blitzableiter für Magie. Sie zieht sie an, konzentriert sie an einem Ort. Ohne eine Seele hat eine Weiße Magierin trotzdem Magie in sich, aber sie ist schwach. In Hesters Rezepten werden materielle Dinge genutzt, um das auszugleichen. Ich schätze, das funktioniert auch irgendwie, aber jeder Zauber, der aus diesen Fabriken kommt, ist eine blasse Nachahmung eines Zaubers, der aus Vorstellungskraft, Fantasie und Seele gefertigt wurde. Sieh selbst.«

Doppelacht vervollständigte den Zauber. Lara merkte, dass er sehr unsicher war, aber als Bernie Doppelachts Zauber nahm und ihn aus ihrem Stab abfeuerte, leuchtete das Licht so hell auf, dass es Laras ganzes Sichtfeld erfüllte und sie vor der Intensität zurückweichen musste.

»Verflucht noch mal«, schrie Bernie und schüttelte den

Stab, um den Zauber zu beenden. »Das nenne ich mal einen Lichtzauber!«

Doppelacht glotzte bewegungslos auf den Zauberstab. Er zitterte ein wenig und atmete in ruckartigen Stößen.

»*Ich* war das?«

»Ja, Junge, du warst das.«

Er blickte zu Bernie und lächelte. Seine Augen leuchteten vor Begeisterung. »Echte, wilde Magie. Ich hab mir immer vorgestellt … darf ich noch mehr zaubern?«

»Einen Schritt nach dem anderen«, sagte Bernie, und die Art, wie sie Doppelacht ansah, voller Zufriedenheit, Neugier und Zuneigung, machte Lara ziemlich eifersüchtig.

»Also, was nun?«, fragte sie. »Bringt uns jetzt jemand bei, richtige Magier zu sein? Bekommen wir nun eigene Zauberstäbe?«

»Wir fahren erst mal nach Westerly Haven und schauen dann weiter.«

Lara malte sich aus, wie sie mit einem eigenen Zauberstab und einem Kessel mächtige Zauber erschaffen würde, und der Gedanke war so aufregend, dass sie es kaum erwarten konnte.

Ein wilder, hallender Ruf kam von weit oben herunter.

»Schaut mal!«

Doppelacht zeigte zum Himmel Richtung Westen, wo sechs gigantische geflügelte Kreaturen aus Licht Richtung Osten donnerten. Sie hinterließen im Flug Spuren von schimmernden Funken, und Lara wurde auf unerklärliche Weise emotional, als sie sie sah. Aus ihren Augen rannen Tränen und ihre Brust hob und senkte sich. Die wundersamen flammenden Formen rasten in unvorstellbarer Geschwindigkeit durch den Himmel und das Schlagen ihrer riesigen Flügel glich dem Klang weit entfernten Donners.

»Bernie?« Lara rannte zur alten Magierin hinüber, denn sie wirkte geschwächt und hielt sich an der Reling fest, um sich zu stützen.

»Das ist der Konzil.« Bernies Augen folgten dem Licht. »Die Hochmagierin fliegt, um sich der Immernacht entgegenzustellen.«

Lara sah, dass Bernie ebenfalls weinte. Sie nahm ihre Hand und drückte sie. Die drei Hexen standen am Bug des Schiffs und sahen zu, wie die Seelen des Magierkonzils am Horizont verschwanden.

Der schwarze Vogel

ES WAR NICHT LEICHT FÜR LARA, damit klarzukommen, dass sie eine Magierin war. Die Sache beherrschte fast jeden ihrer Gedanken, und ihre Stimmung schwankte von Aufregung zu Freude zu Angst und zurück – und das öfter, als sie zählen konnte. Ihre Gedanken waren ein blubbernder Eintopf aus Verwunderung und Verstehen, aus Magie und Abenteuer und Furcht. Ihr ganzes Leben lang war ihr gesagt worden, dass Hexen schreckliche Kreaturen seien, und sie hatte von den Gefahren wilder Magie gehört. Lara hatte in angenehmer Ehrfurcht gegenüber den Weißen Magiern von King's Haven gelebt. Und nun hatte sie erfahren, dass sie selbst die ganze Zeit eine Magierin gewesen war.

Sie merkte, dass die schwankenden Bewegungen des Schiffs sie beruhigten, während sie über die letzten Ereignisse nachdachte, und sie verbrachte viel Zeit an Deck. Diese Immernacht war eine merkwürdige Sache. Jegliches Zeitgefühl war verloren gegangen, besonders durch die glänzende Weite des Zinnmeers. Der Himmel war so stark mit Sternen gesprenkelt, dass Laras Augen bei dem Anblick schmerzten.

Sie bildeten lang gezogene Streifen aus milchigem Licht. Das Meer war ruhig und glatt und reflektierte die Sterne und den Mond so, dass es manchmal wirkte, als gäbe es zwei Himmel, einen oben und einen unten. Lara lag auf dem kalten Deck und blickte hoch zu den Sternen, als der Uhrwerkvogel herabstürzte und die Richtung wechselte. Das Mondlicht prallte von seinen goldenen Flügeln ab.

»So werde ich dich nennen«, sagte sie ihm, als er auf ihrer Brust landete und sich hinsetzte. »Mondflügel.«

Doppelacht machte sie neugierig. Er wirkte so fremdartig und seltsam auf sie, er war ängstlich und schreckhaft und leise, und sie ertappte ihn oft dabei, wie er sie beobachtete, als ob er gern näher kommen und mit ihr sprechen würde, aber nicht wusste, wie. Lara selbst war immer noch neidisch, weil sein Lichtzauber besser gewesen war als ihrer, und sie fragte sich, ob das wohl immer so weitergehen würde. Doppelacht, der Musterschüler. Und Lara? Vergessen.

Lara schlief in dieser Nacht im Frachtraum der *Libelle*, in einem Bett aus Stroh und alten Säcken. Es war warm und das Summen der Motoren war beruhigend. Magnus Whitecrow hatte erklärt, dass Westerly Haven sechs Tagesreisen von King's Haven entfernt lag. Lara war sich sicher, dass sie den Verstand verlieren würde, wenn sie sechs ganze Tage damit verbrächte, über Magier und Zauber nachzugrübeln, also begann sie, die Tage damit zu füllen, das Schiff zu erkunden. Sie traute sich nicht in die Nähe der Kajüte und versuchte, Rob Nielsen aus dem Weg zu gehen, der sie wie ein Falke beäugte. Sie spielte Karten mit der Besatzung und hatte gehofft, weitere Zauber lernen zu dürfen, aber Bernie war ein wenig distanziert, seit sie die Seelen des Magierkonzils am

Himmel gesehen hatte, und Lara hielt es für das Beste, sie in Ruhe zu lassen.

Als sie unter dem dunklen Nachthimmel an Deck stand, den Wind im Gesicht und frische, salzige Luft in ihrer Lunge, hatte sie das Gefühl, beobachtet zu werden. Sie drehte sich schlagartig um. Und tatsächlich war dort Doppelacht, der zögernd an der Kajüte stand. Er duckte sich, als er bemerkte, dass sie ihn gesehen hatte.

»Hey. Komm sofort hierher.«

Doppelacht löste sich aus dem Schatten der Kajüte und näherte sich wie ein ungezogenes Kind, das auf frischer Tat ertappt worden war.

»Was spionierst du mir hinterher?«

Doppelacht schaute sie schockiert an. »Mach ich nicht.«

»Na ja, sieht aber ganz so aus«, sagte Lara.

»Ganz bestimmt nicht! Es ist nur … Ich hab noch nie jemanden wie dich gesehen.«

Lara hielt inne. Sie war nicht sicher, ob sie sich angegriffen oder geschmeichelt fühlen sollte. »Wie meinst du das?«

»Du scheinst vor all dem keine Angst zu haben«, sagte Doppelacht. »Nicht vor der Immernacht oder davor, die Heimat zu verlassen, oder eine Magierin zu …«

»Hab ich aber«, fiel Lara ihm ins Wort. »Ich habe Angst. Wahrscheinlich bin ich genauso verängstigt wie du – und daran ist nichts Schlimmes. Es ist gut, verängstigt zu sein. Angst hat mir da unten in der Kanalisation viele Male das Leben gerettet.«

Doppelacht blickte sie verwundert an. »In der Kanalisation?«

»Ja, ich war eine Tosherin.«

»Eine *was*?«

»Tosherin. Das ist eine Person, die verlorene Dinge unten in den Abwasserkanälen findet und sie verkauft. Du musst ein bisschen Angst haben da unten, musst den Tunneln Respekt zollen, oder sie fressen dich auf.« Für einen Augenblick war das einzige Geräusch das Plätschern der Wellen am Schiffsrumpf. »Ich hab noch nie mit einem Weißen Magier gesprochen.«

Doppelacht nickte. »Wir sind nicht unbedingt für unsere herausragenden Konversationsfähigkeiten bekannt.«

Lara lächelte. Sie hatte niemals erwartet, dass ein Weißer Magier Sinn für Humor haben konnte. »Warum bist du weggelaufen? Warum bist du das Risiko eingegangen?«

Doppelacht lehnte sich an die Reling und sah Mondflügel dabei zu, wie er ins Wasser eintauchte und darüber kreiste. »Ich hatte immer das Gefühl, dass ich anders war. Die Welt hat mich gerufen, weißt du? Selbst als ich klein war und sie uns beigebracht haben, dass die Weißen Magier außerhalb der Stadt nirgendwo hinkönnen, dass die Menschen uns hassen …«

»Ich hasse dich nicht«, sagte Lara. Sie sah ihn nachdenklich an. »Weißt du was? Ich hab fast mein ganzes Leben auf der Straße gelebt. Ich beobachte Menschen. Und ich glaube, die meisten von ihnen hassen die Weißen Magier nicht. Ich schätze, sie haben einfach nur Angst vor euch.«

Doppelacht sah verwirrt aus. »Angst? Warum sollten sie Angst haben?«

»Weil ihr anders seid«, sagte Lara und zuckte mit den Schultern. »Wenn etwas anders ist, ist die einfachste Reaktion, davor Angst zu haben. Weißt du, was ich glaube?«

»Was?«

»Ich glaube, der König will, dass wir voreinander Angst haben. Denn wenn Menschen Angst haben, sind sie leicht zu kontrollieren.«

»Ich hab jeden Tag meines Lebens Angst gehabt«, sagte Doppelacht. »Angst davor, dass sie herausfinden könnten, dass ich anders bin. Angst davor, wegzulaufen. Angst davor, zu bleiben.«

Lara öffnete ihren Mund, um zu sprechen, aber die Wörter blieben ihr im Hals stecken. Sie versuchte es erneut. »Was … ähm … wie fühlt es sich an, von deiner Seele getrennt zu sein? Sie hat sie behalten, oder? Mrs Hester?«

Doppelacht nickte. »Warst du jemals hungrig?«, fragte er. »Ich meine, richtig hungrig?«

»So ziemlich jeden Tag meines Lebens.«

»Nun, es ist ein bisschen ähnlich, glaube ich. Nur dass der Hunger nicht in deinem Bauch ist. Er ist in einem anderen Teil von dir, tief in deiner Brust, und du kannst rein gar nichts tun, um ihn zu stillen.«

»Das klingt furchtbar.«

Doppelacht zuckte mit den Schultern. »Man gewöhnt sich daran. Und bei mir ist es etwas anderes.«

»Was meinst du?«

»Nun ja … Mrs Hester … als ich ein Baby war, hat sie mir meine Seele genommen, aber sie hat nicht alles davon bekommen.« Er drückte eine Hand an seine Brust und lächelte. »Da drinnen ist noch ein bisschen von mir. Das unterscheidet mich von den anderen. Deshalb habe ich immer davon geträumt, zu fliehen – weil ich träumen *kann*, verstehst du? Als die Hexen … entschuldige … als Bernie und die anderen mich gefunden haben, haben sie mir einen Zauber gegeben, und nun kann ich weit vom Rest meiner Seele weg reisen, ohne dass es unerträglich wird.«

»Wo bewahrt sie die Seelen auf?«, fragte Lara, die sich an den seltsamen Käfig erinnerte, den Mrs. Hester auf dem Reaper's Square hochgehalten hatte, und das leuchtende, flatternde Ding darin.

»Das weiß niemand außer ihr.«

»Kann sie deiner Seele nicht irgendwas antun? Sie verletzen?«

»Nicht einmal Mrs Hester kann das tun, Lara. Sie kann eine Seele wegsperren, aber niemals verletzen.«

Lara wurde auf einmal klar, dass sie mehr mit diesem seltsamen, mutigen Jungen gemeinsam hatte, als sie jemals gedacht hätte. Sie waren beide irgendwie verloren.

»Wie bist du auf der Straße gelandet?«, fragte er, als hätte er ihre Gedanken gelesen.

Lara erzählte ihm von ihren Eltern und der Nacht, als sie aus den Trümmern gezogen wurde.

»Und der Zauber steckt in deinem Vogel?«, fragte er und zeigte auf Mondflügel, der immer noch über den Wellen herumflog.

»Vielleicht.«

»Hast du keine Angst?«

»Natürlich hab ich die! Manchmal würde ich alles dafür geben, zurück in der Kanalisation zu sein. Einfach nur die alte Lara zu sein, die Tosherin.«

Doppelacht nickte und schien nachzugrübeln. »Vielleicht können wir dann … gemeinsam Angst haben?«

Lara lächelte. »Vielleicht.«

Er legte den Kopf schräg und kniff die Augen zusammen, als wäre Lara ein Puzzle und er würde versuchen, aus ihr schlau zu werden.

»Bist du *wirklich* runter in die Kanalisation gegangen?«

Lara lachte. »Ja.«

»Und ich dachte, ich hätte es schwer gehabt. Kinder arbeiten bei den Weißen Magiern als Diener, aber das Schlimmste, was ich machen musste, war, die Toiletten zu schrubben. Du hast bis zu den Knien in …«

In diesem Moment, während Mondflügel im Takt der Wellen auf und ab segelte, bemerkte Lara eine dunkle Gestalt, die vom Himmel herabstieß.

»Mondflügel!«

Sie sah voller Schrecken zu, wie ein riesiger schwarzer Vogel auf Mondflügel losging. Sie hielt eine Hand vor den Mund und klammerte sich mit der anderen an die Reling, während der winzige Uhrwerkvogel in letzter Sekunde aus dem Weg schoss. Der dunkle Vogel stürzte ins Meer. Einen Augenblick war alles ruhig – Mondflügel schwebte über den Wellenkämmen –, und dann sprang die Kreatur durch die Wasseroberfläche nach oben und schnappte nach ihm. Er drehte ab und schwang sich hoch in den Nachthimmel. Lara hatte Mühe, die Verfolgungsjagd zu erkennen, sah nur flüchtig, wie das Sternenlicht von Mondflügels goldenen Federn reflektiert wurde.

»Der wird ihn kriegen!« Doppelacht lehnte sich über die Reling.

Lara hatte keine Zeit, zu antworten, denn Mondflügel kam auf sie zugeschossen und kletterte in ihre Tasche. Sie stand an Deck, ihre Hand schützend über dem Uhrwerkvogel, als die große schwarze Gestalt herabgeschossen kam. Sie duckte sich, fiel auf das Deck und riss dabei Doppelacht um, während ein Rabe, so groß wie ein Adler, an ihnen vorbeiflog und dann in der Dunkelheit zu verschwinden schien.

Lara wartete einen Moment, bevor sie sich aufrichtete und nach allen Seiten umblickte.

»Ich glaube, er ist weg«, sagte sie und streichelte Mondflügel, der in ihrer Tasche zitterte. Aber sie täuschte sich.

LICHT UND DUNKEL

DIE HOCHMAGIERIN FLOG VORAN, raste durch die Luft an der Spitze des goldenen Pfeils. Das Konzil hatte schon die Nordspitze des Silberkönigreichs passiert und die blinkenden Lampenlichter von King's Haven gesehen. Dann waren sie nach Südosten abgebogen und blickten hinab auf eine riesige Flotte fast unsichtbarer schwarzer Schiffe, die das Zinnmeer zweifellos mit dem Ziel überquerten, die Horden der Bemalten zur Hauptstadt des Silberkönigreichs zu bringen.

Schließlich erreichten sie die Mitternachtsländer. Wüsten, Wälder und Berge blitzten unter ihnen, bis eine Masse am Horizont erkennbar wurde. Eine wirbelnde, zuckende Säule aus unvorstellbar großen, schlangenartigen Tentakeln. Sie bestanden aus irgendetwas zwischen realer Materie und Rauch, rankten empor und glitten übereinander, sodass sie ein einziges gewaltiges Wesen formten, von innen beleuchtet durch wilde Blitze, die hervorschossen und am Himmel ein knisterndes Blitzlichtgewitter erzeugten.

Leora Twigg, die Hochmagierin, blickte auf die Immernacht und wusste, dass sie aus einer anderen Zeit kam. Von einem anderen Ort, der ihr Vorstellungsvermögen sprengen würde, wenn sie versuchen würde, ihn zu verstehen.

Sechs dunkle Schlangen schossen aus der Säule, kilometerlang, sich windend und kräuselnd. Sie holten aus und schlugen nach den Magiern.

Die Magierseelen drehten sich und sanken herab, wichen den Schlangen aus und tauchten tief in den dunklen Körper der Immernacht hinab, ins Herz der Dunkelheit, wo Zeit, Raum und Magie sich endlos auszubreiten schienen.

Die Schlangen krümmten sich und schnappten, Donner krachte und Blitze erleuchteten das Innere des Nachtdämons. Die Magier brachen aus der Dunkelheit hervor und flogen einen Halbkreis, um erneut anzugreifen. Noch mehr schwarze Schlangenäste schossen aus der Immernacht, umrankten und verknoteten sich, schlugen aus. Diesmal erwischten sie einen der Magier – Emmet Feather –, bissen zu, schossen Dunkelheit, Angst und Bosheit in seine Seele, und die großen schlagenden Flügel der Seele wurden schlaff. Emmet Feather fiel vom Himmel, immer weiter hinunter, und als seine Seele auf das Zinnmeer traf, zerstreute sie sich.

Dennoch stießen die Magier weiter hinab.

Wieder und wieder kamen sie zurück, und am Himmel knisterten Blitze und krachten Donnerschläge, während die Dunkelheit gegen das Licht kämpfte.

Eine Magierseele nach der anderen fiel.

Jeder Angriff ließ eine größere Menge an Schlangen hervorschießen, bis der Himmel davon wimmelte, und nach einer Weile waren alle von Leoras Gefährten gefallen, und sie war alleine am Himmel, um sich dem Bösen zu stellen. Sie streckte ihre Flügel aus, stieg hinauf und hinauf und hinauf, so hoch, dass sich die Welt unter ihr wölbte. Dann drehte sie sich, legte ihre Flügel an und begann ihren Sturzflug.

Bestimmt war noch nie zuvor etwas auf der Welt so schnell geflogen. Die Luft um sie herum brannte, während sie herabstürzte. Sie schoss an den schnappenden Kiefern der großen Schlangen vorbei, drehte sich und wirbelte herum, ein Pfeil aus Licht.

Leoras Seele tauchte mit so einer Kraft in die lebende Dunkelheit hinein, dass die Welt erschüttert wurde. Einen langen Augenblick später kam sie aus der abgerissenen seidigen Schwärze herausgeschossen und stieg erneut auf. Einer der schwarzen, peitschenden Tentakel streifte sie und schleuderte sie durch die Luft. Die anderen fielen in Sekundenbruchteilen über sie her, schlängelten sich um sie herum, bissen und stachen zu. Sie kämpfte weiter, spürte die Dunkelheit, das Böse, wie es ihre Seele auf eine Weise beschädigte, die sie sich nie hätte vorstellen können. Jeder Schlag ließ ihr Licht verblassen, und als sie sich endlich losriss, war ihr Leuchten nur noch so schwach wie das eines lange verglühten Sterns. Sie stieg zum Himmel hinauf, weg von ihnen, von Schmerzen erfüllt – und von der Angst, ganz ausgelöscht zu werden wie die anderen. Und sie hatte keine andere Wahl, als zurück nach Westerly Haven zu fliegen. Allein.

Kanonenfutter

»WIE MEINEN SIE DAS, wir sollten sie nicht aufhalten?«, sagte der Silberkönig. Er stand in Mrs Hesters Zauberkammer und hatte sich vor ihr aufgebaut. Der Ausdruck auf seinem Gesicht war eine Mischung aus Wut und Ungläubigkeit.

Sie saß ruhig da, ihre Hände auf dem Tisch verschränkt. »Ich habe eine Nachricht bekommen, dass die Bemalten die Weinenden Inseln eingenommen haben und auf dem Weg zu uns sind. Und Sie wollen *nichts* tun?«

»Beruhigt Euch, Eure Majestät.«

»Beruhigen? Ich soll mich *beruhigen*, Mrs Hester? Zuerst laufen uns Weiße Magier weg, dann demütigen die Hexen uns vor den Augen der Stadt, und jetzt das? Wollen Sie mein verhextes Leben ruinieren?«

»Ich sage nicht, dass wir nichts tun sollen, Eure Majestät. Ich sage nur, wir sind noch nicht in der Position, um etwas zu tun. Aber das ist vielleicht gar nicht so schlimm. Wir könnten das zu unserem Vorteil nutzen.«

»Sie haben den Verstand verloren. Welchen Vorteil hat es, wenn wir die Immernacht meine Stadt dahinraffen lassen?«

Sie lächelte ihn an, ihre weißen Zähne glänzten.

Deine Stadt?, dachte sie. *Das war niemals* deine *Stadt.*

»Die Immernacht interessiert sich nicht für die Stadt«, sagte sie. »Sie braucht Menschen.«

»Menschen?«

»Sie braucht eine Armee, Eure Majestät. Braucht mehr Körper, bevor sie nach Westerly Haven geht und die Hexen auslöschen kann.« Sie hielt inne, ging zum Fenster und blickte auf die Armenviertel, die größtenteils in völliger Dunkelheit lagen. »Wie viele Menschen leben in den Armenvierteln, glaubt Ihr?«

Der König zuckte ungeduldig mit den Schultern. »Keine Ahnung. Mindestens eine halbe Million.«

»Genau. Und was haben sie jemals für die Stadt getan? Wofür sind sie gut, außer Dreck und Krankheit und Gewalt zu verbreiten? Wäre es nicht großartig, Eure Majestät, die Immernacht King's Haven von dieser Plage befreien zu lassen?«

Der König kniff die Augen zusammen. Sie konnte sehen, dass er langsam begriff.

»Sie meinen … wir sollen die Bemalten Menschen aus den Armenvierteln nehmen lassen?«

»Genau. Denkt darüber nach, Eure Majestät. Wir riegeln die Armenviertel ab, behalten die Ratten in ihrem Käfig. Dann bringen wir den Rest der Stadt in Sicherheit und warten darauf, dass die Immernacht die Armenviertel leert und ihre neue Armee nach Westerly Haven führt, um die Hexen zu töten. Wenn die Zeit reif ist, halten wir die Immernacht auf und kehren sie um. Wenn alles vorüber ist, werden wir auf der Welt keinen Feind mehr haben.«

Sie sah, wie sich ein Lächeln auf seinen wulstigen lila Lippen bildete und sich über sein fettes, schweißglänzendes Gesicht ausbreitete.

»Sie können das tun?«, fragte er. »Sie können die Immernacht kontrollieren?«

»Zweifelt Ihr an mir, Eure Majestät?«

Er hob eine Augenbraue.

»Ich habe die Mittel, um sie zu beenden, wenn wir bereit sind, Eure Majestät.«

Er nickte. »Lassen Sie es geschehen.«

Mrs Hester lächelte zurück.

Guter Junge, dachte sie. *Guter Junge.*

Feuerwerk

ZWEI TAGE WAREN SEIT DEM ANGRIFF auf Mondflügel vergangen, und die dunkle Kreatur hatte nicht noch einmal versucht, ihn zu attackieren. Rob Nielsen holte alles aus den Motoren der *Libelle* heraus, was irgend möglich war, denn es lag immer noch eine riesige Distanz vor ihnen, und keiner wusste, was sie in Westerly Haven erwartete. Hatte die Immernacht schon den Mutterbaum erreicht? Wenn nicht, könnten sie vor ihr ankommen?

Bis jetzt war das Meer freundlich und ruhig geblieben – eigentlich war es kaum spürbar gewesen, wenn man nicht darüber nachgedacht hatte. Und Lara, die keinerlei Erfahrung mit der Seefahrt hatte, war davon ausgegangen, dass dies der Normalfall war.

Schon bald erkannte sie, dass sie sich getäuscht hatte.

Nun sammelte sich eine Wand aus wütenden Gewitterwolken am Himmel der Immernacht. Der Wind nahm zu und die Wellen wuchsen zu hohen und Angst einflößenden Gebirgskämmen an. Zunächst wollte Lara dem Meer zeigen, dass sie keine Angst hatte, und stand stur an ihrem Lieblingsplatz am Bug. Aber die Wellen warfen das Schiff umher wie ein Spielzeug, und als eine davon über die Reling schwappte und Lara übers Deck schleuderte, rappelte sie sich nass bis auf die Haut auf und entschied, dass es wohl doch besser wäre, unter Deck zu bleiben.

Das Meer wurde immer wütender. Gezackte Wasserberge warfen das Schiff hoch und runter, hoch und runter. Lampen flackerten und das Brummen der Motoren wurde vom dauerhaften Heulen des Winds und vom Donnern der Wellen gegen den Rumpf übertönt. Lara hatte Angst davor, dass eine der riesigen Wellen ein Loch ins Schiff schlagen könnte. Es könnte sich mit Wasser füllen und langsam sinken. Sie würde ins Zinnmeer geworfen werden und von den Kreaturen der Tiefe zermalmt und verschlungen werden. Sogar die Besatzung hatte sich in die Kombüse zurückgezogen, auch wenn Lara ein wenig Trost in der Tatsache fand, dass keiner dieser alten seefahrenden Magier besorgt zu sein schien. Sie spielten Karten, wobei die Spielkarten immer wieder durch den Raum flatterten und in Flammen aufgingen. Als Lara die Einladung ablehnte, mit ihnen zu spielen, lachten sie und sagten ihr, dass es keinen Grund gab, sich Sorgen zu machen, dass der Sturm sich verziehen würde und dass das alte Schiff weitaus Schlimmeres als das überstanden hatte.

Mondflügel schien auch ängstlich zu sein. Er wich nicht von Laras Seite, saß auf ihrer Schulter oder verkroch sich in ihrer Tasche, als würde ihm etwas sehr große Sorgen bereiten. Doppelacht wurde fürchterlich seekrank.

Lara beschloss, ins Bett zu gehen und während des Sturms zu schlafen – in der Hoffnung, dass er sich beruhigt hatte, wenn sie wieder aufwachte. Sie ging zum Frachtraum, schlüpfte unter die Decken und machte es sich in ihrem Strohbett gemütlich. Das alte Schiff knarzte und ächzte und der Wind pfiff. Lara schloss ihre Augen und warf sich hin und her.

Sie musste irgendwann doch eingeschlafen sein, denn sie schreckte aus dem Schlaf hoch, und das Gefühl überkam sie, dass irgendetwas ganz und gar nicht in Ordnung war.

»Doppelacht? Bist du das?«

Als sie sich umblickte, schrie sie.

Da war ein Mann im Frachtraum. Er war groß und trug einen abgerissenen schwarzen Mantel und einen Zylinder. Seine Nase war spitz und seine schwarzen Augen glänzten. Lara war sich ziemlich sicher, ihn noch nie getroffen zu haben, und trotzdem erfüllte sie sein Anblick mit einem derartigen Gefühl von Schock und Angst, dass sie nach Luft schnappte.

»Ich glaube, du hast etwas, das mir gehört«, sagte er, und als er sich auf die Lampe zubewegte, bemerkte Lara, dass er keinen Schatten warf.

Sie hörte Grandmas Stimme, so deutlich, als stünde sie neben ihr.

»Nimm dich vor dem Mann ohne Schatten in Acht.«

Der Kanalwürger. Lara drehte sich um und versuchte, wegzulaufen, aber seine Hand war in ihren Haaren und zog sie zu ihm zurück. Sie wehrte sich und atmete seinen Geruch ein – er roch nach nassem, dreckigem Hundefell. Seine freie Hand durchsuchte die Taschen ihres Mantels. Bevor er ihn finden konnte, schoss der Uhrwerkvogel aus dem Mantel hervor. Seine goldenen Flügel leuchteten im Lampenlicht und er griff den Mann an, pickte ihm ins Gesicht, in die Augen.

Er schrie überrascht auf, ließ Lara für eine Sekunde los und schlug nach Mondflügel. Eine Sekunde war alles, was Lara brauchte. Sie rannte zur Tür. Doch er kam ihr blitzschnell zuvor, riss sie hoch und hielt ihr den Mund zu, damit sie nicht noch einmal schreien konnte.

»Ruf den Vogel hier runter.«

Lara wand sich in seinen Armen, trat und schlug um sich, aber er war unglaublich stark. Ein tiefes Grollen von unnatürlicher Kraft donnerte durch ihn hindurch. Es ging Lara durch Mark und Bein. Sein Griff um ihren Kiefer wurde fester, und sie war sicher, dass er ihr die Knochen brechen würde. Aber in dem Moment sprang die Tür zum Frachtraum auf. Es blitzte und er ließ sie los. Bernie, Magnus und die Besatzung waren hereingekommen. Sie hatten die Zauberstäbe gezückt, in den Revolverkammern glühten Zauber.

Sie feuerten gleichzeitig. Strahlen aus glänzendem Licht, fein wie Spinnenseide, schossen aus ihren Stäben, wickelten sich um den Mann in Schwarz, fesselten ihn. Der Lichtstrom aus Bernies Stab wankte und knisterte, als der Mann dagegen ankämpfte.

»Lauf, Lara! Gib Rob Nielsen Bescheid. Du musst runter vom Schiff!«

Der Mann ohne Schatten knurrte und schüttelte die Fesseln ab. Er streckte einen Arm aus und griff wieder in Laras Haare. Aber die Magier feuerten weitere Zauber ab, er ließ los und Lara rannte blind vor Panik durch die Tür in den Durchgang. Mondflügel blieb dicht bei ihr, als Lara sich durch das wankende Schiff schlängelte. Hinter einer Ecke stieß sie mit Doppelacht zusammen.

»Was ist passiert? Ist alles in Ordnung?«

»Da ist jemand auf dem Schiff … wir müssen weg. Er ist hinter Mondflügel her!«

Das Schiff schlingerte, als sie aufs Deck hinaufstiegen. Sobald die Tür sich öffnete, erstickte das Getöse des Winds jeden anderen Laut, und Lara musste gegen den Sturm ankämpfen, um vorwärtszukommen. Der Himmel explodierte hier und da mit großen Gabelblitzen, die den Ozean erleuchteten, gewaltige Wasserberge, so weit das Auge reichte.

Eine Wand aus Wasser stürzte auf das Schiff nieder, riss Lara von den Beinen und schwemmte sie übers Deck. Sie rappelte sich mit Doppelachts Hilfe auf. Die Gischt prallte ihnen ins Gesicht wie Hagel. Das Glühen in der Kapitänskabine flackerte, und Lara stolperte darauf zu, derweil sie sich an Seilen und Masten festklammerte, während das Schiff sich hob und senkte und auf die Seite legte. Schließlich drückte sie die Tür auf. Rob Nielsen stand am Steuerrad, seine riesigen Hände hielten es so fest umklammert, dass sie die Farbe von Knochen angenommen hatten.

»Kapitän! Kapitän, da ist ein Mann unter Deck!«

»Ich habe keine Zeit für deine Lügen, Straßenratte«, schrie er sie an. »Ich versuche, uns auf Kurs zu halten. Geh jemand anderem auf die Nerven.«

»Aber ich schwöre es! Da ist ein seltsamer Mann an Bord. Die anderen kämpfen gegen ihn! Bernie sagt, ich soll mit Mondflügel weggehen, aber ich weiß nicht, wie!«

»Sie sagt die Wahrheit«, schrie Doppelacht.

Eine Explosion erschütterte das Deck und die Luke zum Frachtraum barst.

Rob Nielsen riss seinen Blick von der wütenden See los

und sein Gesicht zeigte gleichzeitig Wut und Zweifel. Er befestigte das Steuerrad und trat von der Steuerung zurück.

»Verteufelt noch mal! Da unten sind Zauber, die uns bis zu den Weinenden Inseln hochjagen könnten! Lauft zum Rettungsboot!«

Rob lief schwankend über das schräge Deck, lockerte Seile und legte Hebel um.

Etwas traf Lara hart am Kopf. Sie sah tanzende Lichtpunkte, spürte beißenden Schmerz und fiel zu Boden. Der schattenlose Mann stand über ihr, wurde mal deutlicher, mal nur schwammig sichtbar, sein Fuß hielt sie am Boden fest und zerquetschte sie. Sein Mantel hatte Feuer gefangen. Der Sturm toste und Regen und Gischt peitschten um sie herum. Mondflügel flog im Sturzflug über dem Mann ohne Schatten, der versuchte, ihn zu greifen, während alles mehr und mehr in Übelkeit erregende Schieflage geriet.

Doppelacht zog am Mantel des Manns und bekam einen Schlag gegen den Kopf. Er stürzte, Blut lief ihm ins Auge.

Kurz darauf waren Bernie und die anderen an Deck und feuerten Zauber ab. Doppelacht richtete sich auf, fasste Lara am Arm und half ihr hoch. Die beiden taumelten ins Rettungsboot, das im Wind an seiner Aufhängung hin und her schwang. Lara steckte Mondflügel behutsam in ihren Mantel und hielt sich am Rand fest.

An Deck versuchte Bernie verzweifelt, das erste Seil der Aufhängung zu kappen, indem sie mit einem Messer daran herumsäbelte. Das Seil zerfranste und riss und eine Seite des Rettungsboots fiel plötzlich herunter. Lara kreischte, hielt sich fest, blickte in das wirbelnde, wütende Wasser und streckte eine Hand aus, damit Doppelacht nicht über Bord ging.

»Los, Bernie!« Lara hörte Magnus Whitecrow durch den Sturm und die explodierenden Zauber schreien. »Das Mädchen muss nach Westerly Haven kommen!«

Bernie lud ihren Stab nach. »Nein! Ich werde dich nicht verlassen!«

»Du musst! Geh, Liebling! Bring Lara sicher dorthin!«

Bernie flog praktisch ins Rettungsboot und starrte mit geweiteten Augen hinauf. Magnus' Gesicht erschien über der Reling, der Himmel hinter ihm zuckte vor Blitzen und Zaubern. Er lächelte Bernie an und sagte: »Pass auf dich auf, mein Schatz.« Dann zerschnitt er das verbleibende Seil der Aufhängung.

Bernie schrie, als sich das Rettungsboot löste und in das Zinnmeer platschte.

Sofort erfassten die Wellen das kleine Boot und warfen es hin und her. Niemand konnte sich bewegen oder die Ruder anbringen oder über irgendetwas anderes nachdenken, als nicht ins Wasser zu fallen. Die Wellen hoben sie hoch und warfen sie dann wieder herunter, wirbelten das Boot herum und zerbrachen es fast in zwei Teile. Während die Strömung die drei weiter davontrug, versuchte Lara zu erkennen, was auf dem Schiff vor sich ging. Rauch quoll aus dem Deck, und sie sah blitzendes Licht und Personen, die herumrannten. Aber die Wellen waren gnadenlos, schwappten über sie, durchnässten sie, schlugen auf sie ein.

Als die *Libelle* in die Luft flog, war der Knall ohrenbetäubend, er übertönte sogar das Heulen des Windes und das Krachen der Wellen. Lara fiel auf ihren Rücken. Dann blickte sie über die Reling des Rettungsboots auf den feurigen Glanz am Himmel und die Rauchfahne, die in die Nacht hinaufstieg.

Dort, zwischen den Wellen, standen die Überreste von Robs Schiff in Flammen.

»Nein! Nein!« Bernie heulte und schlug in die Luft. Sie versuchte, über die Reling des Rettungsboots zu klettern.

»Bernie! Nein. Du wirst ertrinken!«

»Ist mir egal! Magnus … ich muss meinem Magnus helfen!«

»Doppelacht! Hilf mir!«

Doppelacht packte Bernie und half Lara, die ältere Magierin von der Reling wegzuziehen. Bernie sank zu Boden, rollte sich zusammen und weinte. Lara griff sich die Ruder und versuchte, sie zu benutzen. Ihr Herz war voller Wut und Angst. Sie musste etwas tun, um Bernie zu helfen – und Magnus und Rob Nielsen und seiner Besatzung, Leuten, die alles für sie riskiert hatten, die sie *gerettet* hatten.

Der Sturm hatte keine Lust, sich zu beruhigen. Eine Welle grauen Wassers donnerte herab, zerbrach ein Ruder in zwei Teile und schickte einen schmerzhaften Stoß durch ihren Arm. Dann hob eine weitere riesige Welle das Boot hoch, hoch hinaus, sodass es beinah umkippte. Als es wieder herunterkrachte, wurden sie weiter und weiter von den Trümmern von Robs Schiff weggetragen, und es gab nichts, was sie dagegen tun konnten.

Joe Littlefoots Mission

»JOE? JOE … wo bist du, Joe?«

»Ich bin hier, Grandma. Keine Sorge. Ich verlasse dich nicht.« Joe holte eine weitere Decke und warf sie über das Bett. Die Luft war so kalt geworden, dass er drinnen seine gesamte Kleidung tragen musste und sein Atem ein eisiger Nebel war. Eine einsame Kerze brannte neben dem Bett. Joe blickte sie besorgt an. Es war ihre letzte Kerze, und es bestand wenig Hoffnung, eine weitere zu finden. Der König hatte schon sämtlichen Drachenatem in der Stadt beschlagnahmt und benutzte ihn, um die Straßenlaternen auf den Hauptstraßen und Verkehrsadern zu versorgen. Und nun, angeordnet vom König, hatten sie die Armenviertel abgeriegelt, Straßensperren an jedem Ein- und Ausgang aufgestellt, sodass die Menschen keinen Ausweg und schwindende Vorräte hatten.

»Sie … sie kommen!«

»Wer, Grandma? Wer kommt?«

Grandma blickte aus eingefallenen, ängstlichen alten Augen zu Joe herauf. Sie sah so winzig und zerbrechlich aus, dass er befürchtete, sie könnte zerspringen, wenn er sie berührte. Sie beantwortete seine Frage nicht, denn sie hörte sie nicht. Die Wirkung des Tranks war verflogen und ihr Fieber war schlimmer zurückgekehrt als zuvor. Sie zuckte im Bett hin und her, zitterte und schwitzte. Joe glaubte nicht, dass sie noch wusste, wo sie war, und das Einzige, was er tun konnte, war, es ihr so bequem wie möglich zu machen.

Als Grandma sich beruhigte und ihre Augen schloss, saß Joe auf der Bettkante und stützte seinen Kopf in beide Hände. Sie starb. Grandma starb, und es gab nichts, was er tun konnte, um ihr zu helfen. Er hatte jeden Penny, den er gehabt hatte, für Medizin ausgegeben, die nicht geholfen hatte.

Joe trat an das kleine Fenster. Vereinzelt flackernde Kerzen in den Fenstern der Mietwohnungen versicherten ihm, dass er und Grandma nicht allein waren in diesem riesigen Meer aus Dunkelheit. Es war jeden Tag kälter geworden, Eiskristalle krochen auf der Innenseite der Fenster empor, und ein kalter, frischer Wintergeruch war überall. Grandma hatte an den Fenstern Kästen mit Kräutern für Eintöpfe aufgehängt, aber die starben nun alle an Kälte und Sonnenlichtmangel. Die Straßen lagen ruhig da. Die Dunkelheit hatte ein paar Tage voller Chaos, Plünderungen und Panik gebracht, dann waren die Wachmänner gekommen und hatten den Menschen Gehorsam eingeprügelt. Nun waren sie zwischen Straßensperren eingepfercht. Joe hatte gehört, dass ein paar verzweifelte, verängstigte Männer manchmal versuchten, die Sperren zu durchbrechen. Und wenn sie das taten, erschossen die Wachmänner sie. Er zog den Mantel enger um seinen frierenden Körper, blickte hinauf zum Immernachtshimmel, der sämtliches Licht und sämtliche Hoffnung aus der Welt quetschte. Er fragte sich, ob es möglich war, die Dunkelheit zu ihrer Quelle zurückzuverfolgen, und was für ein albtraumhaftes Wesen dort wohl lauerte.

Dann dachte er an Lara. *Ich frage mich, ob sie es aus der Stadt heraus geschafft hat. Was hast du dir nur dabei gedacht, Lara, dich mit Hexen einzulassen, hm? Was soll nur aus dir werden?*

Er hatte natürlich von ihrem Zusammenstoß mit dem alten Hans gehört, konnte aber kaum glauben, dass sie versucht hatte, ihm etwas anzutun, dass sie eine Hexe war. Aber etwas an ihr war anders gewesen, als sie an seiner Tür aufgetaucht war … eine Idee, hell wie ein Blitz, schoss ihm durch den Kopf.

Der alte Hans! Natürlich! Wenn irgendjemand mir einen Heiltrank organisieren kann, dann er!

Der alte Hans war immer gut zu Toshern gewesen. Joe schaute nach Grandma, zog ihre Decken zurecht und küsste sie auf ihre schweißnasse Stirn. Sie schlief fest.

»Ich bin bald zurück.«

Der Kirchenglocke zufolge war es kurz nach zehn am Morgen, aber es hätte auch Mitternacht sein können. Hin und wieder sah Joe einen Laden oder eine Kneipe, die geöffnet waren, aber meistens war es ruhig, und ohne die Straßenlaternen war das Armenviertel ein dunkles Labyrinth. Er hatte gehört, dass es ein paar Leute raus geschafft hatten, bevor die Straßensperren um das Viertel errichtet worden waren, aber die meisten waren eingesperrt, hockten in ihren Häusern und beteten dafür, dass die Sonne wieder aufging.

Die Pflastersteine glänzten unter einem dicken Frostmantel und Joes Schritte knirschten. Die Dunkelheit war so undurchdringlich, dass er größtenteils seinem Gedächtnis durch die Straßen folgte. Auf der Needle Street stolperte er über etwas Weiches – er blieb nicht stehen, um darüber nachzudenken, was es gewesen sein konnte – und fiel vor die Hufe eines entlaufenen Pferdes aus Fleisch und Blut. Nur knapp schaffte er es, sich wegzurollen, um nicht unter dessen Hufen zertrampelt zu werden.

Als er die Bone Alley erreichte, war Joe nicht überrascht, ein warmes Leuchten aus dem Laden des alten Hans dringen zu sehen. Lara hatte ihm einmal erzählt, dass der alte Hans nicht einen einzigen Geschäftstag verpasst hatte und dass, selbst wenn ihn eines Nachts der Tod holen würde, sein Geist in der frühen Morgenstunde mit Sicherheit zur Stelle wäre, um die Rollläden hochzuziehen.

Dingelingeling!

Der alte Hans saß hinter seinem Verkaufstresen. Er blickte von seinem Kassenbuch hoch, spähte über seine Brille, wobei sein Kopf in einer immerwährenden Abfolge kleiner Nickbewegungen auf und ab wackelte.

»Na, so was, Joe Littlefoot! Es ist gut, dich zu sehen, Junge. Gut, dass du dich von diesem schlimmen Vorfall in der Kanalisation erholt hast.«

»Ja«, sagte Joe und kam direkt zur Sache. »Haben Sie irgendwelche Heiltränke, alter Hans?«

Der alte Hans starrte ihn an, schien beinahe durch ihn hindurchzublicken.

»Mit Magie zu handeln, ist illegal, Junge.«

»Ich weiß das. Ich weiß auch, dass man eine Menge Geld damit verdienen kann, das Zeug zu verkaufen. Bitte, alter Hans. Es ist Grandma – sie stirbt an einem Fieber. Helfen Sie mir?«

Der alte Hans starrte weiter geradeaus. Er beugte sich über den Tresen näher zu Joe. »Selbst wenn ich so etwas hätte, Joe Littlefoot, wäre es nicht billig. Wie hast du dir vorgestellt, dafür zu bezahlen?«

»Ich … ich hatte gehofft, Sie würden mich anschreiben lassen.«

»Ein Kredit?«

»Ich zahle es Ihnen zurück, alter Hans, ich verspreche es. Ich würde Ihnen etwas schulden …«

»Du weißt ganz genau, Joe Littlefoot, dass ich niemanden anschreiben lasse. Ein Versprechen ist die Luft nicht wert, die man braucht, um es auszusprechen.«

»Was, wenn ich für Sie arbeite?«, sagte Joe verzweifelt. »Ich könnte nützlich sein. Und ich könnte Ihnen alles bringen, was ich in den Tunneln finde, bis Sie Ihr Geld haben. Das Doppelte von Ihrem Geld!«

Der alte Hans nahm seine Brille ab, kam hinter dem Tresen hervor, schloss die Ladentür ab und hielt einen Finger hoch. »Was ich jetzt sagen werde, verlässt nicht diesen Raum, verstehst du, Junge?«

Joe nickte. Die Hoffnung in seiner Brust verlieh ihm das Gefühl, als würde er jeden Moment abheben.

»Eventuell … *eventuell* habe ich so einen Heiltrank, den du suchst.«

»Ich wusste es. Ich wusste es einfach!«

Der alte Hans hob wieder einen gekrümmten Finger. »Eventuell … ja, vielleicht war es Vorhersehung, dass du hierhergekommen bist, Joe Littlefoot. Ich habe neulich etwas erfahren. Nun habe ich mich ein wenig umgehört. Meine Kontakte genutzt – und davon habe ich viele, wie du weißt. Die Sache ist die: Es gibt einen bestimmten Gegenstand, den ich genauso dringend haben möchte wie du diesen Heiltrank – vielleicht sogar noch dringender. Und um ihn zu bekommen, werde ich einen Einbrecher brauchen.«

Joes Augenbrauen schossen hoch. »Einen Einbrecher? Ich weiß nicht, ob ich …«

»Nun, das ist der Preis, Joe, wenn du den Heiltrank haben möchtest – und ich glaube, das willst du.«

»Und was soll ich stehlen?«

Der Mund des alten Hans krümmte sich zu einem gierigen Lächeln. »Eine Urne. Ich will, dass du mir eine Urne besorgst.«

Joe entspannte sich ein wenig. Er hatte erwartet, dass der alte Hans einen Schatz von ihm verlangen würde, Diamanten und Juwelen, in Burgen beschützt von Drachen. Eine Urne klang nach deutlich weniger Ärger. »Wo ist diese Urne?«

Der alte Hans leckte sich über die Lippen. »Sie ist im Palast.«

Joe öffnete den Mund. Kein Wort wollte ihm über die Lippen kommen.

»In Mrs Hesters Turm, glaube ich«, fügte der alte Hans hinzu.

»Sie wollen also«, sagte Joe, »dass ich der mächtigsten Magierin im Königreich etwas stehle?«

»Nun ja … sie hat alle Hände voll zu tun, oder nicht?

Weiße Magier, die nach Westerly Haven weglaufen, die Immernacht, die über das Land kriecht. Und wie dem auch sei, sie wird dich nicht sehen können.«

»Wird sie nicht?«

»Nein. Weil du unsichtbar sein wirst.«

Joes Kopf rauschte.

»Unsichtbar?«

Der alte Hans kicherte heiser. »Ich hab mehr als nur Heiltränke, Junge.«

»Sie haben einen Unsichtbarkeitstrank?«

»Ich werde bis morgen Abend einen haben«, sagte der alte Hans. »Es ist ganz einfach: Wenn du den Heiltrank haben willst, wenn du deine alte Grandma retten möchtest, dann wirst du mir diese Urne besorgen.«

Der alte Hans streckte eine Hand aus. Joe zögerte, doch er schüttelte sie dann. »Sagen Sie mir, was ist so wichtig an der alten Urne?«

»Lass das mal meine Sorge sein, Joe Littlefoot«, sagte der alte Hans, und in seinen Augen war ein Leuchten, das Joe noch nie zuvor gesehen hatte. »Sei einfach morgen Nacht hier. Um Mitternacht. Ich werde dich erwarten.«

Nel Pepper

MIT NUR EINEM RUDER und keinen Zauberfläschchen, die in dieser Situation helfen könnten, waren Lara, Bernie und Doppelacht eine gefühlte Ewigkeit ziellos auf ihrem Rettungsboot dahingetrieben. Sie hatten die Überreste der *Libelle* schon vor Stunden aus den Augen verloren. Nun saßen sie da – mit leeren Mägen und fürchterlichem Durst.

»Es ist so kalt«, sagte Doppelacht und umklammerte seine Knie. »Ich wette, das Meer wird früher oder später zu Eis. Die Menschen werden erfrieren, und diejenigen, die nicht erfrieren, werden verhungern, weil die Ernte auf jeden Fall verdirbt.«

Lara rieb kläglich ihre Arme. Sie spürte, wie sich in ihren Augen heiße Tränen bildeten und ihre Wange herunterliefen. Sie versuchte, ihr Schluchzen zu verbergen, aber es brach aus ihr heraus. »Es tut mir leid, was Magnus passiert ist«, schniefte sie. »Und Rob und seiner Besatzung. Oh, es tut mir so leid, Bernie. Das ist alles meine Schuld.«

Bernie war sehr schweigsam gewesen, seit sie gesehen hatte, wie Robs Schiff explodiert war, und Lara war kaum in der Lage gewesen, sie anzusehen. Nun setzte sie sich neben Lara, wobei das Boot wackelte, und umarmte sie fest.

»Hör sofort damit auf, hörst du? Was passiert ist, war nicht deine Schuld.«

»War es doch! Magnus und Rob und die anderen wären ohne mich niemals in Gefahr geraten!«

»Schau dich um, Kind«, sagte Bernie. »Alle sind in Gefahr. Magnus und Rob haben entschieden, sich jeden Tag ihres Lebens in Gefahr zu begeben, Zauber zu schmuggeln und Weiße Magier zu befreien. Es lag nicht in ihrer Natur, Däumchen zu drehen. Was wir machen müssen, ist, die Sache zu Ende zu bringen.«

Lara schniefte und schnäuzte in den triefend nassen Ärmel. »Ich werde mein Bestes geben, Bernie, das verspreche ich. Für Magnus und Rob und die Besatzung … koste es, was es wolle.«

Die Kälte wurde unerträglich. Lara, Bernie und Doppelacht kauerten dicht gedrängt zusammen, zitterten und versuchten verzweifelt, warm zu bleiben. Dabei schlief Lara immer wieder ein. Auf ihren Wimpern hatte sich Raureif gebildet, in ihren Haaren Eis. Sie wusste, die Kälte würde sie bald überwältigen. Sie dachte an King's Haven, an die schwüle Sommerhitze, und sie sehnte sich sogar nach den Abwasserkanälen.

Doppelacht rückte zur Seite und richtete sich auf.

»Was ist das?«

»Hmm?«

»Am Himmel … was ist das für ein Licht?«

Lara öffnete ihre Augen und wischte den Raureif weg.

Zwischen den vereinzelten Wolken schwebte etwas – etwas Großes, aus dem Lampenlicht funkelte.

Bernie schreckte auf und rieb sich die Augen, um sicherzugehen, dass sie das wirklich sah. »Wir sind gerettet!«, sagte sie und sprang auf, woraufhin das kleine Rettungsboot bedenklich schwankte. Sie griff in ihren Mantel, holte ihren Zauberstab hervor, lud einen Zauber in die Kammer und deutete mit dem Stab in die Luft. Ein Strahl aus blendendem Rot schoss aus dem Stab und hinauf in den Himmel, wobei er eine Fahne aus rötlichem Rauch hinter sich herzog.

Einen Augenblick später flog zur Antwort ein rotes Leuchtgeschoss aus dem Ding am Himmel. Dieses Ding drehte und näherte sich, es wurde größer, bis Lara deutlich die Form im Schein seiner eigenen Lampen erkennen konnte. Über ihnen ragte der Rumpf eines großen Holzschiffs auf, und darüber, verbunden durch zahlreiche Seile und Rahmen und Kabel, hing ein riesiger Ballon. Ein Propeller drehte sich rasend schnell am Ende des Schiffrumpfes und warmes Drachenatemlicht quoll aus den vielen Fenstern und Bullaugen.

»Ahoi da unten«, rief eine Stimme, und Lara konnte die Umrisse von Menschen sehen, die sich über die Reling beugten. »Rettung ist da! Wir haben euch im Nullkommanichts hier oben!«

»Mutter Erde hat auf euch herabgelächelt«, sagte Nel Pepper, Kapitänin des Luftschiffs *Sternenjäger.* »Wir sollten eigentlich schon gestern nach Westerly Haven zurückkehren, aber haben in letzter Minute entschieden, noch eine Runde zu drehen. Sonst hätten wir euch nie gefunden.« Nel war eine große Frau, mit der dunkelsten Haut, die Lara jemals gesehen hatte, und einem Bauch, als hätte jemand den Ballon des Schiffs unter ihren schweren Magiergürtel gesteckt. Sie saßen alle um einen runden Tisch in der Kapitänskajüte. Nel Pepper hatte dem Koch aufgetragen, Fischeintopf hochzubringen, und Lara schlürfte ihn in ihren leeren Magen, leckte die Schüssel sauber, aß sogar ein Fischauge, was sie sonst eigentlich nicht fertigbrachte.

Lara fand Nel unglaublich beeindruckend. Ihre Ausstrahlung schien den ganzen Raum zu füllen. Lara hing an ihren Lippen, als Nel sie mit Geschichten unterhielt, wie sie in einer Magierkolonie in einem Land namens Dornia aufgewachsen war, wie sie gegen die einfallende Argentumarmee gekämpft hatte – und wie sie schließlich aus ihrer Heimat hatte fliehen müssen, als Dornia nur ein weiteres Stück des Silberkönigreichs wurde, verschluckt von den Südlichen Territorien.

»Also, was macht ihr hier draußen in dieser Dunkelheit?«, fragte Bernie, als sie fertig gegessen hatten.

»Ich könnte euch dasselbe fragen«, antwortete Nel mit einem Grinsen.

Bernie lächelte.

»Wir haben versucht, Magie aus dem Himmel zu gewinnen«, sagte Nel. »Sie sammelt sich manchmal in den Wolken und vermischt sich mit Mondlicht. Wir brauchen jedes bisschen, das wir kriegen können. Die Blüten am Mutterbaum werden die Immernacht nicht überleben. Aber ernsthaft: Wie seid ihr in diesem kleinen Rettungsboot gelandet?«

»Der Sturm«, sagte Bernie, dabei wanderte ihr Blick von Lara zu Doppelacht. »Er hat unser Schiff zerstört. Wir schmuggeln Zauber und solche Dinge nach King's Haven. Wir waren gerade auf dem Heimweg.«

»Schmuggeln?«, sagte Nel Pepper und hob ihre Augenbrauen. »Gefährliche Arbeit, was?«

»Sehr gefährlich.«

»Nun, habt keine Angst. Wir werden morgen früh zurück in Westerly Haven sein.« Sie schüttelte den Kopf. »Kann für mich nicht schnell genug gehen. Ich kann es nicht erwarten, endlich wieder die Sonne auf meiner Haut zu spüren.«

Lara und die anderen wechselten erstaunte Blicke.

»Die Sonne? Sie meinen, die Immernacht hat den Mutterbaum noch nicht erreicht?«

»Aber nein. Habt ihr es noch nicht gehört? Der Himmel ist blau und die Sonne scheint. Aber wie lange noch, weiß keiner so genau.«

In diesem Moment drangen aufgeregte Rufe und Freudenschreie vom Deck herunter.

»Was ist da los?«, fragte Lara.

Nel Pepper lächelte. »Geh und sieh selbst. Keine Sorge, es ist nicht gefährlich.«

Lara war noch nie auf einem Luftschiff gewesen. Bevor Nel und ihre Besatzung herbeigeflogen waren, um sie zu retten, hatte sie nicht einmal geahnt, dass es so etwas gab.

Ihre exotische neue Umgebung lenkte sie von ihren Problemen ab und das Essen in ihrem Magen und die Wärme des Feuers hatten ihre Laune verbessert. Sie stand vom Tisch auf und eilte aus der Kabine, Doppelacht dicht hinter ihr.

Oben an Deck staunten Lara und Doppelacht, während Nels Besatzung über das Luftschiff eilte. Die Besatzungsmitglieder riefen und sangen, legten riesige Hebel um, zogen an Seilen und Ketten. Die Ketten verliefen durch große Metalllöcher im Rumpf des Schiffs, und als die Besatzung sie einholte, blickten Lara und Doppelacht über die Reling und sahen, dass die Kettenglieder in einer Wolke unter dem Schiff verschwanden.

»Und auf geht's!«

»Zieht, Leute!«

Die Ketten rissen ein schweres Gebilde aus der Wolke, ein Netz, so schien es Lara, aus schimmernden Spinnfäden. Und im Netz ...

»Was ist das?«

»Mondlicht, Lara. Das ist Mondlicht vermischt mit Magie.« Nel Pepper stand dicht neben ihr.

»Ein einzelner Faden enthält die Macht, um viele, viele Zauber herzustellen. Aber Zauberwolken sind schwer zu finden. Gute Arbeit, Leute!«

Jubel brandete über das Schiff, als das Netz an Bord gezogen wurde. Sie öffneten eine Luke im Deck, und das Netz öffnete sich, sodass die Mondlichtfäden in den Frachtraum fielen. Lara und Doppelacht spähten hinab und sahen, dass die Fäden miteinander verwoben waren, dass sie umeinanderwirbelten. Von ihnen ging der Klang von Magie aus, von kristallener Musik.

»In Ordnung, Leute!«, schrie Nel Pepper, rannte zum Steuerrad und drehte das Schiff in Richtung Westen. Der *Sternenjäger* wendete am Himmel, die mächtigen Motoren ratterten und sie schossen durch die Sterne. »Auf nach Westerly Haven!«

Westerly Haven

»ICH HÄTTE NIE GEDACHT, dass ich mal so etwas machen könnte«, sagte Doppelacht. Er und Lara standen an Deck des Luftschiffs und ließen sich den Wind ins Gesicht blasen. »Das ist mehr, als ich mir jemals erträumt habe.«

»Geht mir genauso«, sagte Lara. Ihr Herz quoll fast über vor Aufregung … und vor Traurigkeit. »Ich wünschte, mein Freund Joe wäre hier. Er hätte es geliebt. Ich weiß nicht, ob ich ihn jemals wiedersehen werde.«

»Natürlich wirst du das.«

»Aber die Immernacht … sie wird alle töten, das hast du doch selbst gesagt.«

»Wir lassen das nicht zu. Ich bin nicht aus einem Leben in Sklaverei geflohen, um jetzt zuzusehen, wie die Welt endet. Ich werde kämpfen und kratzen und bluten, um das zu verhindern. Ich werde alles dafür tun. Und ich glaube, du auch.«

Sie wurden beide still, denn der Himmel veränderte sich. Mit jedem Meter, den das Schiff nach Westen flog, ließen sie die Immernacht hinter sich und schwebten ins Tageslicht. Alle Besatzungsmitglieder versammelten sich an Deck. Sie jubelten, standen mit geschlossenen Augen im Sonnenlicht und saugten seine lebensspendende Wärme auf. Lara hatte noch nie so etwas Wundervolles gespürt.

Am Horizont wuchs ein Baum aus dem Meer empor, so groß wie ein Berg. Der Stamm des riesigen Baums war ein verworrenes Geflecht aus Rinde, und als das Luftschiff näher heranschwebte, konnte man sehen, dass die Magier Gebäude und Treppen und Gänge in die unzähligen Risse und Nischen der Rinde geschlagen hatten. Dort, wo es nicht möglich gewesen war, direkt in den Baum zu bauen, hatten sie Plattformen und Brücken errichtet und darauf Gebäude gestellt. Lara fragte sich, ob auch nur ein Stück vom Baum nicht auf irgendeine Art verändert worden war. Um den Baum herum befanden sich mehrere Inseln, die durch Brücken mit dem Stamm verbunden waren. Zauberrauch und glühende Auren quollen in allen Farben des Regenbogens aus den Schornsteinen. Lara hatte so etwas noch nie gesehen, hätte nicht mal gedacht, dass so ein fantastischer Ort überhaupt existieren könnte.

Am Steuer des Luftschiffs lachte Nel Pepper herzlich. »Wir sind zu Hause, Leute! Wieder zu Hause!«

Auch Bernie Whitecrow erschien. Sie legte ihre Arme um Laras und Doppelachts Schultern.

»Es ist eine Weile her«, sagte sie, »und ich bin richtig froh, diesen prächtigen alten Baum wiederzusehen.«

Das Luftschiff stieg zu einer der Inseln hinab und landete im Zinnmeer. Dabei spritzte die Gischt zu allen Seiten auf. Dann fuhr es langsam in einen Hafen voller See- und Luftschiffe. Beim Anlegen wurde die Besatzung wieder munter, erfüllt von der überbordenden Freude, zu Hause zu sein.

Nel Pepper verabschiedete Lara und ihre Freunde persönlich, als sie das Schiff verließen.

»Wartet einen Augenblick.« Sie griff in eins der vielen Fächer in ihrem breiten Ledergürtel und zog drei Zauberfläschchen hervor, in denen heftig glühende Fäden tanzten. »Für jeden von euch«, sagte sie und übergab ihnen die Flaschen. Sie fühlten sich an wie Eiszapfen.

»Das sieht aus wie …«

»Mondlicht und Magie. Stark genug, jede beliebige Sache auf der Welt festzuhalten. Ich hoffe, es wird euch nutzen. Viel Glück auf dem Rest eurer Reise. Wenn es Mutter Erde gefällt, werden wir uns vielleicht wiedersehen.«

»Danke«, sagte Lara und steckte den Zauber in ihre Tasche. Sie schüttelte Nel Peppers Hand und folgte Bernie vom Schiff herunter und durch die sich windenden Straßen. Ein grünes Blätterdach erstreckte sich über ihnen und Sonnenlicht blitzte hin und wieder vom Himmel hindurch. Das Aroma des Zauberrauchs war eine seltsame und wundervolle Mischung: Baumharz, Holz und Seeluft, vermischt mit den Gerüchen der Zauber selbst: würziges Orange, kühles Blau und die schwere Süße des lila Rauchs.

Auf den Straßen liefen Pferde aus Fleisch und Blut, es gab keine Spur von den Eisenherzen oder von den mit Uhrwerk und Magie betriebenen Maschinen, die in King's Haven so verbreitet waren. Lara fand es atemberaubend schön und doch lag ein Gefühl von Verlust in der Luft. Lara hörte es im kristallenen Ruf der Magie.

»Es ist etwas passiert«, sagte sie. »Es ist nicht nur die Immernacht. Etwas anderes …«

»Ich spüre es auch«, sagte Bernie und runzelte die Stirn.

»Es fühlt sich an wie ein ständiger Druck«, sagte Doppelacht. »Hier.« Er zeigte auf seine Brust.

Sie liefen über eine Hängebrücke, die sie hoch über den Hafen zum Fuß des Mutterbaums brachte, und als sie eine der hölzernen Plattformen erreichten, näherte sich ihnen ein kleiner, bärtiger Magier, der einen langen Mantel mit einer grünen Kapuze trug.

»Bernie? Bernie Whitecrow! Sie haben gesagt, dass du es bist, aber ich habe es nicht gewagt, das zu glauben!« Er griff ihre Hand und schüttelte sie kräftig. »Als Rob Nielsen mir erzählt hat, was passiert …«

»Rob ist *hier*?«, fragte Bernie und ein Lachen erschien auf ihrem Gesicht. »Sie haben es geschafft? Magnus auch?«

Der Mann ließ die Mundwinkel hängen. Er blickte zu Boden.

»Bastien? Bastien Stone, was ist los?«

Bastien Stones Lippen bebten. »Es tut mir so leid. Magnus ist nicht nach Hause gekommen.«

Lara schnappte nach Luft. Sie ergriff Bernies Hand und drückte fest zu. Sie spürte, wie die ältere Magierin ein wenig schwankte, und dachte für einen Moment, sie würde fallen. Aber Bernie schien ihre Kraft zurückzugewinnen. Sie schniefte. »Nun … danke, dass du es mir gesagt hast, Bastien. Wir reden später darüber. Jetzt müssen wir mit der Hochmagierin sprechen.«

Bastien starrte Bernie mit tränenerfüllten Augen an.

»Was noch? Sag es mir, Bastien. Was ist passiert?«

»Es ist die Hochmagierin, Bernie. Leora … sie ist nicht … Ich meine, sie ist nicht … sie war … nun ja, am besten kommst du mit und siehst selbst.«

In den Palast hinein

JOE WOLLTE GRANDMA AM ABEND des Einbruchs nicht allein lassen. Sie atmete ruckartig und flach. Während sie zuvor noch unruhig gewesen war, lag sie nun bewegungslos da, als wäre sie schon tot. Bevor er ging, tröpfelte Joe ein wenig Wasser in ihren trockenen Mund und wischte ihr mit einem Lappen über die Stirn. Die große Kerze war fast ganz heruntergebrannt. Es war in der Wohnung so kalt geworden, dass sich Reif auf dem Boden bildete, und dennoch glühte Grandmas Haut vor Fieber. Er nahm ihre Hand und küsste sie, dann bahnte er sich einen Weg durch die Straßen des Armenviertels.

Die Wachmänner hatten eine der vielen Straßensperren in der Nähe der Bone Alley errichtet, und Joe blickte die Straße hinauf zu dem Ort, wo ein Eisenzaun aufgestellt worden war, um Menschen am Durchkommen zu hindern. Eine Menschenmenge hatte sich dort versammelt, und auf der anderen Seite standen Wachmänner mit gezogenen Pistolen, bereit, jeden zu erschießen, der versuchte, über den Zaun zu klettern.

»Wir werden erfrieren!«

»Wir brauchen Essen!«

»Wir brauchen Kohle und Feuerholz!«

»Lasst uns raus. Sperrt uns nicht ein wie Tiere. Das ist nicht in Ordnung!«

Joe schlüpfte in die Bone Alley und näherte sich dem Laden des alten Hans. Er klopfte sachte an die Tür. Es war fast Mitternacht, aber es hätte jede beliebige Tageszeit sein können. Der allgegenwärtige Nachthimmel verwirrte alle und ließ Zeit wie etwas Ausgedachtes erscheinen.

Die Tür zum Laden des alten Hans öffnete sich knarrend, und sein eingefallenes Gesicht erschien, seine Augen vergrößert durch seine Brille. Er zog Joe hinein und verschloss die Tür. Er trug viele Schichten Kleidung, eine Strickmütze und Handschuhe. Fast alles in seinem Laden war von Eiskristallen überzogen.

»Hast du irgendwem hiervon erzählt?«

»Keiner Seele. Nicht einmal Grandma.«

»Guter Junge. Wie geht's ihr?«

»Schlechter. Ich glaube nicht, dass sie noch lange durchhält.«

»Dann verlieren wir besser keine Zeit, oder, Junge?«

Der alte Hans zog ein kleines Fläschchen hervor, gefüllt mit einer purpurfarbenen Flüssigkeit.

»Der Unsichtbarkeitstrank.«

Joe hielt sie in den schwachen Schein einer einzigen Drachenatemlampe. »Woher wissen Sie, dass es wirklich ein Unsichtbarkeitstrank ist? Woher wissen Sie, dass es mich nicht in eine Katze verwandelt, oder so?«

Der alte Hans zuckte mit den Schultern. »Weiß ich nicht –

das ist die einfache Antwort. Ich schätze, wir müssen dem Typen vertrauen, von dem ich den Trank gekauft habe. Er ist eigentlich ganz in Ordnung.« Der alte Hans legte seinen Kopf schräg. »Wenn du es dir anders überlegt hast, Joe Littlefoot … Ich finde bestimmt jemand anderen.«

»Nein. Nein, ich mache es.«

»Gut. Nun, ich weiß nicht, wie lange die Wirkung dieses Tranks andauern wird, also trink ihn besser nicht früher, als du unbedingt musst.«

»Alles klar«, sagte Joe.

»Guter Junge. Mrs Hesters Turm liegt im Südosten des Palasts. Die Urne, nach der du suchst, wird da drin sein … sie sieht so aus.« Er gab Joe ein altes, zerfleddertes Blatt, das aus einem Buch herausgerissen worden war. Auf einer Seite war eine Zeichnung des besagten Gegenstands, eine Keramikurne, die mit Symbolen verziert war. Sie sah nicht übermäßig besonders aus.

Joe steckte die Buchseite in seine Tasche. »Sonst noch was?«

»Ja. Lass dich nicht erwischen.«

Er hätte es niemals ausgesprochen, aber Joe hielt sich für den zweitbesten Tosher von ganz King's Haven – nach Lara. Immerhin hatte sie ihm alle Tricks gezeigt, die Abkürzungen und geheimen Ecken. Er wusste zum Beispiel, dass der Kanal, der unter den Palast führte, von einem Gitter blockiert wurde. Er wusste auch – dank Lara –, dass ein gewitzter Tosher vor ein paar Jahren ein paar der Steine unter dem Gitter gelockert hatte, sodass es möglich war, sie zu entfernen und unter dem Gitter durchzuschlüpfen. Bis zu dieser Nacht hatte er es nie versucht. Wenn man unter dem Palast erwischt wurde, würde man wahrscheinlich auf der Stelle erschossen. Aber wenn man in den Palast einbrechen *musste*, wenn das Leben einer Person, die man liebte, davon abhing, dann waren die Abwasserkanäle der einzige Weg.

Joe stapfte durch den sanft blubbernden Abwasserstrom, geleitet vom warmen Licht seiner vertrauten Lampe. Als er unter einer der Straßensperren hindurchlief, hörte er Schreie und Sprechchöre, und er sah die Bewohner des Armenviertels vor seinem inneren Auge, die sich mit ihren Kindern versammelt hatten, sogar zu dieser späten Stunde, die bettelten und gegen den Zaun drückten, um zu entkommen. Und die Wachmänner auf der anderen Seite des Gitterzauns, mit den Pistolen im Anschlag.

Vielleicht hätte es Joe in den Sinn kommen sollen, dass die Wachmänner in der Kanalisation patrouillieren würden, um eine Flucht aus dem Armenviertel auf diese Weise zu verhindern. Doch er dachte nicht daran. Als er um eine Ecke bog und plötzlich direkt vor einem Polizisten stand, schien der genauso überrascht zu sein wie Joe. Der Wachmann griff nach seiner Pistole, aber Joe war schneller: Er zog das Brecheisen aus seiner Toshertasche und schlug dem Wachmann gegen die Hand, sodass dieser die Pistole in den Abwasserstrom fallen ließ. Dann schwang er das Brecheisen erneut und schlug die Lampe des Wachmanns weg. Im selben Moment löschte er seine eigene Lampe. Der Tunnel lag in völliger Dunkelheit.

»Halt!«, schrie der Wachmann, als Joe sich vorbeidrängte. Der Mann pfiff und andere Pfiffe in den Tunneln antworteten. Joe rannte. Lara hatte ihn gut ausgebildet. Er kannte jede Biegung, jede Ecke, als hätte er eine Karte der Kanalisation in seinem Kopf. Er versteckte sich immer rechtzeitig, mied den Lichtschein der Lampen der Wachmänner, wechselte die Richtung, wenn er ihre Schritte hörte, bis er schließlich zum Tunnel kam, der zum Palast führte. Als er das Gitter erreichte, tastete er über die Pflastersteine am Boden, fand die lockeren und zog sie vorsichtig heraus. Die Lücke unter dem Gitter war schmal, aber Tosher sind in der Regel ziemlich dürr. Joe quetschte sich hindurch, wobei sein Kopf für einen Augenblick in das stinkende Wasser eintauchte. Er hustete und würgte, um den Geschmack hinten in seinem Hals loszuwerden. Aber er war drin. Auf der anderen Seite des Tors folgte er dem Tunnel zu einer größeren Kammer, von der viele kleinere Kanäle in verschiedene Teile des Palasts führten. Diese Rohre waren zu klein – selbst für Joe –, also kletterte er die Leiter zur Oberfläche hinauf.

»Völlig verrückt, was ich hier mache«, murmelte er.

Als er oben ankam, drückte er vorsichtig gegen den Kanaldeckel und schob ihn zur Seite. Er hatte gehört, dass es viele Nebengebäude auf dem Palastgelände gab, Hütten und Ställe, wo viele der Diener lebten und arbeiteten – fast ein eigenes Dorf –, und genau dorthin hatte ihn der Tunnel geführt.

»Ich kann es wohl nicht länger hinauszögern«, sagte er zu sich selbst und nahm das kleine Glasgefäß mit der purpurfarbenen Flüssigkeit aus seiner Tasche. Immer noch in der Öffnung zum Kanal, zog er den Stopfen heraus und führte das Fläschchen zu den Lippen. Er dachte an Grandma. »Bitte, verwandle mich nicht in Staub oder lass mich explodieren … oder verwandle mich in ein Schwein …«

Joe schloss die Augen und schluckte den Trank herunter.

Der bittere Geschmack ließ ihn die Zähne aufeinanderbeißen. Es fühlte sich an, als wäre eine kalte Welle über ihn geschwappt. Er schnappte nach Luft und klammerte sich an die Leiter. Als das Gefühl verflogen war, öffnete er die Augen.

Er hielt eine Hand hoch. Er konnte den Ärmel seines Toshermantels sehen, seine Haut spüren, mit den Fingern wackeln, aber dort, wo der Ärmel endete, schien nur Luft zu sein. Er lachte leise in sich hinein.

»Es hat funktioniert!«

Es dauerte einen Moment, bis das Hochgefühl verflog. Joe erkannte, dass zwar sein Körper unsichtbar geworden war, jeder mit zwei Augen im Kopf aber noch seine Kleidung sehen konnte.

»Das darf doch nicht wahr sein …«

Eine Minute später kletterte Joe Littlefoot so nackt wie an dem Tag seiner Geburt aus der Kanalisation, fluchte leise über die Kälte und lief auf den Palast zu.

Die Versammlung

IN DER MITTE DES GROSSEN BAUMS hatten die Magier mehrere vertikale Schächte angelegt, in denen Plattformen an Seilwinden hingen. Riesige Zahnräder hoben und senkten die Plattformen, sodass man die Etagen überbrücken konnte, ohne stundenlang auf- und absteigen zu müssen. Lara stand neben Bernie und Doppelacht auf einem dieser Aufzüge, lauschte den drehenden Zahnrädern und dem Ächzen und Knarren der Seile. Die Plattform stieg hinauf, bis die Luft dünner wurde und Eiskristalle auf sämtlichen Oberflächen glitzerten.

»Das Konzil ist weg«, sagte Bastien Stone mit sanfter Stimme. »Sie sind losgeflogen, um sich der Immernacht entgegenzustellen. Nur die Hochmagierin ist zurückgekehrt … und sie ist in schlimmer Verfassung. Der Mutterbaum hält sie am Leben, glaube ich.«

»Wir haben sie gesehen!«, flüsterte Lara. »Draußen auf dem Boot haben wir gesehen, wie sie am Himmel geflogen sind.«

Als die Plattform den Wipfel des Baums erreichte, stiegen sie auf eine Gabelung im Baumstamm, aus der die höchsten

Äste entsprangen, und in der Mitte dieser Gabelung stand der Palast der Hochmagierin, der aus dem Baum selbst emporwuchs. Jeder Teil davon, jeder Turm, jede Tür und jedes Fenster waren aus verschlungenen Ästen und Kletterpflanzen geformt, als ob der Baum entschieden hätte, dass ein Palast so aussehen müsste. Leuchtende Insekten flogen durch die Luft um den Palast. Blumen und Früchte wuchsen auf den Mauern.

Die Wächter am Haupttor des Palasts traten zur Seite, als sie sich näherten. Innen bestand jeder Raum aus Pflanzenwerk, jedes Möbelstück und jegliche Dekoration wuchs aus dem Mutterbaum. Vorhänge aus Spinnweben umrahmten die Fenster und Leuchtkäfer füllten die Lampen mit sanftem Licht.

Der Klang der Magie war hier so mächtig und klar, dass er fast greifbar schien, und er wurde noch stärker, als sie schließlich einen Raum betraten, in dem ein gewaltiges Bett aus dem Boden wuchs. In der Mitte des Betts lag eine Schicht aus Ästen, Ranken und Blättern.

Es kam Bewegung ins Bett. Lara schnappte nach Luft. Die bedeckenden Äste schoben sich zur Seite und offenbarten das Gesicht einer jugendlichen Frau aus Fleisch und Blut mit gelockten roten Haaren. Sie öffnete ihre großen Augen und sie leuchteten blendend grün.

Doppelacht blieb hinter Bernie und hatte eine Hand an seine Brust gedrückt. Der verbleibende Teil seiner Seele war überwältigt von der Stärke des Blicks der rothaarigen Magierin.

»Bernie.«

»Leora Twigg«, sagte Bernie und wischte sich über die

Augen. »Welche törichten Heldentaten wolltest du vollbringen?«

»Wir sind geflogen, Bernie. Wir haben es versucht. Aber die Immernacht war zu stark. Die anderen …«

»Beruhige dich«, sagte Bernie. »Wir bringen das in Ordnung.«

Leora Twigg atmete flach. Ihr Blick wanderte zu Lara, und das Mädchen hatte das Gefühl, zu einem Nichts zusammenzuschrumpfen.

»Das ist Lara«, sagte Bernie. »Und das hier ist Doppelacht. Zwei besondere junge Magier, Hoheit.«

Während Bernie sprach, flatterte Mondflügel aus Laras Tasche und landete auf ihrer Schulter. Leoras Augen schlossen sich für einen Augenblick und ihre Lippen formten den Anflug eines Lächelns.

»Der Untergangszauber? Du hast ihn. Aber du bist so jung …«

Lara spürte in diesem Moment das Vibrieren ihres Medaillons gegen ihre Brust und wusste instinktiv, was zu tun war. Sie zog das Medaillon hervor und ließ die Hochmagierin einen Blick darauf werfen. Die Gravur des Vogels auf dem Medaillon leuchtete hell auf und wurde von Leoras Augen reflektiert. Die Hochmagierin atmete scharf ein.

»Könnt ihr uns einen Moment allein lassen?«, fragte sie Bernie. »Nur mich und das Mädchen … Lara.«

Lara blickte unsicher zu Bernie, die nickte und leicht lächelte.

Und so hatte Lara plötzlich – sie konnte es kaum fassen – eine Audienz bei der Anführerin aller freien Magier der Welt. Sie konnte die Macht spüren, die die Hochmagierin knisternd umgab, spürte, wie sie eine Gänsehaut bekam und ihre Seele sang.

»Lara … komm her. Setz dich.«

Lara setzte sich auf die Bettkante und blickte die seltsame, mächtige Frau an, die von Ästen umhüllt war. »Sind Sie verletzt?«, fragte sie.

Die Hochmagierin lächelte. »Das ist nicht wichtig, Lara. Wir haben nicht viel Zeit. Woher hast du das Medaillon?«

Laras Finger wanderten zur Kette. »Von meiner Mutter, glaube ich. Sie ist gestorben, als ich noch ein Baby war. Mir wurde erzählt, meine Rettung sei ein Wunder gewesen, nachdem sie mich aus den Trümmern gezogen haben.«

»Wirklich ein Wunder«, sagte die Hochmagierin.

»Kannten Sie meine Eltern, Hoheit?«

»Leider nein, Lara. Aber ich wusste, dass es sie gibt. Ich wusste, dass sie da draußen waren. Weißt du, was dieses Medaillon bedeutet?«

»Bernie hat gesagt, dass es etwas mit den Magierinnen zu tun hat, die Mondflügel beschützen.«

»Mondflügel?«

»Oh. So nenne ich den Vogel, Hoheit. Passt zu ihm, finden Sie nicht?«

Die Hochmagierin lächelte. »Ich denke, das passt sogar sehr gut. Es ist wirklich unglaublich, ihn zu sehen, Lara. Als Mrs Hester und ihre Anhänger vor Hunderten von Jahren den Bürgerkrieg nach Westerly Haven gebracht haben, wollten sie die Macht des Untergangszaubers in ihren Besitz bringen. Aber der damalige Hochmagier konnte das nicht zulassen. Die stärksten Magier aus vergangenen Zeiten haben uns den Zauber hinterlassen, sodass wir einen Schutz gegen die Immernacht und andere Gefahren haben, die von den Göttern zurückgelassen wurden. Um Mondflügel zu beschützen, veranlasste der Hochmagier die Gründung eines geheimen Zirkels – eine Gruppe tapferer Magierinnen, die sich in der Welt verstreuen und ihn beschützen würden, immer in Bewegung, niemals zu lange an einem Ort. Mondflügel wurde die ganze Zeit versteckt gehalten, sogar vor mir. Niemand wusste wirklich, ob der Zirkel noch da draußen war. Aber das Medaillon, das du da hast, Lara, ist ihr Zeichen.«

»Also war meine Mutter eine von ihnen? Sie hat den Zauber beschützt?«

»Ich schätze, ja. Es würde Sinn ergeben, dass die Mitglieder des Untergangszirkels ihre Pflicht an ihre Kinder vererbt haben. Das heißt, Lara, deine Mutter hat ihre an dich weitergegeben.«

Lara starrte das Medaillon an. Sie berührte es, im Wissen, dass ihre Mutter es wahrscheinlich einst genauso gehalten hatte.

»Was soll ich tun?«

»Du sollst den Zauber benutzen, wenn er gebraucht wird«, sagte die Hochmagierin. »Und ich denke, er wird jetzt dringend gebraucht.«

»Aber wie? Ich habe gerade erst herausgefunden, dass ich eine Magierin bin. Ich habe nicht die Kraft … Doppelacht hat mehr Magie als ich. Ich konnte nicht einmal einen vernünftigen Lichtzauber erzeugen – und ich habe schon tausendmal versucht, das Medaillon zu öffnen, aber ich schaffe es nicht!«

Die Hülle aus Ästen, die die Hochmagierin umgab, bewegte sich raschelnd und gab einen zierlichen, blassen Arm frei. Die Hochmagierin streckte den Arm aus und öffnete ihre Hand. Als Lara ihr die Hand gab, schoss eine so starke Ladung Magie durch sie hindurch, dass ihre dunklen Haare vibrierten.

»Ich spüre die Kraft in dir«, sagte die Hochmagierin. »Du musst nur daran glauben. Halte das Medaillon in deiner Hand. Wisse, dass du eine Magierin bist. Glaube daran, dass das, was darin liegt, für dich bestimmt ist.«

Lara legte das Medaillon auf ihre offene Hand. Sie folgte mit den Augen den Umrissen des Vogels und der Inschrift ihres Namens. Dann schloss sie sie, hörte die wundervolle Melodie der Magie in der Luft und sprach in ihren Gedanken zu dem Medaillon.

Wenn das hier geschehen soll … wenn ich wirklich eine Rolle spielen soll … dann gib mir ein Zeichen. Öffne dich jetzt. Wenn du das tust, werde ich glauben. Ich werde wissen, dass alles stimmt.

Das Medaillon vibrierte und brummte. Lara blickte darauf und umschloss es mit ihrer Hand. Sie spürte ein Klicken und Wärme breitete sich auf ihrer Haut aus. Das Medaillon hatte sich in ihrer Hand geöffnet. Darin lag eine winzige Flasche. Mit zitternden Fingern nahm sie sie heraus.

»Was ist das?«

»Eine Nachricht, glaube ich.«

»Von … von meiner Mutter?«

»Ja.«

Lara blickte hinab auf das Fläschchen. Ihr Kopf rauschte und ihre Brust füllte sich schlagartig mit großer, schmerzhafter Sehnsucht.

Meine Mutter hat diese Flasche in der Hand gehalten, dachte sie. *Meine Mutter war die letzte Person, die sie berührt hat.*

Es fühlte sich auf eine seltsame Weise so an, als würde sie die Hand ihrer Mutter berühren. Sie blickte auf die Hochmagierin und Tränen liefen ihre Wangen herunter. »Ich habe Angst.«

Die Hochmagierin nahm ihre Hand. »Dann lass es uns zusammen tun.«

Lara atmete tief ein, zog den Stopfen aus der Flasche und ließ den Zauber heraus.

Ärger

ES DAUERTE NICHT LANGE, bis Joes Unsichtbarkeit auf die Probe gestellt wurde.

Er hatte den Palast ohne Schwierigkeiten erreicht, indem er sich im Schatten gehalten und behutsam aufgetreten war. Nun lief er um das riesige Gebäude herum und suchte nach einem Eingang. In diesem Moment, als seine Augen beschäftigt waren, bog er scharf um eine Ecke und rannte fast in einen Wachmann hinein.

Der Wächter lehnte an der Wand und zog heimlich an seiner Pfeife. Geisterhafter Rauch wanderte aus seinem Mund hinauf in die Nacht. Er musste Joe gehört haben, denn er hielt inne, wurde ganz ruhig und starrte auf die Stelle, an der Joe stand – und dann mitten in Joes Gesicht. Joe hielt den Atem an und hoffte, dass sein Herz nicht wirklich so laut schlug, wie es schien. Der Wächter starrte für einen langen Augenblick in seine Richtung, dann zuckte er mit den Schultern und widmete sich wieder seiner Pfeife. Joe zitterten vor Erleichterung die Knie.

Als der Wächter fertig geraucht hatte, ging er zu einem

schmalen Seiteneingang. Joe erkannte seine Chance. Als der Wächter die Tür öffnete, glitt Joe an ihm vorbei. Er war drinnen.

Das Labyrinth aus Bedienstetengängen, Küchen und Lagerräumen erinnerte Joe an die Kanalisation, und er stellte überrascht fest, dass er sich fast wie zu Hause fühlte, als er sich zu den Haupträumen des Palasts vorarbeitete. Es war kaum jemand zu sehen, und Joe fühlte sich selbstsicherer, also beeilte er sich immer mehr. Er erreichte eine Reihe prächtiger Flure und Kammern. Egal, wohin er blickte, überall sah er Schätze, die einen unvorstellbaren Wert zu haben schienen: Gemälde und Wandbehänge, Vasen und Kristalleier. In einem riesigen Zimmer sah er das perfekt erhaltene Skelett eines Drachen mit weit ausgebreiteten Flügeln. Seine unterarmlangen Zähne glänzten im goldenen Lampenlicht.

Südosten. Der alte Hans hat gesagt, dort liegt Mrs Hesters Turm.

Joe bemerkte einen Unterschied, als er sich Mrs Hesters Turm näherte. Es schien, als würden die Bediensteten hier nicht sehr oft hinkommen, denn Vorhänge aus Spinnenseide hingen vor den Wänden, Fenstern und Lampen, und es waren keine Schätze zu sehen. Die eiskalte Luft schien noch kälter zu werden, sodass Joe zitterte und die Tatsache verfluchte, dass er seine Kleidung hatte zurücklassen müssen.

Er erreichte die Tür des Turms und bewegte den Türknopf. Sie öffnete sich.

Warum sollte sie auch abgeschlossen sein?, dachte er. *Wer würde es wagen, die große Mrs Hester zu bestehlen, Joe, außer dir? Niemand. Absolut niemand.*

Er ging durch die Tür und auf die Wendeltreppe zu.

Wenn ich etwas Wertvolles aufbewahren würde, überlegte er, *würde ich es an der Spitze des Turms aufbewahren. Da werde ich also anfangen.*

Der Aufstieg war lang. Der Turm schien unglaublich hoch zu sein und die Luft wurde mit jedem Schritt kälter. Als Joe die höchste Tür erreichte, zitterten seine Hände heftig. Er betrat einen großen, gemütlichen Raum und freute sich, dass ein Feuer im Kamin brannte. Schnell huschte er näher heran und wärmte sich auf. Inzwischen blickte er auf die zahlreichen Regale und Vitrinen voller Bücher und Gefäße, gefüllt mit seltsamen, tot aussehenden Dingen in einer Flüssigkeit. Er sah keine Spur von der Urne, die der alte Hans ihm gezeigt hatte, also ging er in den nächsten Raum.

Und blieb wie angewurzelt stehen.

Dies war ein Schlafzimmer. Und im Bett schlief Mrs Hester, die mächtigste aller Weißen Magierinnen.

Wenn sie aufwacht, kann es gut sein, dass sie mich irgendwie sehen kann. Und was dann? Sie wird mir die Haut bei lebendigem Leibe abziehen. Verflucht noch mal, du bist wirklich ein Idiot, Joe Littlefoot. Warum lässt du dich auf so eine Angelegenheit ein? Aber Grandma … ich tu das alles für Grandma.

Er durchsuchte weiter den Raum, zuckte bei jeder Bewegung zusammen und erwartete, dass Mrs Hester jeden Augenblick aufwachen und ihn mit Magie in Flammen aufgehen lassen würde, aber sie schlief weiter. Immer noch keine Spur von der Urne. Also ging Joe weiter in einen dritten Raum, der wie ein Arbeitszimmer wirkte, mit einem Tisch und vielen Büchern und Verzierungen. Joes Herz machte einen Satz.

Da, auf einem Regal zwischen vielen anderen Schätzen, stand die Urne. Das musste sie sein. Er bewegte sich schnell, steckte sie unter seinen Arm und hatte sich gerade umgedreht, um zu gehen, als ihn ein Geräusch anhalten ließ. Es war ein betrübter Klang, und er zog ihn an, ließ ihn zum letzten Raum laufen, dem vierten, wo er einen Ankleidespiegel auf dem bloßen Boden stehen sah. Der Spiegel war doppelseitig und steckte in einem verzierten Holzrahmen, in den zahlreiche Vogelfiguren geschnitzt worden waren. Als Joe sich näherte, sah er das Spiegelbild der Urne, die er unter dem Arm trug, als würde sie schweben. Eine Bewegung ging durch die Oberfläche des Spiegels wie ein Windhauch durch einen Teich, und als sie sich legte, war das Spiegelbild verschwunden. Nun war der Spiegel ein Fenster – oder eine Tür – zu einem anderen Raum geworden.

Joe wusste, dass er umdrehen und weglaufen sollte und dass er in diesem Turm in großer Gefahr schwebte, und doch wurde er von dem Raum angezogen. Er näherte sich dem Spiegel, streckte eine Hand aus und …

Seine Hand glitt durch das Glas. Joe ging weiter hindurch und erreichte die andere Seite. Er blickte sich in einem unvorstellbar großen Raum um, der mit gewaltigen Vitrinen gefüllt war. Auf den Regalbrettern dieser Vitrinen sah Joe viele Tausende Käfige – wie für Vögel –, die aus einem schimmernden Material gefertigt waren. Bezaubernde geflügelte Lichtkreaturen flatterten in diesen Käfigen umher. Sie riefen Joe, und ihre Rufe waren so mit Traurigkeit und Sehnsucht gefüllt, dass ihm sein Herz wehtat.

Ein entferntes Geräusch aus Mrs Hesters Schlafzimmer brachte Joe zur Besinnung und er eilte durch den Spiegel zurück in den Turm. Mrs Hester schlief noch, aber sie schrie im Schlaf.

»Der Zauber. Bring mir den Zauber! Der Vogel! Töte sie … töte das Mädchen!«

Joe schlich sich an ihr vorbei auf die Wendeltreppe und stolperte fast, weil er sich so beeilte. Dabei hielt er die Urne unterm Arm. Er lief durch den glänzenden Palast, durch das verworrene Labyrinth der Bedienstetengänge und hinaus in die Nacht. Dann überquerte er den Hof des Palasts und lief zu den Nebengebäuden und zum Kanaldeckel.

Er hatte sein Brecheisen in einem Rosenstrauch versteckt und nun zog er es hervor und hebelte den Kanaldeckel hoch. Während er sich abmühte, blieb ihm fast das Herz stehen, als er plötzlich schemenhaft seine Hand erkennen konnte. Dann seinen Fuß. Er hielt seine Hand hoch, von Schrecken erfüllt. Der Trank verlor seine Wirkung. Joe wurde wieder sichtbar.

Panik erfasste ihn, er drückte und zog am Deckel herum, sodass er zur Seite krachte und mit einem lauten KLONG zu Boden fiel.

»Hallo, was war das? Wer ist da?«

Joe schob den Deckel ganz zur Seite und kletterte so schnell er konnte in den Schacht. Er war fast drinnen und griff gerade nach der Urne, als er ein Stück weiter in der Gasse einen Wachmann sah, der ihn anblickte. Die Augen des Mannes weiteten sich, und er starrte Joe an, anscheinend fassungslos.

»Hey! Du da!«

Joe zog den Kopf ein und kletterte dann halb fallend die Leiter hinab. Als er unten ankam, konnte er die Stiefel des Wächters auf den Leitersprossen hören. Er griff seine Kleidung, wickelte sie um die Urne und hastete weiter zum Gitter. Er ließ sich auf den Boden fallen und kroch darunter hindurch.

Er war schon fast auf der anderen Seite, als eine starke Hand sein Fußgelenk packte.

»Hab dich!«

Der Wächter zog ihn zurück. Joe trat nach hinten aus und spürte, wie ein Knochen brach, als sein Fuß etwas traf. Mit einem nasalen Aufschrei ließ der Wächter los. Joe wusste, dass er dem Mann die Nase gebrochen hatte. Er schlängelte sich krabbelnd unter dem Gitter hindurch, so schnell er konnte. Die Flüche des Wächters schallten durch den Abwasserkanal, aber Joe wusste, dass es vorbei war. Er würde in den Tunneln unter der Stadt verschwinden. Es war Zeit, nach Hause zu gehen.

Flaschenpost

DER RAUCH AUS DEM ZAUBERFLÄSCHCHEN in Laras Medaillon waberte tanzend über dem Bett der Hochmagierin hin und her. Tief darin glühte, blitzte und knisterte es. Eine Zeit lang hatte Lara Angst, dass der Zauber schiefgegangen war, dass sie ihn irgendwie unwissentlich beschädigt hatte. Sie wollte gerade die Hochmagierin fragen, als sich Formen im Rauch abzeichneten: etwas wie Hände, Finger und der Stoff eines Mantels.

Und ein Gesicht.

Lara schaute regungslos und wie gebannt zu, während der Zauber herumwirbelte und die Form einer Person annahm – die einer Frau. Ihr Gesicht bildete sich heraus, die Nase, der Mund und die Augen. Alles kam Lara bekannt vor, denn als sie diese Frau ansah – auch wenn ihre Gesichtszüge aus Zauberrauch bestanden –, sah sie irgendwie auch sich selbst. Ihre Haut war tiefbraun, und die Form ihres Gesichts war sehr ähnlich, mit einem spitzen Kinn und großen, dunklen Augen. Ihre Haare sahen genauso aus wie Laras: schwarze, dichte Locken, die in alle Richtungen abstanden.

Schall erfüllte den Raum. Hauen, Klirren, Schreien – die Geräusche eines Kampfes. Die Frauengestalt hielt ihren Stab hoch und sagte etwas, wodurch Laras Herz beinahe stehen blieb.

»Lara.«

Sie fühlte sich wie eingefroren, konnte nichts tun, außer zu starren.

»Lara …«

»Ich bin hier. Ich bin hier, Mum.«

Ein weiterer Knall erklang von irgendwo hinter dem Bild ihrer Mutter.

»Lara, ich habe nicht viel Zeit. Er kommt.«

Lara wollte etwas sagen, aber es folgte ein weiterer Blitz, dann ein Knall, und die rauchende Erscheinung flackerte und wiederholte sich.

»Lara, ich habe nicht viel Zeit. Er kommt.«

In diesem Moment erkannte Lara, dass sie eine Erinnerung sah. Ein Echo. Diese Nachricht funktionierte nur in eine Richtung und ihre Mutter konnte sie nicht sehen.

Sie wischte sich über die Augen, wischte die Tränen zur Seite, die ihre Sicht verschleierten. »Ich sehe dich, Mama. Ich bin hier.«

»Ich weiß, dass du viele Fragen an uns hast, Mondschein. Ich habe auch viele an dich. Seit du geboren wurdest, habe ich davon geträumt, was aus dir werden wird, wie du aussehen wirst. Es tut mir leid, mein wunderschönes Mädchen, dass ich nicht da sein werde, um es zu sehen. Es gibt so viel zu sagen. So viel, was ich dir erklären …«

Ein Schuss unterbrach sie und sie drehte sich für einen Augenblick weg.

»Beeil dich!«, erklang eine andere Stimme, die eines Mannes. Lara spähte in den Rauch und versuchte, etwas zu erkennen. Wahrscheinlich hatte sie gerade ihren Vater gehört.

Als ihre Mutter sich wieder zu ihr drehte, zitterte sie. »Du bist eine Magierin, Larabelle Fox. Und eine Magierin zu sein, ist eine wunderbare Sache. Und noch dazu hast du eine ehrwürdige Verpflichtung geerbt – meine Verpflichtung. Der Untergangszirkel.« Laras Mutter nahm das Medaillon ab und hielt es in Laras Richtung. »Wenn die Zeit gekommen ist, wird deine Magie erwachen, und du wirst eine Magierin werden – so, wie es deine Bestimmung ist.«

Dann hörte Lara ein unerwartetes Geräusch – das Glucksen eines Babys –, und sie erkannte, dass sie diese Ereignisse durch ihre eigenen Augen sah, so wie sie sie als Kleinkind gesehen hatte. Ein weiteres Geräusch erklang. Ein Mann schrie vor Schmerz und verstummte dann. Laras Mutter hockte sich hin, küsste ihr Baby und legte das Medaillon um seinen Hals.

»Du wirst geliebt, Lara. Vergiss das nicht. Wir werden dich lieben, wo auch immer du bist. Für immer und alle Zeit.«

Lara streckte eine Hand aus. Ihre Finger griffen durch den Zauber hindurch. Er war kalt.

»Ich liebe dich«, flüsterte sie.

Das Echo ihrer Mutter hob den Zauberstab und ein Zauber leuchtete in seiner Kammer auf, schoss aus dem Stab und umhüllte Baby-Lara mit Licht. »Ich lasse nicht zu, dass er dich heute Nacht bekommt, Lara. Nicht, solange ich lebe. Aber wenn du diese Nachricht in der Zukunft ansiehst, mein Schatz, kann ich dich nicht beschützen. Der schattenlose Mann wird dich eines Tages suchen. Ich wünschte, ich könnte verhindern, dich in diese Sache hineinzuziehen … aber es ist unsere Pflicht. Der Zirkel muss den Zauber bewahren. Wir müssen ihn mit unserem Leben beschützen.«

Jemand rief etwas Unverständliches und Laras Mutter beugte sich über ihr Baby.

»Wir haben nicht mehr viel Zeit. Der Zauber, Lara. Die, die noch vom Zirkel übrig sind, werden ihn beschützen. Er wird sie auch jagen. Ich bete, dass er niemals in deine Hände fällt. Aber wenn es passiert, wenn du eines Tages den Untergangszauber benutzen musst, um die Dunkelheit zurückzudrängen, dann musst du bereit sein«, sie schluckte, »bereit für eine Reise, von der du vielleicht nicht zurückkehren wirst. Deine Seele, Lara. Deine Seele ist der Schlüssel. Du musst sie …«

Ein greller Blitz zuckte und Laras Mutter schrie auf. Lara lehnte sich vor, streckte ihre Hände aus, konnte nichts mehr durch den Zauber ihrer Mutter sehen. »Was ist los? Mama?«

Der Knall einer riesigen Explosion erschallte. Der Rauch verflog und ließ Lara und die Hochmagierin wieder allein zurück.

Durch ihre Tränen sah Lara, dass die Hochmagierin sie fest anblickte. Mondflügel pickte liebevoll gegen ihr Ohr und sie streichelte seine kühlen, goldenen Flügelfedern.

»Du solltest sehr stolz sein«, sagte die Hochmagierin. »Deine Mutter war eine tapfere Frau.«

»Wer hat sie gejagt?«, fragte Lara. »Wer hat sie getötet?«

Die Hochmagierin schüttelte ihren Kopf. »Ich weiß es nicht genau. Mrs Hester jagt diesen Zauber bereits seit Jahrhunderten.«

»Ich hasse sie«, sagte Lara voller Überzeugung. Sie spürte, wie ihr Blut vor Wut kochte. »Ich werde sie töten.«

Ein Rinnsal hellroten Bluts lief vom Ohr der Hochmagierin herab. »Verschwende keine Zeit mit Hass, Lara. Er wird dich nur leeren.« Sie hustete, und die Äste, die sie umhüllten, zogen sich dichter zusammen. Sie schnappte nach Luft. »Bernie. Hol Bernie.«

Lara rannte zur Tür, um Bernie zurück in den Raum zu holen. Bernie nahm die Hand der Hochmagierin. »Leora. Oh, Leora!«

»Unterrichte sie, Bernie. Gib ihr einen Stab. Lass Hester nicht gewinnen.«

»Werde ich nicht«, sagte Bernie. »Versprochen.«

»Du bist die Letzte … das letzte verbleibende Mitglied meines Konzils, Bernie. Ich habe keine Kinder. Du musst … du musst die Führung übernehmen.«

»Die Führung? Hoheit, ich habe …«

Eine Krone aus Zweigen löste sich vom Kopf der Hochmagierin und erhob sich in die Luft. Die Krone landete auf Bernies Kopf und ihre Augen weiteten sich angsterfüllt. »Leora?«

»Lang lebe die Hochmagierin«, sagte Leora. Sie schloss ihre Augen und ließ die Äste wachsen und sich verflechten und ihr Gesicht und dann ihren ganzen Kopf umhüllen. Nach ein paar Augenblicken brach die Hülle auseinander und verwandelte sich in Staub. Von der ehemaligen Hochmagierin war keine Spur mehr zu sehen.

Bastien Stone hastete in den Raum. Als er sah, dass das Bett leer war, stierte er es an. Dann bemerkte Bastien die Krone auf Bernies Kopf und ließ sich auf sein Knie sinken. Doppelacht schlich in den Raum. Lara nickte ihm zu und auch sie knieten nieder.

»Lang lebe die Hochmagierin!«

Vertraue niemandem

KLOPF, KLOPF, KLOPF.

Die Tür zum Laden des alten Hans öffnete sich einen Spalt und durch ihn spähte er hinaus wie eine alte Eule. Als er Joe erkannte, atmete er auf und riss seine buschigen Augenbrauen hoch. »Und? Hast du sie?«

Joe zog die Urne unter seinem Mantel hervor.

Der alte Hans stolperte fast vor Aufregung. Er öffnete die Tür ganz und bedeutete Joe, hereinzukommen. »Gute Arbeit, Junge. Gute Arbeit!«

Joe gab dem alten Hans die Urne und dieser stellte sie ehrfurchtsvoll auf den Verkaufstresen. »Wunderbar. Schau sie dir nur an.« Er lachte in sich hinein und rieb sich die Hände. »Oh, Joe Littlefoot, was ich damit alles tun kann!«

»Alles klar«, sagte Joe. »Gut. Nun, wegen des Heiltranks …«

»Ich hätte mir nicht erträumt, einmal die Gelegenheit zu haben …«, sagte der alte Hans, ignorierte Joe und polierte die Urne mit seinem Ärmel. »… ich meine, das ist unglaublich …«

»Alter Hans.«

»Ich kann tun, was immer ich will!«, sagte der alte Hans. »Und nicht einmal Mrs Hester kann mich aufhalten!«

»Alter Hans!«

Joes Stimme beförderte den alten Mann endlich zurück in die Gegenwart. Er hob eine Augenbraue.

»Der Trank?«, fragte Joe und streckte eine offene Hand aus. »Meine Bezahlung.«

Der alte Hans ging hinter den Tresen, er stützte seine Ellenbogen auf beiden Seiten der Urne ab. Dann blickte er Joe nachdenklich an. »Die erste Regel des Geschäfts, Junge: Ergreife jede Chance, die du bekommst.«

»Ich verstehe nicht.« Aber eine fürchterliche Übelkeit wirbelte durch Joes Magen.

»Es *gibt* keinen Heiltrank«, sagte der alte Hans. »Ich bin doch kein Hexer.«

»Was? Aber … Sie haben es gesagt!«

»Ich habe gesagt, was du hören wolltest, damit du tust, was ich wollte«, sagte der alte Hans und rollte dabei mit den Augen in den eingesunkenen Höhlen, als würde er die einfachste Sache der Welt erklären. »Sieh mal, Joe, wieso betrachtest du es nicht einfach als eine Lektion? Jeder in dieser Welt wird dich für etwas benutzen, wenn du es zulässt. Ich habe dich heute benutzt, aber ich bin kein Monster. Ich werde dich bezahlen.« Er zog eine einzelne Goldmünze hervor, legte sie auf den Tresen und schob sie zu Joe herüber.

Joe starrte auf die Münze. »Das ist nicht genug.« Die Wut entfachte ein Feuer in seiner Brust. »Ich bräuchte viel mehr, um einen Trank auf dem Schwarzmarkt zu kaufen. Das wissen Sie.«

Der alte Hans kaute auf seiner Unterlippe herum. »Letztes Angebot«, sagte er und legte eine Silbermünze auf die goldene.

»Immer noch nicht genug!« Joe stiegen brennende Tränen in die Augen. Er starrte den alten Hans an, dann die Urne.

Langsam, ganz langsam griff der alte Hans unter den Tresen und zog ein Messer hervor. »Mach jetzt keine Dummheiten, Joe.«

Joes Inneres stand vor Wut in Flammen. Er machte einen tollkühnen Versuch, die Urne zu greifen, aber der alte Hans schlug ihm mit dem Griff des Messers gegen die Schulter. Joe stolperte rückwärts und krachte mit Schwung in eine Vitrine. Zuerst wankte diese nach hinten und fiel fast um, dann schwang sie zurück nach vorn, gewann an Schwung und Joe konnte gerade noch zur Seite springen.

»Nein!« Der alte Hans warf sich über die Urne, als die Vitrine mit dem Geräusch von zerspringenden Tellern und brechendem Holz auf ihn krachte. Ein kurzer, heftiger Schmerzensschrei. Dann Stille.

»Alter Hans?« Joe näherte sich und blickte unter die Vitrine. Der alte Hans lag dort zusammengekrümmt und bewusstlos. Sein Anblick jagte Joe Angst ein. War er tot? Der Gedanke verursachte Joe Übelkeit. Es war ein Unfall gewesen! Er beugte sich vor, drückte seine Finger an den Hals des alten Hans und tastete nach einem Puls. Er lebte! Der alte Idiot lebte, der Lichtgöttin sei gedankt. Indem er jeden Muskel seines drahtigen kleinen Körpers anspannte, hob er die Vitrine an und befreite den alten Mann, der stöhnte und sich zu bewegen begann. Dann griff Joe die Urne, steckte sie unter seinen Mantel und rannte aus dem Laden.

Der Zauberstabhain

ALS SICH IN DER STADT von Westerly Haven herumsprach, dass die Hochmagierin verstorben war, quoll schwarzer Rauch aus allen Schornsteinen, verschleierte den Mutterbaum und umhüllte die Inseln mit einem Nebel aus Traurigkeit.

Bernie Whitecrow, als Zeichen der Trauer um die Hochmagierin und ihren geliebten Ehemann ganz in Schwarz gekleidet, verschwendete keine Zeit, sondern machte sich gleich daran, dem letzten Wunsch ihrer Vorgängerin Folge zu leisten: Sie sorgte dafür, dass Lara einen Zauberstab bekam, um ihre Ausbildung zu beginnen.

»Doppelacht ebenfalls«, sagte sie und führte sie aus dem Palast hinaus und Stockwerk für Stockwerk des Mutterbaums hinab zum Boden. Wohin sie auch kamen, überall fielen die Menschen voller Ehrfurcht auf die Knie. »Ich wünschte, sie würden damit aufhören. Könnt ihr alle damit aufhören, euch zu verbeugen?«

»Wie sollen wir Sie denn jetzt nennen?«, fragte Doppelacht und zwinkerte Lara zu. »Ich hab noch nie eine Königin getroffen.«

»Also wirklich, was ist das denn für eine Frage? Ihr nennt mich Bernie, wie immer.«

»Wohin gehen wir?«

»Zum Zauberstabhain.«

»Zum was?«

»Ihr werdet schon sehen.«

Sie gingen über in den Baum geschlagene Straßen, über wacklige Plattformen und runde Holztürme. Es war eine Stadt wie King's Haven. Es herrschte dieselbe Lebhaftigkeit und Aktivität, aber hier trugen die Menschen lange Magiermäntel, und in den Läden wurden Tränke und seltsame, wunderbare Zauber angeboten. Es gab Gläser mit eingelegten Kreaturen in vielen der Schaufenster, Pulver und glühende Kristalle. Nachrichten auf Zauberpapier flogen ständig über ihren Köpfen. Seltsame, sich bewegende Ranken wuchsen über viele der Gebäude und Vogelschwärme flogen hin und wieder heran, ließen sich auf den Ranken nieder und aßen die lilafarbenen Früchte. Lara wurde klar, dass der Mutterbaum nicht etwas war, auf dem eine Stadt gebaut worden war. Er *war* die Stadt. Ein lebendiges, atmendes Ding, verbunden mit jeder Seele, die darauf wohnte. Schon nach nur einem Tag begann sie die starke Verbindung zu spüren, ein Spannseil zum Mutterbaum und seinen magischen Blüten.

Sie erreichten eine der Hängebrücken, die den Mutterbaum mit den umliegenden Inseln verbanden. Als sie auf ihnen das Wellen schlagende Zinnmeer überquerten, sah Lara jemanden mitten auf der Brücke auf sie warten. Als sie nah genug waren, lächelte Bernie breit.

»Rob! Rob Nielsen!«

Er kam auf sie zugelaufen. Seine Augen leuchteten und

ein Lächeln breitete sich unter seinem kolossalen Bart aus. Bernie warf ihre Arme um ihn und er sah sowohl überrascht als auch unruhig aus.

»Verflucht noch mal, Bernie. Ich glaube nicht, dass ein gewöhnlicher alter Seebär wie ich Eure Majestät die Hochmagierin umarmen sollte.«

»Oh, hör schon auf, Rob Nielsen!«

Rob wurde schlagartig ernst. »Das mit Magnus tut mir fürchterlich leid. Ich ...« Er blickte auf seine großen Füße. »Ich bin der Einzige, der es überlebt hat. Ich hab mich an einem Stück Treibholz festgeklammert und versucht, ihn im Wasser zu erreichen, aber die Flut ... der Sturm war zu stark. Ich hätte tapferer sein müssen. Ich hätte losschwimmen sollen und ...«

Bernie schluckte und atmete tief ein und aus. »Dann wärt ihr beide tot, Rob, und was würde uns das bringen? Mein Magnus ... ich liebe ihn mit allem, was ich habe, aber er ist für etwas gestorben, an das er geglaubt hat: für die Freiheit. Und er wäre glücklich darüber. Ich werde um ihn trauern, Rob, aber gerade kann ich hören, wie er ruft, dass wir diese verdammte Aufgabe zu Ende bringen sollen, also müssen wir das tun. Wir müssen sicherstellen, dass er nicht umsonst gestorben ist.«

Rob lief mit ihnen über die restliche Brücke.

»Hast du darüber nachgedacht, ein neues Konzil zu wählen?«

»Habe ich. Und ich werde es bald tun. Ich hätte dich gern dabei, Rob.«

Rob fasste sich ans Herz. »Ich ... ich ... es wäre mir eine Ehre, Bernie. Ich danke dir.«

Als sie die Brücke überquert hatten, erreichten sie ein riesiges Gebäude, das ein wenig aussah wie eine Kirche. Darin war eine große Halle, die mit den Statuen vieler ehemaliger Hochmagier und Hochmagierinnen gefüllt war. Die meisten hatten ihre Zauberstäbe gezückt, an deren Spitzen kleine Flammen brannten.

»Seid ihr bereit?«, fragte Bernie, als sie zwei riesige Torflügel am Ende der Halle erreichten.

»Für was?«, fragte Lara.

Bernie stieß die Türen auf und offenbarte ein ausgedehntes Waldgebiet, dessen Boden mit heruntergefallenen Blättern bedeckt war. Die Bäume waren hoch und breit, ihre Äste wie lange, herabhängende Finger. Die Früchte der Bäume waren klein und rund, wie Beeren, und sie glühten in allen Farben, die Lara jemals gesehen hatte. Magie klingelte in der Luft und der Duft von Frost und Baumharz ließ Lara an Winter denken. Die Wirkung des Orts war verblüffend. Eine Wärme breitete sich in all ihren Gedanken aus. Als würde er dem Ruf der Magie folgen, steckte Mondflügel den Kopf aus Laras Tasche und segelte dann um die Bäume herum.

»Spürst du das?«, fragte Lara.

Doppelacht drehte sich zu ihr um. Seine schwarzen, strähnigen Haare standen in der aufgeladenen Luft hoch. »Was ist das?«

»Das sind die Bäume«, sagte Rob Nielsen. »Sie sprechen zu euch. Rufen euch. Hört auf sie. Lasst sie euch führen.«

Doppelacht sah verwirrt aus. »Ich habe schon einen Zauberstab. Die Weißen Magier haben mir einen gegeben.«

Bernie Whitecrow schnaubte verächtlich. »Einen Zauberstab? Dass ich nicht lache, Junge. Die Weißen Magier wissen nicht, wie man vernünftige Stäbe herstellt. Sie haben keine Bäume wie diese. Der Stab, den du hattest, mag in Ordnung gewesen sein, um Weiße-Magier-Zauber zu schaffen, aber warte mal ab, Doppelacht, bis du einen echten, wilden Zauberstab in der Hand hältst. Und nun los, ihr zwei. Sucht euch einen Ast aus.«

Bernie scheuchte sie weg und sie liefen zwischen den Bäumen hindurch, starrten hinauf zu den Ästen und den glühenden, kugelförmigen Früchten. Lara ließ die Zweige ihr Haar streifen, und sie spürte, wie Funken von Magie durch sie hindurchschossen.

»Es gibt so viele!«, sagte Doppelacht. »Ich will sie alle. Wie entscheiden wir uns?«

Ein Ast schickte eine Magiewelle von solcher Kraft durch Lara, dass sie fast hinfiel. »Dieser hier!« Sie griff zu und brach den Ast ab. Als sie ihn in der Hand hielt, schwoll der Klang der Magie zu einem Chor kristallener Stimmen an.

Doppelacht wählte seinen Zauberstab von einem Baum ein Stück weiter hinten im Hain. Als er zurückkam, grinste er von einem Ohr bis zum anderen. Er wedelte mit seinem Stab hin und her.

»Gut«, sagte Bernie. »Ich bringe sie noch heute zum Stabmeister. Glückwunsch, Lara, Doppelacht. Ihr seid jetzt echte Magier.«

Jack ist zurück

LARA BEKAM EIN ZIMMER IM PALAST an der Spitze des Mutterbaums. In dieser Nacht, nach einer Mahlzeit mit frisch gebackenem Brot und gebratenem Fisch mit Kräutern und Butter, ging sie dorthin. Ihr Kopf war mit so vielen Gedanken und Sorgen gefüllt, dass sie das Gefühl hatte, sie kämen ihr aus den Ohren heraus.

Es klopfte an der Tür. Lara ließ Bernie Whitecrow und Doppelacht ins Zimmer.

»Ich dachte, wir schauen mal, ob bei dir alles in Ordnung ist«, sagte Bernie.

»Hey. Dein Zimmer ist größer als meins!«, sagte Doppelacht.

»Mir geht es ganz gut«, sagte Lara, aber sie merkte, dass Bernie sie genau beobachtete, als wollte sie in sie hineinschauen. »Ich meine … ich glaube, mir geht's gut. Es ist so viel passiert. Die Hochmagierin, mein eigener Zauberstab … und … und die Nachricht von meiner Mutter …«

Bernie ging zum Balkon vor Laras Zimmer und zündete sich eine Zigarre an. Sie standen zusammen und blickten von der Spitze des riesigen Baums auf einen Nachthimmel, der natürlich war.

»Die Immernacht wird nicht ewig fernbleiben, oder?«, fragte Lara.

»Nein, meine Liebe. Wenn sie stark genug ist, wird sie uns angreifen.«

»Glaubst du, die Bemalten sind schon in King's Haven?«

»Ich weiß es wirklich nicht.«

»Ich denke immer wieder an Joe und Grandma und … und an all die armen Leute dort. Ich will ihnen helfen.«

»Glaubst du, du kannst das?«, fragte Doppelacht.

Mondflügel kam von irgendwo hoch in den Ästen herabgesegelt und landete auf Laras Schulter. Sie streichelte ihn und ihre andere Hand hielt das Medaillon.

»Mum war Teil des Untergangszirkels. Es war ihre Pflicht, Mondflügel zu beschützen und den Zauber zu benutzen, falls er benötigt würde. Sie hat diese Verpflichtung an mich weitergegeben.«

Bernie atmete tief ein und langsam wieder aus. »Wir sind alle bei dir, Lara.«

»Aber ich weiß nicht, was ich tun soll!«

»Nun, dafür hast du Freunde, Lara. Um dir zu helfen.«

Lara spürte, wie heiße Tränen ihre Wangen hinabliefen. »Ich hab fürchterliche Angst. Mum hat etwas gesagt. Sie hat … sie hat gesagt, dass ich meine Seele benutzen muss, damit der Zauber funktioniert.«

Etwas anderes bereitete ihr Sorgen, überschattete all ihre Gedanken. Mum hatte gesagt, dass Lara vielleicht nicht zurückkommen würde, wenn sie jemals den Zauber benutzte. Was bedeutete das? Würde sie sterben? Musste sie ihre Seele für immer aufgeben? So besorgt sie auch war, Lara konnte mit Bernie und Doppelacht nicht darüber sprechen. Denn es gab schließlich schon genug, worum sie sich Sorgen machten. Und Bernie hatte schon so viel verloren.

Sie schwiegen lange.

»Wenn ich raten müsste«, sagte Bernie, »würde ich sagen, dass die Mitglieder des Zirkels alle durch ihre Seelen mit Mondflügel verbunden sind. Das muss der Grund sein, wieso er nur zum Leben erwacht, wenn du in der Nähe bist. Das ist wirklich genial. So kann niemand außerhalb des Zirkels den Zauber benutzen, solange noch ein Mitglied am Leben ist. Ich fürchte, deshalb wurden sie gejagt: um ihre Seelen ins nächste Leben zu schicken und so die Verbindung zu dem Zauber zu brechen. Und deshalb bist du in Gefahr.«

Sie schwiegen und betrachteten den milchigen Streifen der Sterne, die am Himmel funkelten.

»Das mit Magnus tut mir leid«, sagte Lara.

»Mir auch«, sagte Doppelacht.

Bernies Lippen zitterten. »Als ich ihn das erste Mal traf, sagte er, er würde mich heiraten. Wir waren im Süden, um ein paar Magiern zu helfen, die sich in einer staubigen kleinen Stadt versteckt hatten, um der heranrückenden Argentumarmee zu entkommen. Ich hab ihm an dem Tag ins Gesicht gelacht. Aber wahrscheinlich wusste ich schon damals, dass es stimmte.« Sie wischte sich über die Augen. »Mir tut es leid, was mit deiner Mutter passiert ist, Lara. Es tut mir leid, dass du in all das hineingezogen worden bist.«

Sie umarmten sich, die drei Freunde, und weinten unter den Sternen. Bernie sagte: »Es ist jetzt unsere Aufgabe, sie zu ehren. Wir müssen stark sein und das beenden, was sie begonnen haben. Schlaft ein wenig, meine Lieben. Morgen ist auch noch ein Tag. Und euch erwarten zwei Zauberstäbe.«

Lara blickte der alten Magierin nach, die den Raum verließ. Doppelacht blieb noch.

»Alles in Ordnung?«, fragte Lara ihn.

»Ja.« Er wirkte peinlich berührt. »Ähm … ich kenne meine Eltern auch nicht. Weiße Magier werden direkt nach der Geburt von ihren Eltern getrennt. Ich bin wahrscheinlich schon mal auf der Straße an meiner Mutter vorbeigelaufen, ohne sie zu erkennen.«

»Das ist schrecklich«, sagte Lara.

»Ich möchte dir nur sagen, dass ich nachvollziehen kann, wie du dich fühlst. Wie es ist, aufzuwachsen, ohne zu wissen, wer man ist. Aber wir sind nicht mehr allein. Und wir können sein, was immer wir wollen.«

Lara lief zu Doppelacht und umarmte ihn fest. »Danke.«

Nachdem er gegangen war, blieb sie noch eine Weile auf dem Balkon, warm eingepackt, und atmete die Nachtluft ein.

Mondflügel flog geschwind durch die Äste, das Gold seiner Flügel glitzerte, und Lara musste leise über seine Possen lachen, bis die Müdigkeit sie übermannte und sie hineinging. Zeit, zu schlafen. Morgen würde sie ihren Stab bekommen und …

Der Klang seidener Flügel, dann landete etwas Schweres auf dem Balkon.

Lara fuhr herum und sah, dass der schattenlose Mann auf sie zukam. Bevor sie schreien oder irgendetwas tun konnte, traf er sie mit der Faust an der Schläfe, und sie fiel. Das Zimmer zersprang in viele Scherben.

»Nein«, stammelte sie und streckte ihre Hand aus, als sie

sah, dass er Mondflügel fest in seiner Hand hielt. Er trat ihren Arm weg und stellte einen Fuß auf ihren Hals. Sie keuchte und schnappte nach Luft, während er zudrückte.

»Schluss mit dem Weglaufen«, sagte er. »Schattenjack ist hier, und es ist Zeit, das alles zu beenden. Wehr dich nicht, Mädchen.«

Dann geschah etwas Albtraumhaftes. Der schattenlose Mann öffnete seinen Mund so weit, dass es wirkte, als würde sein Gesicht in zwei Teile zerrissen. In seiner riesigen, dunklen Mundhöhle waren reihenweise rasiermesserscharfe Zähne. Er machte ein hungriges, schlürfendes Geräusch und Lara spürte einen fürchterlichen Schmerz in ihrer Brust. Sie fühlte, wie ein Teil von ihr sich lockerte und herausgerissen wurde. Sie versuchte zu schreien, bekam aber keine Luft. In ihrer Brust war ein hohler, leerer Schmerz, und in einem Augenblick beängstigender Klarheit erkannte sie, dass er ihr ihre Seele nahm. Sie wurde aus ihr herausgezogen, brach durch ihre Haut. Lara konnte ihr Glühen sehen. In Schattenjacks dunklen Mund zu starren, war, wie an einen Ort jenseits der Zeit zu blicken, jenseits der Welt, die sie kannte.

Ein Abschied

»JOE! JOE!«

Joe Littlefoot hörte Grandmas Rufe schon mitten im Treppenhaus. Er nahm den restlichen Weg immer zwei Stufen auf einmal und stieß die Tür der Mietwohnung auf. Die Kerze war heruntergebrannt. Die Wohnung lag in völliger Dunkelheit. Joe tastete sich zum Bett vor, stieß das Schienbein an, fluchte und erkannte, dass Grandma sich im Bett aufrecht hingesetzt hatte und um sich schlug, als wolle sie eine Feuerwespe abwehren.

»Grandma!«

»Joe! Mein Joe! Wo ist er?«

Joe versuchte, sie zu beruhigen. Ihre Haut glühte, ihr Blick war wild vor Verwirrung und Fieber. Er kramte nach seiner Tosherlampe – darin war noch ein kleines bisschen Drachenatem übrig, den er jetzt entzündete. Als sich seine Augen an das Dämmerlicht gewöhnten, sah er, dass ein kleines Rinnsaal Blut aus Grandmas Nase lief.

»Ich bin's, Grandma«, sagte er und umarmte sie fester. »Ich bin's, dein Joe!«

Kurz sah es so aus, als würde sie ihn schlagen, aber dann schien sie sich zu beruhigen, und ihr Blick verweilte auf der Urne, die aus Joes Mantel auf das Bett gefallen war. Als sie die Urne sah, passierte etwas sehr Merkwürdiges: Grandma schloss ihre Augen, und als sie sie wieder öffnete, war sie bei klarem Verstand.

»Sie steckt in Schwierigkeiten, Joe. Du musst ihr helfen!«

»Wer, Grandma?«

»Das Magiermädchen!«

»Das Ma…, Lara? Du meinst Lara?«

Grandmas ganzer Körper zuckte plötzlich und versteifte sich.

Joe beugte sich über sie und hielt ihre starre Hand. Sie versuchte, etwas zu sagen, versuchte, stotternd zu flüstern.

»U-U-U-rne.«

»Urne?«

»Öff…«

»Was?«

»Ö-ff-f-f-f-nen.«

»Öffnen … ich soll die Urne öffnen?«

Grandma drückte seine Hand so fest, dass er das Gefühl hatte, seine Finger würden brechen.

»Grandma!«

»Jetzt! Öffne sie JETZT!«

Da er nicht wusste, was er sonst tun sollte, schnappte sich Joe die Urne. Er versuchte, den Deckel zu lösen, aber er klemmte.

»Die Umrisse. Folge den Umrissen, Joe …«

Er untersuchte mit klopfendem Herz die Urne, während sich sein ganzes Inneres zusammenkrümmte. Mit einem Finger folgte er den Gravuren in der Keramik und hörte ein Klacken. Joe griff nach der Urne, zog sie zu sich heran und öffnete sie behutsam …

***

… in Westerly Haven weiteten sich Schattenjacks Augen. Nicht vor Freude darüber, Laras Seele zu essen, sondern wegen etwas anderem. Sein Fuß verschwand von ihrem Hals, und sie spürte, wie frische, kalte Luft in ihre Lungen drängte. Er richtete sich auf, schloss seinen Mund und das schreckliche reißende Gefühl in ihrer Brust verblasste.

Schattenjack starrte auf seine Hände, erst auf die eine, dann auf die andere. Mondflügel flatterte und kämpfte, aber Schattenjack gelang es, ihn in eine Manteltasche zu stecken und diese zuzuknöpfen. Dann verschwammen seine Umrisse, rieselten herunter wie Sand in einer Sanduhr. Mehr und mehr von ihm zerfiel in einen seltsamen Staub, der in einer Säule herumwirbelte – ein trockener Windstoß, der in Laras Augen brannte. Sie versuchte, sich auf dem Rücken liegend wegzuschieben, und beobachtete voller Angst und Verwirrung, wie Schattenjack sich völlig in Staub verwandelte, der sich in der Nacht verstreute.

Schattenjack war verschwunden.

Und Mondflügel mit ihm.

Joes kleine Wohnung füllte sich mit grellen Lichtblitzen, und in der Mitte des Raums erschien ein Wirbel aus schwarzem Sand, der sich so schnell drehte, dass die klapprigen Fenster wackelten. Die schwarze Säule aus Sand drehte und drehte sich, bis sie eine Form annahm – die Form eines großen Manns. Der Sand fiel herab und der Wind legte sich.

Joe starrte ungläubig auf den schwarz gekleideten Mann, der nun in seiner spärlich beleuchteten Wohnung stand. Er erinnerte sich an sein Brecheisen und zog es aus seiner Toshertasche. Der schwarz gekleidete Mann starrte Joe an, und zu Joes großer Überraschung verbeugte er sich und ließ sich auf ein Knie sinken, als wäre Joe der Silberkönig höchstpersönlich.

»Besitzer der Urne, ich lebe, um Ihnen zu dienen.«

Joe bemerkte, dass der Mann in Schwarz keinen Schatten hatte, und er fühlte sich sofort in die Kanalisation zurückversetzt, von Todesangst ergriffen – vor ihm stand der Kanalwürger.

»Du bist das!« Joe rannte auf ihn zu und schwang sein Brecheisen, aber der Mann verwandelte sich einfach in Schatten und tauchte hinter ihm wieder auf.

»Ich habe damals einer anderen Gebieterin gedient.«

Joe schlug noch einmal nach ihm. »Mrs Hester, meinst du?«

»Ja.« Er zeigte auf die Urne. »Aber nun seid Ihr mein Gebieter. Ich bin Schattenjack, und es ist meine Pflicht – mein Fluch –, Euch zu dienen bis zum Ende der Welt und darüber hinaus bis zu dem Tag, an dem Ihr mir sagt, dass ich frei sein werde.«

Joe wollte gerade erneut zuschlagen, als ein leichtes Stöhnen seine Aufmerksamkeit zurück zum Bett zog. Grandma streckte eine zitternde Hand aus und Joe ergriff sie.

»Du hast es geschafft, Joe. Du hast sie gerettet.« Die Augen der alten Frau rollten in ihren Höhlen nach vorn. Sie fixierte ihren Enkel und lächelte. »Es ist so dunkel … aber du kannst

Lara helfen, es in Ordnung zu bringen, weißt du? Du trägst es in dir. Du hast die Kraft, die du dafür brauchst. Befreie ihre Seelen, Joe. Lass sie fliegen. Du warst immer ein guter Junge. Immer gut. Sie sind in dem Spiegel, Joe. Zerschlage den Spiegel …«

Und dann, während sie Joes Hand hielt, schloss Grandma ihre Augen zum letzten Mal.

Ankunft

ÜBERALL IN DEN ARMENVIERTELN von King's Haven, wo die Straßensperren errichtet worden waren, um die arme Bevölkerung einzusperren, gab es schreckliche Anzeichen der wachsenden Verzweiflung. Die Leichenberge an den Zäunen wuchsen, da immer wieder verhungernde, frierende Menschen versuchten, daran hochzuklettern und von den Pistolenkugeln der Wachmänner aufgehalten wurden. Der Silberkönig hatte den Wachmännern gedroht, sie zu töten, wenn sie auch nur eine Menschenseele entkommen lassen würden, also blieben sie erbarmungslos.

Am Morgen, nachdem Grandma gestorben und Joe Schattenjacks Gebieter geworden war, gingen die Sterne über King's Haven aus. Wie so oft bei wichtigen Dingen waren es die Kinder, die das zuerst bemerkten. Es war, als ob die Sterne Kerzen wären und jemand im Himmel herumginge, um sie eine nach der anderen auszublasen. Als nur noch der Mond übrig blieb, versammelten sich die Menschen der Armenviertel – verlassen von ihrem König – in den Straßen und flehten ihre Götter, Mutter Erde, die Lichtgöttin und wer auch immer zuhören mochte an. Ihre Götter hörten nicht zu.

Der Mond blinkte einmal, zweimal, verblasste und war verschwunden. Der Himmel war nichts als eine riesige leere Schwärze. Ein Loch, das herunterzugreifen schien, um alles zu verschlingen. Dicht aneinandergedrängt um die wenigen verbliebenen Lampen und Kerzen, begannen die Bewohner der Armenviertel zu schreien.

Die Wachmänner an den Straßensperren blickten kurz hoch zur Schwärze über ihnen und verließen ihre Posten.

Niemand bemerkte die Flotte schwarzer Schiffe, die in völliger Dunkelheit in den Hafen glitt. Die Augen himmelwärts gerichtet, sahen die Bewohner der Armenviertel die Bemalten erst, als es zu spät war.

Die Bemalten schwärmten durch die Armenviertel, schnitten ihre dunklen Zauber ins Fleisch der Menschen, die sich dort aufhielten, löschten ihre Erinnerungen, verbanden sie mit dem Bewusstsein des Schwarms, sodass sich ihre Gedanken ausschließlich um die Immernacht drehten.

Zehntausende waren eingekesselt in den Gassen und Straßen. Panik breitete sich aus …

Der Palast war fast leer. Nur der König, Mrs Hester und eine Handvoll Diener waren zurückgeblieben, als die anderen evakuiert worden waren. Nun starrte der König hinauf zum alles erdrückenden schwarzen Himmel, ohne Sterne, ohne Mond. Mit seinen feisten Händen hielt er sich an der Wand aufrecht. Der Anblick hatte ihn schwächeln lassen. Sein verkümmertes Herz schrumpfte in seiner Brust noch weiter zusammen.

Eine Hand legte sich auf seine Schulter und ließ ihn zusammenzucken.

»Zeit, zu gehen, Eure Majestät«, sagte Mrs Hester. »Die Bemalten haben die Armenviertel erreicht.«

Der König nickte. »Ja. Ja, Sie haben recht. Geben Sie den Befehl. Evakuieren Sie den restlichen Palast.« Er ging zur Tür, hielt inne und blickte zu ihr zurück. »Glauben Sie, dass wir einen Fehler gemacht haben?«

Mrs Hester lächelte.

»Nein, Eure Majestät. Wir haben die Karten genau richtig ausgespielt.«

»Und Sie sind sicher, dass Sie dieses Ding kontrollieren können, wenn es getan hat, was wir wollen?«

»Ja, Eure Majestät.«

Wenn du wüsstest, dachte sie.

Joe Littlefoot hatte Grandmas Körper in saubere Laken gewickelt. Nun stand er mit gebeugtem Kopf an ihrem Bett.

»Herzliches Beileid, Gebieter«, sagte Schattenjack.

»Nenn mich nicht so. Ich bin kein Gebieter – von niemandem.«

»Ihr besitzt die Urne«, sagte Schattenjack. »Wer auch immer sie besitzt, ist mein Gebieter – bis zu dem Tag, an dem mein Gebieter mich freilässt.« Er lachte verächtlich, als wüsste er, dass das niemals geschehen würde, und seine schwarzen Augen schienen von großem Schmerz erfüllt zu sein. Joe wollte ihn nach Einzelheiten fragen, doch er hielt inne und legte seinen Kopf schief, um zu lauschen.

Durch das Fenster klang statt der unheimlichen frostigen Stille der Armenviertel der Krach einer Menschenmenge.

Joe ging zum Fenster, stieß es auf und blickte hinauf zum Himmel. »Die Sterne sind verschwunden!«

»Die Bemalten kommen, Gebieter«, sagte Schattenjack. »Ihr solltet verschwinden. Ich kann Euch überall hinbringen.«

Joe starrte hinaus auf die Stadt. Die meisten Straßenlaternen waren erloschen und King's Haven war nur noch eine Ansammlung aufragender Schatten. »Ist es vorbei? Sind wir erledigt?«

Schattenjack griff in seine Tasche und zog einen prachtvollen Uhrwerkvogel heraus, gefertigt aus Gold, Holz und Messing. Er lag ruhig in seiner Handfläche, leuchtete und glänzte im Licht der trübe werdenden Tosherlampe. Joe streckte eine Hand aus, um das kalte, filigrane Metall der Flügel des Vogels zu berühren. »Was ist das?«

»Eine Möglichkeit, die Immernacht aufzuhalten«, sagte Schattenjack. »Ein Zauber. Mrs Hester hat mich losgeschickt, um ihn zu holen. Es war ein Teil ihres Plans.«

»Welcher Plan?«

»Sie ist diejenige, die die Immernacht zurückgeholt hat.«

»Warum sollte sie das tun?«

»Um die Hexen zu töten. Und um die Retterin der Welt zu werden.«

Joe blickte in Schattenjacks knochenfarbenes Gesicht. »Sie ist verrückt.«

»Ja, das ist sie. Aber ich diene ihr nicht mehr.«

»Und wir können das in Ordnung bringen? Der Vogel kann helfen, hast du gesagt ...«

»Ja. Aber er hat sich nicht bewegt, seit ich ihn dem letzten Mitglied des geheimen Zirkels weggenommen habe, der damit beauftragt war, ihn zu beschützen. Bis sie stirbt und ihre

Seele diese Sphäre verlässt, ist das Fox-Mädchen die einzige Person, die den Zauber benutzen kann.«

Joe schnappte nach Luft. »Lara? Meinst du Larabelle Fox? Das ist unglaublich!« Er blickte sich um. »Du musst ihn zu ihr zurückbringen.«

Schattenjack fletschte die Zähne. Vor einer Stunde war er kurz davor gewesen, Larabelle Fox zu töten, und nun würde er sie wiederfinden und sie dieses Mal wahrscheinlich beschützen müssen. Er fragte sich, ob er jemals frei sein würde. »In Ordnung.«

»Warte! Bevor du gehst …« Grandmas letzte Worte klangen noch in Joes Ohren. *Zerschlage den Spiegel.* »Mrs Hester … sie hat einen Spiegel in ihrem Turm, oder?«

»Ja.«

»Aber es ist nicht nur ein Spiegel, richtig? Darin ist ein Zimmer. Ich habe es gesehen. Sie bewahrt darin Dinge auf, glühende Dinge in Käfigen.«

»Seelen«, sagte Schattenjack. »Die Seelen von Weißen Magiern. So kontrolliert sie sie.«

Joe nickte und blickte hinüber zum Palast. Er öffnete seine Toshertasche. Darin lag Schattenjacks Urne. Joe hielt sie hoch. »Kannst du mich zu diesem Spiegel bringen?«

»Selbstverständlich.«

»Und danach den Vogel zurück zu Lara bringen?«

»Was immer Ihr wünscht.«

»Alles klar. Gut.« Joe betrachtete die kleine Urne in seinen Händen. »Niemand sollte jemand anderem gehören. Das ist nicht richtig. Ich brauche deine Hilfe, aber wenn das erledigt ist, lasse ich dich frei. Das ist ein Versprechen.«

Das Steintor

ALS LARA IHRE AUGEN ÖFFNETE, fragte sie sich als Erstes, warum eine Hälfte ihres Gesichts so fürchterlich wehtat. Dann fragte sie sich, wieso sie auf dem Boden geschlafen hatte. Erst dann sprudelte Leben in ihr Gehirn und die Erinnerungen kehrten zurück. *Schattenjack!* Er hatte ihr Leben aus ihr herausgequetscht, bevor er plötzlich verschwunden war. Sie musste das Bewusstsein verloren haben.

Lara sprang auf und hielt sich die geschwollene Wange. »Mondflügel?« Sie lief zum Balkon und blickte sich panisch um. »Mondflügel! Mondflügel!« Es fühlte sich an, als ob ihr Herz eingefroren wäre. Benommen rannte Lara zur Tür und stürzte hinaus auf den Gang. »Bernie! Bernie!«

Doppelacht eilte aus einem Raum in der Nähe. »Lara? Was ist mit deinem Gesicht passiert?«

»Bernie! Ich muss mit Bernie sprechen! Er ist weg.«

»Wer?«

»Er ist weg, Doppelacht. Bernie!«

Bernie eilte über den Gang, und als sie Laras angeschwollenes Gesicht sah, sog sie scharf die Luft ein. »Lara, Schatz!«

Lara rannte auf sie zu und warf ihre Arme um sie. »Bernie! Oh, Bernie, es tut mir so leid. Ich wollte ihn aufhalten, aber ich konnte nicht. Er ist weg!«

»Bei Mutter Erdes flammenden Nüstern, Kind. Wer? Wer ist weg?«

»Mondflügel.«

Lara spürte, wie die alte Magierin nach Luft schnappte. Dann löste sich Bernie sanft aus Laras Griff, legte eine Hand auf ihre Schulter und blickte ihr in die Augen. »Beruhig dich, meine Liebe. Atme. Genau so. Jetzt erzähl mir: Was ist passiert?«

Lara erzählte von den Ereignissen der vergangenen Nacht.

»Er ist hierhergekommen? Nach Westerly Haven? Wie kann er es wagen!«

»Es tut mir so leid.«

Bernie schüttelte den Kopf. »Mir tut es leid. Ich hätte dich niemals alleine lassen dürfen. Aber ich hätte niemals gedacht … ich hätte nicht mal im Traum daran gedacht, dass du hier nicht sicher sein könntest.«

»Was sollen wir tun?«, fragte Doppelacht.

Eilige Schritte näherten sich. Bastien Stone hastete den Gang entlang, keuchend und schnaubend. »Bernie. Du musst sofort kommen!«

»Was ist los?«

»Die Bemalten. Die Immernacht. Sie haben King's Haven erreicht, Bernie. Sie stellen eine Armee auf!«

Aus Bernies Gesicht wich das letzte bisschen Farbe. »Bist du sicher?«

Er nickte.

Bernie Whitecrow vergrub ihr Gesicht in den Händen. »In

Ordnung«, sagte sie und zeigte auf Bastien. »Finde Rob Nielsen. Sag ihm, er soll uns beim Stabmeister treffen.«

Der Stabmeister arbeitete ganz unten im Mutterbaum. Seine Werkstatt lag eingebettet inmitten der gewaltigen Wurzeln. Sein Name war Eli Wolfback. Er war ein kleiner, aber breitschultriger, rothaariger Magier mit einer Stupsnase und kleinen schwarzen Augen.

»Es ist nicht üblich«, sagte er und blickte Bernie finster an, »einen Stab so schnell zu fertigen.«

»Ich weiß das, Eli«, sagte Bernie. »Aber du musst.«

Eli verzog das Gesicht und blickte von Lara zu Doppelacht, als wäre es ihre Schuld, dass ihm solche Unannehmlichkeiten entstanden. Lara hatte den Eindruck, dass Eli Wolfback einer der Menschen war, die dachten, dass ihre Arbeit das Wichtigste auf der ganzen Welt sei. Sie fragte sich, ob er überhaupt von der Immernacht wusste.

Eli Wolfback verschwand für einen Augenblick hinter Reihen von riesigen Regalen, gefüllt mit Ästen und Stäben in allen Etappen der Fertigung. Als er zurückkam, hielt er zwei Äste ähnlicher Länge und Dicke in den Händen, die von der Rinde befreit und lackiert worden waren. Außerdem waren Griffe aus Knochen angefügt worden. Das Ende eines Griffs war grob in die Form eines Fuchskopfs geschnitzt worden, das andere in die eines Löwen.

»Sie sind wunderschön«, sagte Lara.

»Sie sind halb fertig, das ist alles«, murmelte Eli.

»Nun, dann stell sie fertig«, sagte Bernie. Eli reagierte mit einem so trotzigen Blick, dass Lara unter anderen Umständen gelacht hätte.

Er nahm die Stäbe mit zu einer Werkbank und machte sich daran, sie nacheinander auszuhöhlen. Seine großen, von Sommersprossen überzogenen Hände arbeiteten so behutsam, so rasch, dass Lara wie verzaubert war. Das Werkzeug zum Aushöhlen war sehr dünn und sah zerbrechlich aus. Als beide Zauberstäbe fertig waren, verließ Eli Wolfback den Raum und kam kurz darauf mit Revolverkammern aus silbrig glänzendem Metall zurück. Er fügte die Kammern an die Stäbe an, genau so, dass der Zauber perfekt in den Lauf des Zauberstabs passte. Schließlich nahm er beide Stäbe mit zum Brennofen und öffnete die Tür. Darin sprangen weiße Flammen hin und her und eine brennende, versengende Hitze ließ Lara ihre Hände vors Gesicht heben.

Eli Wolfback schien die Temperatur allerdings nicht zu spüren. Er schob die Stäbe in den Ofen, schloss die Tür, verschränkte die Arme, wippte mit dem Fuß und wartete stillschweigend.

Dann zog er sich zwei riesige gepolsterte Handschuhe an, öffnete die Tür und holte die Stäbe heraus. Er warf sie in ein Fass mit kaltem Wasser, wo sie zischten und dampften. Schließlich zog Eli Wolfback die Zauberstäbe aus dem Wasser, begutachtete sie und zuckte mit den Schultern.

»Nicht meine beste Arbeit, aber was soll man bei so einer Eile auch erwarten?«

Er reichte Lara den Stab mit dem Fuchsgriff und Doppelacht den mit dem Löwen. Die Hitze des magischen Brennofens hatte die Knochengriffe geglättet und die hölzernen Läufe der Stäbe waren getrocknet und gehärtet. Lara nahm den Stab – ihren Zauberstab – in die Hand und lächelte. Er fühlte sich warm, gut und richtig an.

»Es ist ziemlich einfach, damit zu schießen«, sagte Eli. Er zog zwei Zauberfläschchen hervor und lud eine davon in jeden der Zauberstäbe. »In Ordnung … haltet den Stab ganz natürlich in der Hand. Gut. Macht mit euren Handgelenken einen Ruck nach rechts, um die Kammern zu drehen.«

Lara und Doppelacht taten, was er verlangte. Und tatsächlich wanderte bei jedem Ruck des Handgelenks die Revolverkammer mit einem Klicken ein Stück weiter.

»Am Griff findet ihr einen Knopf unter euren Fingern. Spürt ihr ihn?«

Lara und Doppelacht nickten.

»Gut. Der Knopf ist dafür da, den Zauber in die Kammer zu laden. Sobald ihr das getan habt, ist er scharf. Probiert es aus.«

Lara tastete nach dem Knopf, drückte ihn und spürte ein schweres Klicken. Der Zauber leuchtete in der Revolverkammer hell auf und rastete in den Lauf ein.

»Um zu schießen«, sagte Eli Wolfback, »nehmt ihr den Stab und drückt den Abzug durch. Verstanden?«

»Worauf sollten wir zielen?«, fragte Lara.

»Auf euch gegenseitig«, sagte Eli.

Lara und Doppelacht blickten sich zweifelnd an, hoben dann ihre Stäbe und drückten ab.

Kalte Wasserstrahlen schossen aus den Zauberstabspitzen und spritzten ihnen ins Gesicht.

»Verflucht noch mal!«, schrie Lara und hielt sich einen Ärmel vors Gesicht.

»Ha!« Doppelacht schwang den Stab, sein Wasserstrahl wurde immer stärker.

»Hey!« Lara spuckte aus. »Das reicht!«

»Um den Zauber anzuhalten, lasst ihr einfach den Abzug los«, sagte Eli. »Die Flasche hört auf zu leuchten, wenn der Zauber verbraucht ist.«

Lara hielt den Wasserfluss an, wrang ihre Haare aus und blickte den Stab in ihrer Hand ungläubig schweigend an. Niemals in ihrem Leben hätte sie gedacht, dass sie jemals etwas mit der Welt der Magier zu tun haben würde. Und nun stand sie hier, in Westerly Haven, mit ihrem eigenen Zauberstab.

»Der ist viel stärker als ein Stab der Weißen Magier«, sagte Doppelacht, zwinkerte Wasser aus seinen Augen und sah äußerst beeindruckt aus. »Man kann die Magie spüren, die darin pulsiert und unbedingt herauswill.«

»Oh, Mutter Erde, da dürfen wir uns ja auf einiges gefasst machen!« Rob Nielsen stand in der Tür, die Hände in die Hüften gestemmt, und lächelte beim Anblick der beiden jungen Magier mit ihren neuen Zauberstäben.

»Es ist gut, dich zu sehen, Rob«, sagte Bernie. »Aber wir haben nicht viel Zeit. Hast du gehört, dass die Bemalten in King's Haven sind?«

»Ja, ich bin gekommen, um mit dir darüber zu sprechen.« Er blickte zu Lara und Doppelacht, unsicher, ob er vor ihnen weiterreden sollte.

»Schon in Ordnung, Rob«, beruhigte Bernie ihn. »Was wolltest du mir sagen?«

»Sie toben durch die Armenviertel, zerstören die Seelen mit ihrer dunklen Magie und stellen eine Armee auf, um uns auszulöschen. Ich habe eine Nachricht von einem Freund im Hafen bekommen – es ist ein Blutbad.«

Lara zog an Bernies Ärmel. »Wir müssen etwas tun! Mein

Freund Joe ist dort! Wir müssen sie irgendwie aufhalten. Wir müssen die Immernacht besiegen.«

Bernie blickte Lara ernst an. »Meine Liebe, du hast recht. Aber ohne Mondflügel bin ich nicht sicher, wie wir das anstellen sollen.«

»Ich habe gesehen, was Mrs Hester tun kann«, sagte Doppelacht, aus dessen Gesicht jegliche Farbe gewichen war. »Wenn sie Mondflügel hat, wird sie einen Weg finden, ihn zu benutzen. Was, wenn sie die Immernacht sogar kontrollieren kann? Sie wäre nicht mehr aufzuhalten.«

»Ich habe keinen Zweifel, dass sie arrogant und bösartig genug ist, das auszuprobieren«, sagte Bernie, »aber ich habe im Laufe der Nacht alles gelesen, was ich über den Untergangszauber finden konnte, und ich glaube nicht, dass sie das tun kann. Nicht, solange Lara noch lebt. Der Zauber braucht ein Mitglied des Zirkels. Er braucht *dich*, Lara. Wir müssen zurück nach King's Haven und den Zauber wiederbeschaffen.«

»Aye«, sagte Rob.

»Rob«, fuhr Bernie fort. »Ich hab dich schon so oft darum gebeten, mich in die Stadt hinein- und aus ihr herauszuschmuggeln und mich zu beschützen. Kann ich noch ein weiteres Mal auf dich zählen?«

»Musst du das wirklich fragen?«, sagte er.

»Danke.« Bernie berührte Rob am Arm und drehte sich zu Lara um. »Du magst jung und unerfahren sein, aber verflucht noch mal, du bist mutig und einfallsreich und ich brauche dich. Kommst du mit?«

Lara zwang sich zu einem Lächeln. Sie hatte Angst und fühlte sich gleichzeitig geehrt. Sie würden den Zauber suchen, und am Ende würde es ihre Aufgabe sein, ihn zu benutzen. Hieß das, dass sie ihre Seele aufgeben müsste? Und wenn ja, würde Lara jemals zurückkommen?

»Was ist mit mir?«, fragte Doppelacht.

Bernie hob eine Augenbraue.

»Ja, ich! Ich will auch mitkommen.«

»Es ist zu gefährlich, Doppelacht. Lara würde auch nicht mitkommen, wenn da nicht ihre Verbindung zu dem Zauber wäre. Bleib hier, wo es sicher ist.«

»Wenn ihr scheitert, wird es hier auch nicht mehr sicher sein. Du hast so viel riskiert, um mich zu retten, Bernie. Du hast so viel verloren. Ich will dir auch etwas zurückgeben ... Dir und Magnus.« Er kratzte sich am Kopf und suchte nach den richtigen Worten. »Schau mal ... ich bin ein Weißer Magier, habe Mrs Hester gedient. Vielleicht kann ich helfen. Du hast mich gerettet, damit ich meine eigenen Entscheidungen treffen kann. Lass mich diese treffen.«

»Das ist ein guter Punkt«, sagte Rob.

Doppelacht sah ihn dankbar an.

»Ich würde mich besser fühlen, wenn er bei uns wäre«, sagte Lara.

Bernie blickte Doppelacht fest in die Augen. »Lass mich das nicht bereuen.«

»Oh, das werde ich nicht, Bernie. Danke!«

»Ich bin mir sicher«, fuhr Bernie fort, »dass Hester Schattenjack gesandt hat, um Mondflügel zu stehlen. Wenn wir sie finden, finden wir den Zauber. Es wird gefährlich werden, meine Lieben, und vielleicht kommen wir nicht alle zurück, aber wir müssen an die denken, die gestorben sind, um uns so weit zu bringen – deine Mutter, Lara, mein Magnus und all die anderen. Wir müssen es zu Ende bringen, damit niemand mehr das Opfer bringen muss, das unsere Freunde gebracht haben. Seid ihr dabei?«

Lara dachte an ihre Mum, an die Nachricht, die sie hinterlassen hatte. An ihre Pflicht. *Vielleicht kommen wir nicht alle zurück*. Spürte Bernie, was auf sie zukam? Ahnte sie, dass Lara möglicherweise ihr Leben würde geben müssen? Lara blickte Doppelacht an und er nickte ihr mit grimmiger Entschlossenheit zu.

»Natürlich sind wir dabei, Bernie.«

»Du weißt, dass ich dabei bin«, sagte Rob Nielsen.

Bernie lächelte sie der Reihe nach an.

»Nun gut«, sagte sie, »es gibt jede Menge zu tun. Auf zum Tor.«

Bevor sie die Werkstatt verließen, gab Eli Wolfback ihnen jeweils einen starken Ledergürtel, in den sie den Stab stecken konnten. Darin waren viele Fächer für Zauberfläschchen. Während sie liefen, übten Lara und Doppelacht, ihre Stäbe zu ziehen und damit zu schießen.

»Ich wünschte, wir hätten Zeit, euch weiter auszubilden«, sagte Bernie. »Aber ich fürchte, die Lage ist so ernst, dass wir improvisieren müssen. Ihr schafft das schon. Bleibt einfach dicht bei mir.«

Sie verließen die Brücke und betraten eine der kleinen Inseln. Während sie zum höchsten Punkt hinaufkletterten, kam ein Kreis aus aufrecht stehenden Steinen in Sicht. Drachenatemlampen standen um die Steine herum, und daneben war die Statue einer Kreatur, größer als ein Eisenherz, mit dem Körper und Schwanz eines Löwen und dem Kopf und den Flügeln eines Adlers. Als sie sie fast erreicht hatten, stand die Statue mit einem Poltern auf und fixierte sie mit ihren Adleraugen.

»Alles in Ordnung, Griff«, sagte Bernie sanft. »Ich bin's nur. Nur die alte Bernie.«

»Was *ist* das?«, fragte Lara.

»Er bewacht das Tor. Tust du doch, Griff?« Bernie machte einen weiteren Schritt auf den Steingreifen zu, streckte behutsam ihre Hand aus und streichelte seinen Kopf und seinen Schnabel. Griff rieb sich an ihrer Hand und stieß ein tiefes, steinernes Grollen aus. »Wir müssen nach King's Haven, Griff. Du kannst meine Gedanken lesen. Du weißt, wie wichtig es ist.«

Die gewaltige Kreatur blickte Bernie tief in die Augen und bewegte sich dann zum Steinkreis. Mit ihrem Schnabel berührte sie im Vorbeigehen sämtliche sieben Steine. Als der siebte Stein berührt worden war, erzitterte die Insel. Der Boden in der Mitte des Kreises verschwand und offenbarte ein tiefes Loch. Ein seltsamer, warmer Wind kam aus dem Loch in der Erde und von weit weg ein Durcheinander aus Geräuschen – möglicherweise Stimmen und Donner und Magie.

»Das funktioniert nur in eine Richtung«, sagte Bernie. »Außer man geht an einen Ort, an dem ebenfalls Steine stehen, aber das tun wir nicht. Seid ihr bereit?«

»Nein«, sagte Lara.

»Kein bisschen«, sagte Doppelacht.

»Gebt mir eure Hände.«

Bernie ging näher zum Rand des Tors, die Geräusche waren brodelnd und donnernd. Lara blickte hinab in eine wirbelnde Dunkelheit. Rob Nielsen trat zuerst vor, fiel, sich um die eigene Achse drehend, hinab in das Tor und verschwand.

Bernies Griff wurde fester und über das Getöse rief sie: »Bei drei, okay? Eins … zwei … DREI!«

Gemeinsam sprangen sie.

Hesters Turm

ALS SCHATTENJACK SICH in einen gewaltigen Raben verwandelt hatte, hatte sich Joe eisern geweigert, zu fliegen. Also hatte der schattenlose Mann stattdessen die Form eines riesigen schwarzen Hundes angenommen und Joe zuerst durch die Panik und das Chaos des Armenviertels getragen und dann durch die unheimliche Stille der restlichen Stadt. Er hatte mit einem einzigen Satz die Palastmauern überwunden, war durch die massive Tür von Hesters Turm gelaufen und hatte sie von innen aufgeschlossen, damit Joe hineinkonnte.

Der Palast war verlassen. Mrs Hester schien nicht in ihren Gemächern zu sein. Joe trat ans Fenster und sah brennende Gebäude. Von Schattenjacks Rücken aus hatte er in der Dunkelheit flüchtig die riesigen Bemalten mit ihren langen Armen gesehen, die auf den Straßen wüteten. Entfernte Schreie und Rufe klangen zum Turm herauf. Er riss sich vom Fenster los und durchquerte den nächsten Raum. Da, genau in der Mitte, stand Hesters Spiegel. Er ging näher an ihn heran, streckte einen Arm aus und berührte die Oberfläche. Diesmal blieb das Glas fest und er hörte keine Geräusche von der anderen Seite. Er drehte sich zu Schattenjack um, nahm die Toshertasche von seiner Schulter und zog die Urne hervor.

Schattenjack starrte sie gierig an.

»Du musst nur Lara den Vogel bringen«, sagte Joe. »Danach bist du frei, ich verspreche es.«

Mrs Hester eilte durch den verlassenen Palast zu ihrem Turm. Sie hatte den König verabschiedet, und auch wenn er darauf bestanden hatte, dass sie mit ihm Richtung Süden abreiste, wollte sie noch ein wenig länger in King's Haven bleiben. Sie wollte selbst herausfinden, ob die Bemalten so fürchterlich waren, wie die Legenden behaupteten. Und sie hoffte, dass Schattenjack inzwischen mit dem Untergangszauber eingetroffen war.

Etwas anderes war schiefgelaufen. Sie konnte es spüren. Zum ersten Mal erlaubte sie wahrer Furcht, ihren Körper zu erfassen, dachte wirklich darüber danach, was passieren würde, wenn sie den Zauber nicht bekäme.

Sie schloss ihre Augen und atmete tief ein. Nein. Sie würde nicht verlieren. Alles würde sich regeln. Es dauerte nur etwas länger, als ihr lieb war. Jetzt war es Zeit, zu gehen. Wenn er den Zauber hatte, würde Schattenjack sie eben finden müssen – wo auch immer sie war.

Also lief sie die Treppen zum Turm hinauf, bereit, ihre Sachen zu packen und den Palast und die Stadt zu verlassen. Hinauf zur obersten Tür. Sie fasste den Türgriff an, öffnete die Tür und …

***

… Joe sah ungläubig zu, wie die Urne aus seinen Händen schwebte. Er drehte sich um und blickte Schattenjack an, aber Schattenjack schaute nicht in seine Richtung. Er starrte zur Tür, wo Mrs Hester ihren Zauberstab auf die Urne richtete, einen irren Ausdruck der Freude im Gesicht. Langsam schwebte die Urne in ihre wartenden Hände. Sie drehte ihren Kopf zu Schattenjack, und Joe sah, wie dessen Schultern herabsackten.

Schattenjack ließ sich vor ihr auf ein Knie fallen.

»Nein«, sagte Joe. »Ich wollte ihm die Freiheit geben!«

Mrs Hester lachte kalt. »Freiheit? Oh, meine liebe Kanalratte. Er wird niemals frei sein!« Sie machte eine Bewegung mit dem Zauberstab und ein Zauber leuchtete grell auf. Ein Seil aus rotem Feuer wickelte sich um Joe herum und schleuderte ihn wie eine Peitsche durch den Raum. Er krachte auf den Rücken und sämtliche Luft wurde aus seiner Lunge gepresst.

Während Joe keuchend auf dem Boden lag, sah er, wie Schattenjack in seine Tasche griff und den Vogel aus Uhrwerk, Gold und Holz hervorzog. »Nein!« Er versuchte sich aufzurappeln, aber Mrs Hester traf ihn mit einem weiteren Zauber. Sie näherte sich dem Vogel, als wäre er das wundersamste Ding, das sie jemals gesehen hatte. Sie nahm ihn behutsam an sich und untersuchte jeden schimmernden Teil davon. Dann kniff sie die Augen zusammen und stupste den Vogel, als ob sie ihn aufwecken wollte.

»Warum bewegt er sich nicht?«

Schattenjack hielt inne. Er blickte Joe an. »Ich wurde … unterbrochen, bevor ich das Mädchen erledigen konnte.«

Mrs Hester rieb sich erschöpft die Augen. »Sie *lebt* noch?«

»Ja.«

Hester verpasste Schattenjack eine Ohrfeige. Für einen Augenblick wirkte es, als würde er die Fassung verlieren, als würde er zurückschlagen. Aber das Feuer in seinen Augen erstarb.

»Es tut mir leid«, sagte er nur.

»Es wird dir bald noch mehr leidtun.« Hester schien ihn wieder schlagen zu wollen, aber sie stoppte, als sie seinen Gesichtsausdruck sah. »Was?«

Schattenjack schnüffelte wie ein Hund. Er hatte Witterung aufgenommen und seine Nase führte ihn an Joe vorbei zum Fenster. Er drehte sich um und sagte mit gerunzelter Stirn: »Sie ist hier.«

»Was?«

»Das Mädchen. Sie ist zurück in der Stadt.«

Hester ging auf ihn zu, baute sich vor ihm auf und bohrte einen langen Finger in seine Brust. »Bist du sicher?«

»Bin ich.«

»Dann bring mich zu ihr. Dieses Mal beende ich die Sache selbst.«

»Was ist mit dem Jungen?«, sagte Schattenjack.

Mrs Hester blickte zu Joe, der aufgestanden war und an Lara dachte, sie beschützen wollte, wie sie ihn so lange beschützt hatte.

»Wir könnten ihn laufen lassen«, sagte Schattenjack. »Er ist harmlos.«

»Könnten wir«, sagte Mrs Hester. »Wir *könnten* das tun.« Sie bewegte sich auf Joe zu – und dann, schnell wie der Blitz, zog sie ein kleines Messer aus ihrem Mantel und stach ihm in den Bauch.

Joe krümmte sich zusammen. Schmerz durchzuckte ihn und er sank zu Boden. Er streckte eine verzweifelte, zitternde Hand nach Schattenjack aus. »Hilfe …«

Schattenjack blickte auf ihn herab und sein Gesicht war ausdruckslos.

»Komm«, sagte Mrs Hester. »Bring mich zu dem Mädchen.«

Zurück in die Kanalisation

ALS DIE WELT SICH UM LARA HERUM wieder aufbaute, flog ein Pfeil so dicht an ihrem Kopf vorbei, dass sie den Luftzug an ihrer Wange spürte. Die ersten Augenblicke nach der Reise durch das Steintor waren gefüllt von Verwirrung, und die Mauer aus Krach, die sie erreichte, die Schreie und Knalle, der Geruch nach Schießpulver und Feuer verstärkten das nur noch.

Eine Hand fasste Lara am Ellenbogen und riss sie herum. Sie blickte hinauf ins Gesicht von Rob Nielsen. Hinter ihm schüttelte sich Bernie Whitecrow, und Doppelacht legte den Kopf auf die Seite, als wollte er Wasser aus seinem Ohr laufen lassen.

Rob Nielsen schien sich der Gefahr um sie herum am meisten bewusst zu sein, er schob sie alle in den Schatten. »Alle sicher angekommen?«

»Sicher?«, sagte Bernie. »Sicher? Schau dich mal um!«

Der Nebel in Laras Kopf hatte sich verflüchtigt. Das Steintor hatte sie geradewegs ins Armenviertel befördert. Wo sie auch hinblickte, überall sah sie das flackernde Licht der Lampen der Bemalten, das auf Leichen auf dem Boden fiel – und auf die albtraumhaften Bemalten selbst. Diese schnitten Muster in die Haut der armen Menschen und verwandelten sie zu Laras Schrecken in wild gewordene Kreaturen, die bissen und kratzten und nach allem schlugen, das kein Bemalter war. Diejenigen, die noch nicht gezeichnet waren, griffen alles, was sich als Waffe benutzen ließ. Einige hatten Pistolen oder Messer oder sogar Schwerter, während andere Mistgabeln, Tischbeine oder Hämmer schwangen. Als Lara zum Himmel hinaufblickte und sah, dass die Sterne verschwunden waren, wurde ihr ganz klamm zumute.

Eine Meute der bereits gezeichneten Bewohner des Armenviertels erblickte sie und rannte auf Lara und die anderen zu. Sie hatten Schaum vor dem Mund und bleckten ihre Zähne wie Tiere. Bernie lud rasch ihren Stab durch und schickte ihnen einen Zauber entgegen: ein Netz, das sie an eine Mauer fesselte. Das erregte allerdings die Aufmerksamkeit weiterer Gezeichneter – und der Bemalten.

»Hier!« Bernie warf Lara und Doppelacht Zauberfläschchen zu. »Ladet sie in eure Kammern. Damit könnt ihr Kugeln aus Sonnenlicht auf die Bemalten schießen.« Sie feuerte bereits, während Lara und Doppelacht ihre Stäbe mit zitternden Händen luden. Eine brennende Lichtklinge schoss aus dem Ende von Rob Nielsens Zauberstab. Er schwang ihn und tötete damit einen der Bemalten.

Bernie führte sie eine Gasse entlang. Lara hörte beim Laufen hinter sich Schritte, die sich näherten. Sie erinnerte sich an die Anweisungen des Stabmeisters, drehte sich um und schoss eine lodernde Kugel aus Sonnenlicht auf die Brust des verfolgenden Bemalten. Sie verfehlte ihr eigentliches Ziel, traf ihn aber ins Bein und verwandelte es zu Asche. Der Bemalte stürzte.

Sie rannten weiter durch die Gasse, fesselten weitere verfluchte Menschen mit magischen Netzen, zwängten sich durch enge Durchgänge, bis sie endlich ein paar Augenblicke Ruhe zu haben schienen.

»Die Kanalisation!«, sagte Lara, die sich auf einmal daran erinnerte, dass sie in *ihrer* Stadt waren. »Wir können durch die Kanäle gehen. Ich bring uns so zum Palast.«

Bernie zog einen wütend aussehenden orangen Zauber aus ihrem langen Mantel, lud ihn in die Revolverkammer ihres Stabs und schoss den Zauber auf den nächsten Kanaldeckel. Er explodierte und hinterließ ein gezacktes Loch in der Straße.

»Los!«, sagte Lara zu Doppelacht. »Ich pass auf dich auf, versprochen.«

Doppelacht starrte hinunter auf das schwarze Loch und blickte Lara zweifelnd an.

»Ich werde direkt hinter dir sein. Ich hab den Großteil meines Lebens da unten verbracht …«

»Und das hat dir nun *wirklich* nicht geschadet …«, sagte Doppelacht. Er kletterte unbeholfen in die Kanalisation hinab. Lara folgte ihm. Als ihr Kopf gerade beinahe im Schacht verschwand, stieß Rob einen Warnschrei aus und fasste Bernie am Arm. Eine Welle von Bemalten strömte in die Gasse. Bernie fuhr herum und warf Lara einen Zauber zu.

»Lichtzauber. Wird euch in den Tunneln helfen.«

»Aber … komm mit!«

»Keine Zeit«, sagte Bernie. »Los, Lara. Ich werde den Eingang hinter euch versiegeln.«

»Bernie …«

»LOS, MÄDCHEN! Finde diesen Vogel. Enttäusch mich nicht!«

Lara blickte in Bernies funkelnde Augen und wagte nicht, etwas dagegen zu sagen. Sie kletterte die Leiter hinab, so schnell sie konnte. Als ihre Füße den Boden erreichten, erschütterte eine Explosion die Gasse an der Oberfläche. Staub und Steinbrocken regneten herab. Lara atmete einen Augenblick durch, um sich zu beruhigen und wieder denken zu können. Sie lud den Zauber in ihren Stab, drückte den Abzug und ein warmer Lichtglanz erschien an der Spitze ihres Zauberstabs. Gedämpfte Geräusche klangen von der Straße herab: Bernies Schreie, Rob Nielsens Antworten, Zauberfeuer.

Ein würgendes Husten erklang hinter Lara. Doppelacht war von Kopf bis Fuß in Abwasser getränkt. Er blickte Lara mit einem Blick voller Ekel an und streckte seine Hände von sich, als wären sie Stücke verdorbenen Fleischs. »Wie das stinkt. Oh, wie das stinkt!«

Lara atmete ein. Ja. Der Geruch. Der war wirklich nicht besonders angenehm. Es schien eine Ewigkeit her zu sein, seit sie hier unten gewesen war. Sie war jetzt jemand anders und sie konnte niemals in dieses Leben zurückkehren. Das Licht ihres Stabs glitzerte auf der Oberfläche des Abwasserstroms und spiegelte sich auf den glatten Steinen. Sie riss sich zusammen und ging zu der Stelle in ihrem Kopf, an der Lara, die Tosherin, noch lebte: Sie konnte jede Straße sehen, jeden Kanal und sie kannte den Weg zu jedem beliebigen Ort der Stadt.

Über ihnen lag die Fishtail Alley. Das bedeutete, der Palast lag nordwestlich von ihnen. Sie konnte den Weg vor ihrem inneren Auge sehen.

»Man gewöhnt sich daran«, sagte sie zu Doppelacht. »Atme einfach durch den Mund. Auf geht's.«

Während sie liefen, wurde Lara klar, dass es eine Zeit gegeben hatte – die noch gar nicht lange zurücklag –, in der sie sich hier unten versteckt und um sich selbst gekümmert hätte, während die Welt an der Oberfläche sich selbst in Stücke riss. Aber das war jetzt undenkbar. Es gab Freunde, die auf ihre Hilfe angewiesen waren. Versprechen, die es zu halten galt. Da war die Verpflichtung, die ihre Mum an sie weitergegeben hatte.

Mit diesen Gedanken in ihrem Kopf und Doppelacht neben ihr fühlten sich die Kanaltunnel gar nicht mehr so einsam an. Wie konnte sie allein sein, wenn so viele Leute an ihrer Seite standen, die ihr Kraft gaben? Wie konnte sie jemals wieder allein sein, wenn sie wusste, dass ihre Mutter immer bei ihr war?

»Sei tapfer, Doppelacht«, sagte sie und nahm seine Hand. »Wir sind fast da. Es wird bald vorbei sein.«

»Da hast du recht«, antwortete eine Stimme, die nicht Doppelacht gehörte. »Es *wird* bald vorbei sein.«

Schritte.

Sie kamen näher.

Platsch.

Platsch.

Platsch.

Platsch.

Das Licht ihres Zauberstabs reichte nur ein Stück weit in

die Dunkelheit des Tunnels vor ihnen. Und aus dieser Dunkelheit kam ein Mann. Ein Mann, den Lara sofort erkannte, als er ins Licht trat.

»Hallo, Mädchen«, sagte Schattenjack. Er griff in seinen Mantel und zog ein Messer hervor, seine Augen blitzten scharf wie eine Klinge. »Willkommen zu Hause.«

Von Angesicht zu Angesicht

ES GESCHAH SO SCHNELL.

Doppelacht brüllte und feuerte einen der Sonnenlichtzauber seines Stabs auf Schattenjack. In einem Gewirr aus Dunkelheit verwandelte sich Schattenjack in einen Raben und wich dem lodernden Zauber aus, der durch den Tunnel von ihnen wegflog. Bevor Doppelacht einen weiteren Zauber abfeuern konnte, entriss der Rabe ihm den Stab. Lara fuhr mit erhobenem Zauberstab herum und versuchte zu erkennen, was passierte. Ehe sie reagieren konnte, stürzte der Rabe auf sie herab und nahm auch ihr den Stab ab. Der Lichtzauber erlosch und dichte, tintenartige Dunkelheit erdrückte sie.

»Lara!«

»Doppelacht! Bist du verletzt?«

»Nein …«

Der Abwasserstrom floss in der Dunkelheit gluckernd über ihre durchnässten Füße hinweg.

Platsch.

Platsch.

Platsch.

Doppelacht schrie auf.

»Keine Bewegung, Mädchen«, erklang Schattenjacks Stimme aus der Dunkelheit. »Ich habe ein Messer an der Kehle deines Freunds. Eigentlich würde ich die Sache direkt hier erledigen, aber diesmal möchte Mrs Hester das persönlich übernehmen. Also komm mit hoch an die Oberfläche wie ein braves Mädchen, in Ordnung? Versuch nicht, wegzulaufen. Mach keine Dummheiten. Wenn doch, verblutet er. Und jetzt: los!«

Lara setzte einen Fuß vor den anderen. In ihrem Kopf rasten die Gedanken: hundert verschiedene Möglichkeiten, wie sie ihn abschütteln und dann entkommen könnte. Aber jede davon hätte Doppelacht in Gefahr gebracht und das konnte sie nicht riskieren. Also tat sie, was er verlangte. Sie fand eine Leiter und kletterte hinauf zur Oberfläche. Als sie den Kanaldeckel hochdrückte und ihr die eiskalte Luft der Immernacht ins Gesicht schlug, sah sie, dass ein paar der Straßenlaternen noch brannten. Die Straßen waren menschenleer. Noch hatte das Chaos nicht seinen Weg hierher gefunden.

»Beweg dich«, sagte Schattenjack wieder, der sein Messer immer noch an Doppelachts Hals gedrückt hielt. »Zu der Kirche oben auf dem Hügel.«

Sie liefen über vereiste Pflastersteine bis zur alten Kirche an der Ecke der Cinnamon Lane. Schattenjack führte sie um das verfallene, uralte Gebäude herum zum Friedhof dahinter. Es war ein überwucherter, vergessener Ort und die Kirche war schon lange baufällig geworden. Lara kämpfte sich durch das Gebüsch zwischen den Bäumen, stolperte über umgestürzte Grabsteine, bis sie eine Lichtung erreichten, von der man normalerweise die Sterne hätte beobachten können. Aber am Himmel waren keine Sterne zu sehen.

Mrs Hester wartete zwischen den Gräbern. Das Licht ihres Zauberstabs fiel auf die zerbrochenen Grabsteine, die herausragten wie verfaulende Zähne. Schattenjack stieß Doppelacht zu Boden, trat dann an Mrs Hesters Seite und überreichte ihr die Zauberstäbe, die er den beiden Freunden abgenommen hatte.

Mrs Hester begutachtete sie im Licht ihres eigenen Stabs. »Hübsche Dinger. Hexen hatten schon immer ein Händchen für Zauberstäbe. So ein Jammer, dass ihr sie niemals für etwas Bedeutungsvolles benutzen werdet.« Sie warf die Stäbe auf den Boden und näherte sich Lara. »Du, meine Liebe, hast mir mehr Ärger bereitet, als ich zugeben möchte. Aber keine Sorge, es wird schon bald vorbei sein.« Während sie sprach, wühlte Mrs Hester in ihren Taschen herum und zog einen dunkelroten Zauber hervor, mit einem Kern, der aussah wie eine schwarze Spinne. Sie lud den Zauber in ihren Stab und er leuchtete in der Kammer auf. »Meine eigene Version eines Todeszaubers. Ich hatte lange Zeit, ihn zu perfektionieren. Jede Menge Übung. Du wirst Schmerz spüren, bevor es vorbei ist, das verspreche ich dir.« Sie lächelte und kramte in einer anderen Tasche. Als sie diesmal ihre Hand hervorzog, sah Lara Mondflügel in ihrer Handfläche liegen, bewegungslos und tot.

»Was haben Sie ihm angetan?« Sie sprang vor, aber Schattenjack trat ihr die Beine weg.

»Ich will, dass du weißt«, sagte Mrs Hester, »dass du versagt hast, Mädchen. Du bist die Letzte des Untergangszirkels, und du bist diejenige, die verloren hat. Du bist diejenige, die mir den Zauber gegeben hat. All ihre Mühe über all diese Zeit war nutzlos. Was würde deine Mutter sagen?«

Lara starrte sie an und ballte die Fäuste. »Sprechen Sie nicht von meiner Mutter!«

»Oh, aber sie wäre so enttäuscht, oder nicht? Immerhin ist sie gestorben, damit du leben kannst. Sie hat dich vor Schattenjack beschützt. Und für was? Hm?«

Laras Blick wanderte zu Schattenjack, der bewegungslos neben Hester stand. »Du … du hast meine Eltern getötet? Du warst es … der sie angegriffen hat?«

Er blickte ausdruckslos auf sie herab.

»Sie musste leiden, weißt du?«, sagte Mrs Hester, die das Ganze offensichtlich genoss. »Sehr sogar. Er hat ihre Seele gegessen. So macht er das.«

Lara hatte das Gefühl, sich auf das gefrorene Gras übergeben zu müssen.

»Und was dich angeht«, sagte Hester zu Doppelacht, »nun, was sollen wir mit dir machen? Ich werde dafür sorgen, dass der Rest deines Lebens eine Qual wird, Junge. Du wirst bei jedem Atemzug dafür beten, dass er der letzte ist. Aber ich werde dich am Leben halten. Ich werde mir immer neue Wege ausdenken, dich leiden zu lassen.«

Etwas erregte Laras Aufmerksamkeit. Hatte sie gerade … war da gerade ein leichtes Glitzern in Mondflügels Saphiraugen gewesen?

Hester richtete ihren Stab auf Lara.

Ihr Todeszauber leuchtete auf.

Lara schloss ihre Augen, hoffte, betete.

Bitte. Bitte, lass es funktionieren.

»Mondflügel. Jetzt!«

Mrs Hester hielt inne. Sie senkte ihren Zauberstab und blickte auf ihre andere Hand, in der Mondflügel sich aufgerichtet hatte. Sein glänzender Kopf zuckte zur Seite, seine Saphiraugen waren auf sie gerichtet.

»Er ist erwacht!«

Mondflügel schoss hinauf zu ihrem Gesicht und durchbohrte mit seinem spitzen Schnabel ihr rechtes Auge. Sie schrie, stolperte zurück und griff sich ins Gesicht, wo Blut aus einer halb leeren Augenhöhle schoss. Lara hechtete nach vorn, hob die beiden Zauberstäbe vom Boden auf, warf Doppelacht seinen zu und richtete sich auf.

Doppelacht sprang hoch und feuerte einen Sonnenlichtzauber genau auf Mrs Hester. Er traf sie mitten in die Brust, sodass sie zurückflog und durch einen verfallenen Grabstein krachte. Ihr Stab flog quer über den Friedhof.

Schattenjack machte einen Schritt auf Lara zu. Und noch einen.

Lara hob ihren Stab. Sie wusste, dass Magie ihn nicht aufhalten würde. »Bleib, wo du bist. Ich warne dich!« Er machte einen weiteren Schritt und kam näher. Zu nah. Lara wich zurück, stolperte über eine Wurzel und fiel hin.

Irgendwo in Laras Kopf erwachte eine Erinnerung.

Nel Pepper hatte ihr einen Zauber gegeben.

Einen Faden reines Mondlicht aus den Wolken.

Stark genug, jede beliebige Sache auf der Welt festzuhalten.

Sie rollte sich durch das Gras, griff in ihren Mantel, zog die Flasche hervor und lud sie in die Kammer. Dann, in letzter Sekunde, hob sie den Stab. Als Schattenjacks Hand ihre Schulter berührte, feuerte sie.

Ein Faden aus Mondlicht schoss aus dem Stab und wickelte sich wieder und wieder um Schattenjack – so wie eine Spinne ihre Beute umwickelt. Er brüllte und kreischte und kämpfte dagegen an, aber das Mondlicht hielt ihn fest. Lara fühlte, wie ihr Stab durch die Kraft des Zaubers erzitterte, spürte dessen Hitze in ihrem Gesicht. Er roch nach flüssigem Metall und der Wind des Zaubers ließ ihr Haar wild um ihren Kopf herumfliegen. Sie verzog ihren Mund voller Hass und genoss den Schmerz, den sie ihm bereitete. »Hat es sich so für meine Mum angefühlt?«, schrie sie. »Ist das die Art von Schmerz, die sie gespürt hat? So?« Sie bewegte den Stab, und die Fesseln wurden angezogen, zerquetschten ihn, sodass seine Augen sich schlagartig weiteten und schwarze Adern auf seiner Stirn und an seinem Hals hervortraten. Lara hatte ihr ganzes Leben darauf gewartet, konnte endlich ihren ganzen Frust, ihr ganzes Leid, ihre Einsamkeit an jemandem … irgendjemandem auslassen.

Sie lief vorwärts, sodass der Zauber Schattenjack gegen eine alte Eiche drückte. Die Hitze der Magie ließ die Rinde qualmen und Lara hatte keinen Zweifel.

Sie würde ihn töten.

Auf der anderen Seite des Friedhofs trat Doppelacht gegen Mrs Hesters Körper. Sie reagierte nicht. Sie lag seltsam verrenkt auf der Seite, ihr Kopf auf einem Arm, der andere weit hinter sich gestreckt. Doppelacht trat ihr erneut in die Seite. Nichts.

Eine Form in den Falten ihres Mantels erregte seine Aufmerksamkeit. Er beugte sich herunter und sah, dass sie in einer ihrer unzähligen Taschen eine kleine, uralt aussehende

Urne trug. Doppelacht nahm sie in die Hand und begutachtete sie.

Ein Moment der Ablenkung war alles, was Mrs Hester brauchte.

Sie machte einen Satz auf Doppelacht zu. Er ließ seinen Stab fallen, während sie ihn zu Boden zog und mit ihren langen Nägeln sein Gesicht zerkratzte. Er versuchte, sich zu schützen, indem er seine Hände hochriss, aber sie war stark und wütend. Sie schrie unverständliche Dinge, spuckte ihn an, zerkratzte seine Haut.

Er konnte sie nicht abwehren.

ZERSPRUNGEN

JOE LITTLEFOOT WUSSTE, dass er starb. Er lag ängstlich und allein in einer immer größer werdenden Blutlache auf dem Boden in einem von Mrs Hesters Räumen, weit weg von seinem Zuhause. Die Stelle, an der sie ihn mit dem Messer verletzt hatte, brannte, aber der Rest von ihm fühlte sich eiskalt an, während sein Leben aus ihm herausrann.

Joes Augen waren schwer, seine Lippen trocken. Er blickte sich im Zimmer um und dachte, dass das wohl der letzte Ort war, den er jemals sehen würde.

Sein Blick fand den Spiegel.

Zerschlage den Spiegel, Joe.

»Ich kann nicht, Grandma. Ich bin verletzt.«

Du hast die Kraft, die du dafür brauchst. Befreie ihre Seelen. Zerschlage den Spiegel.

Joe gelang es, sich mühevoll aufzurichten. Stark zitternd krabbelte er zum Spiegel, während Blut aus der Wunde an seiner Seite auf den kalten Boden floss. Mit allem, was noch in ihm steckte, holte er aus und ließ seine Faust auf die glänzende Oberfläche herabsausen.

Das Glas zerbrach nicht.

Joes Kopf sackte nach vorn, sein Kinn gegen seine Brust gelehnt. Seine Sicht war verschwommen, aber er sah einen gläsernen Briefbeschwerer auf Mrs Hesters Tisch. Er streckte den Arm aus, stöhnend vor Schmerz, griff zu und hämmerte damit gegen das Glas.

Immer noch blieb der Spiegel unversehrt.

Zu seiner großen Überraschung stellte Joe fest, dass er lachte. Es war ein verzweifeltes, wütendes Lachen, und als er das nächste Mal seinen schweren Kopf heben konnte, fiel ihm das offene Fenster auf.

Joe blickte zum Fenster.

Dann blickte er zum Spiegel.

»Wieso sollte auch einmal etwas einfach sein?«

Mithilfe des Tischs gelang es ihm, sich quälend langsam aufzurichten, und er begann dann, den Spiegel mühevoll zum Fenster zu zerren. Jedes Mal, wenn die Füße des Spiegels ein Stück über den Boden wetzten, erklang ein schrilles Kratzgeräusch.

Blut aus Joes Wunde tropfte auf den Boden und nach jedem Ruck musste er innehalten und seine Kräfte sammeln. Schließlich erreichte er das Fenster und wusste, dass der nächste Schritt der wirklich anstrengende sein würde. Joe ließ sich auf die Knie fallen und umfasste die klobigen Füße des Spiegels. Er atmete tief ein, versuchte, den Spiegel anzuheben, und schrie vor Schmerz.

Oh nein. Ich hab das Ding nicht den ganzen Weg hierhin gezogen, um jetzt aufzugeben. Komm schon, Joe. KOMM SCHON!

Er griff erneut die Füße, hob sie an, schrie wieder vor Schmerz, nur dass er diesen nun ignorierte. Während er drückte und drückte, spürte er, wie sich der Spiegel Stück für Stück hob und schließlich auf der Fensterbank wippte. Mit einem abschließenden triumphierenden Brüllen versetzte Joe dem Spiegel einen letzten Stoß, der ihn die Palastwand hinunterfallen ließ. Joe beugte sich über die Fensterbank, hing halb hinaus und blickte dem Spiegel hinterher. Weit, weit unten prallte er auf den Boden.

Und endlich zersprang Mrs Hesters Spiegel.

Als der Spiegel auf den Boden prallte, explodierte er mit solcher Kraft, dass der Krach in der ganzen Stadt zu hören war. Auf dem Friedhof kreischte Mrs Hester laut auf. Sie hörte auf, Doppelacht zu kratzen und zu beißen, und er sah von Schrecken erfüllt zu, wie ihre Haut begann zu schmelzen und schließlich wie Kerzenwachs verlief. Ihre Haare ergrauten und fielen aus, bis sie fast nur noch eine Glatze hatte. Ihre Knochen verformten und verbogen sich. Mrs Hester blickte auf ihre geschwollenen, knorrigen Hände und ihr verbleibendes Auge weitete sich vor Schock, Ekel und Schrecken.

Sie schrie erneut auf. Dann, irre vor Angst, verschwand sie stolpernd in der Nacht.

Lara drückte Schattenjack immer noch gegen den Baum, gefesselt durch Mondlicht, aber sogar sie blickte flüchtig hinüber zum Palast, wo Tausende leuchtende Kreaturen um den höchsten Turm herum kreisten und auf und ab flogen. Sie durchdrangen die tintenartige Dunkelheit, die vom Himmel herabdrückte.

»Sind das …?«

»Seelen!«, keuchte Doppelacht vom anderen Ende des

Friedhofs. »Das sind die Seelen der Weißen Magier, Lara. Sie sind frei!«

***

Oben im Turm strömten goldene Seelen durch das Fenster und umhüllten Joe Littlefoot.

Sie umringten ihn, flogen durch ihn durch, durch seinen Körper, seine Adern und die Wunde, die Mrs Hester ihm zugefügt hatte. Sie behoben den Schaden und richteten ihn auf. Sein Herz begann wieder zu schlagen. Seine Lunge saugte Luft ein und er schlug die Augen auf.

Die Seelen trugen ihn aus dem Fenster, flogen ihn über die Stadt und legten ihn behutsam auf dem gefrorenen Gras eines überwucherten Friedhofs ab.

Als die Seelen verschwunden waren, stand Joe auf und blinzelte. Er fühlte sich, als wäre er gerade aus einem sehr langen Schlaf erwacht. Joe berührte die Stelle, wo die Wunde gewesen war, und merkte, dass sie verschwunden war. Dann blickte er sich auf dem dämmrigen Friedhof um. Das Erste, was er sah, war ein vertrauter Gegenstand, der in der Nähe im Gras lag. Eine Urne. Als Joe sie hochhob, hörte er einen Schrei. Er kam hinter einem Baum hervor, und dort sah er seine beste Freundin auf der ganzen Welt … »Lara?«

Schweiß lief Lara übers Gesicht. Ihre Hand, die den Zauberstab hielt, zitterte fürchterlich durch die Anstrengung, die es sie kostete, den Zauber zu kontrollieren. Doch sie drückte den Abzug weiter durch.

Ich werde ihn zerreißen, jawohl. Zusehen, wie sich seine Gedärme im Gras verteilen!

»Lara!«

Sie blinzelte. »Joe?«

»Ich bin's, Lara.« Joe bewegte sich langsam auf sie zu. »Was machst du da?«

Lara wandte ihren Kopf wieder Schattenjack zu. Immer mehr schwarze Adern wurden in seinem Gesicht sichtbar. »Ich töte ihn, Joe. Genau wie er Mum und Dad getötet hat.«

Joe ging mit ausgestreckten Händen auf sie zu. »Er hat fürchterliche Sachen getan, Lara. Ich weiß das. Aber er hatte keine Wahl. Er ist ein Dschinn. Mrs Hester hat ihn kontrolliert.«

»Das ist keine Entschuldigung!«

»Ich weiß, du hast recht«, sagte Joe und streckte ihr seine Handflächen entgegen. »Aber Lara … wenn du ihn tötest, bist du nicht besser als er. Nicht besser als Mrs Hester.«

Sie weinte. »Ich *will* ihm wehtun!«

»Sieht so aus, als hättest du das schon ganz gut gemacht. Komm schon, Lara. Das bist nicht du. Das ist nicht die Lara, die ich kenne. Lass den Hass nicht gewinnen, Lara. Wenn Hass gewinnt, was hat dann überhaupt noch eine Bedeutung?«

Lara blickte mit tränenerfüllten Augen hinauf zum leeren Himmel, hinauf zur Immernacht und zu den goldenen Seelen der Weißen Magier. Das Medaillon vibrierte gegen ihre Brust.

Lara senkte ihren Stab.

Der Zauber verflüchtigte sich mit einem Zischen und ließ Schattenjack ins Gras herabsinken.

»Danke«, sagte er keuchend.

»Du solltest nicht mehr sprechen«, sagte Joe. »Du solltest

nicht mehr hier sein.« Er hob die Urne hoch über seinen Kopf. »Es ist vorbei. Verschwinde von hier. Ich schenke dir die Freiheit, Schattenjack. Verlasse diese Welt und komme niemals zurück.«

Joe warf die Urne. Sie flog über den Friedhof, traf einen Grabstein und zersplitterte in zahllose Scherben und Stücke.

Schattenjack stand auf und blickte Joe an. In seinen Augen glitzerten Tränen. Er öffnete seinen Mund, um zu sprechen, aber bevor er etwas sagen konnte, flogen die Seelen der Magier, die er gegessen hatte, die Kraft, die ihn in seiner menschlichen Form angetrieben hatte, aus seinem Mund zurück in die Welt.

Laras Mund blieb offen stehen, und sie wischte sich durch die Augen und streckte ihre Arme aus, während sie den Seelen dabei zusah, wie sie auf das nächste Leben zuschwebten. In ihrem Herzen wusste sie, dass die ihrer Eltern darunter waren.

»Auf Wiedersehen«, flüsterte sie.

Als die letzte Seele verschwunden war, verwandelte sich Schattenjack in Staub und flog mit dem Wind davon, um seine Brüder und Schwestern zu finden.

MONDFLÜGELS FLUG

LARAS MEDAILLON VIBRIERTE WEITER. Während sie es fest umklammerte, flatterte Mondflügel um sie herum, landete auf ihr, pickte auf ihr herum. Sie fühlte etwas in ihrer Brust … sogar noch tiefer in ihr drin. Es fühlte sich an, als ob ein Teil von ihr, den sie noch nicht gekannt hatte, erwacht wäre. Und sie wusste, was zu tun war.

»Es ist so weit, oder?«

Mondflügel pickte gegen ihr Ohr.

»Aber was muss ich tun?« Sie horchte tief in sich hinein. »Meine Seele ist der Schlüssel. Das hat Mum gesagt. Meine Seele ist der Schlüssel …«

Lara wurde klar, dass die Seelen der Schlüssel zu allem waren. Mrs Hester und die Seelen der Weißen Magier. Schattenjack, der Seelen fraß, um lebendig zu bleiben. Die Hochmagierin und ihr Konzil, deren Seelen über die Welt geflogen waren, um sich der Immernacht entgegenzustellen. Aber was *war* eine Seele? Wenn man all die besten Bestandteile einer Person nehmen konnte, die Liebe, die Fröhlichkeit, die guten Taten, das, was sie in der Welt hinterlassen hatten, den

Teil von ihnen, der in den Herzen und Erinnerungen anderer Menschen weiterlebte, auch lange nachdem sie verschwunden waren … das war anscheinend die Seele.

Lara öffnete die Hand und ließ Mondflügel auf ihrer Handfläche Platz nehmen. Mit der anderen Hand umfasste sie das Medaillon und dachte an ihre Mutter. An die Freude, ihr Gesicht zu sehen, und das Opfer, das sie für ihre Tochter gebracht hatte. Und nun war Lara an der Reihe.

Sofort beschleunigte sich Mondflügels Uhrwerk und seine Augen leuchteten in einem noch helleren Blau. Doch es war nicht genug. Lara behielt das Bild ihrer Mutter im Kopf, und sie dachte an die Freunde, die sie gewonnen hatte; daran, dass sie einst allein auf der Welt gewesen war, wie andere ihr ihre Herzen geöffnet hatten. Zuerst der kleine Joe und Grandma. Dann Magnus und Bernie. Und Doppelacht. Wenn irgendjemand die Kraft einer Seele kannte, dann er. Zum ersten Mal in ihrem Leben verstand Lara, was Liebe wirklich war. Liebe lebte in diesen Menschen, machte die Welt zu einem Ort, für den es sich zu kämpfen lohnte. Zu sterben lohnte.

Mondflügel leuchtete heller – und noch heller. Ein goldenes Licht entsprang seiner Brust, aus dem rotierenden Uhrwerk, und die Wärme fühlte sich auf Laras Haut wie der Sommer an.

»Nimm sie«, sagte Lara, während warme Tränen ihre Wangen herabliefen. »Nimm meine Seele, Mondflügel.«

Die Vogelgravuren auf ihrem Medaillon erwachten plötzlich zum Leben und leuchteten. Die Rädchen in Mondflügels Brust erreichten eine solche Geschwindigkeit, dass sie verschwammen, während sie sich drehten. Die Hitze wurde so stark, dass sie fast Laras Finger verbrannte. Das Licht aus seinen Augen war warm wie die Sonne und breitete sich nach außen aus, sodass Lara in der Mitte einer Kugel aus Licht stand. Jede Zelle in ihrem Körper war erfüllt von Magie und Macht.

Der Zauber floss von dem Vogel in sie hinein, durch ihre Adern und wieder zurück, als wären sie eins. Er war ein Teil von ihr und sie von ihm. Das Leuchten wurde so hell, dass es wirkte, als ob die Welt zerschmelzen würde und es nur noch Lara und Mondflügel gab, sonst nichts.

Ein blendender Goldblitz erschien und Mondflügel wuchs auf die Größe eines riesigen Adlers heran. Lara saß auf seinem Rücken.

Eine Erinnerung aus ihrer Vergangenheit kam ihr in den Sinn. Grandmas Stimme. Etwas, das sie zu Lara gesagt hatte, als sie ihre Zukunft vorhergesagt hatte.

Ich sehe dich fliegen … auf lodernden Flügeln, meine Liebe. Flügel in der Farbe der Sonne.

»Flieg«, sagte Lara. »Flieg, Mondflügel.«

Die Zahnräder in ihm klickten. Er breitete seine goldenen Flügel aus und trug sie hinauf in den Himmel.

Wie ein Stern vom Himmel

BERNIE WHITECROWS HAND BLUTETE STARK, als sie durch die Straßen stolperte, zwischen den Gruppen der überlebenden Bewohner des Armenviertels hindurch. In der Nähe kauerte Rob Nielsen, der einen Pfeil umklammerte, der in seinem Bein steckte. Die Bemalten kamen aus jeder Straße, jeder Gasse, begleitet von ihren verzauberten Dienern. Sie spannten ihre Bögen und zielten.

Bernie schloss ihre Augen.

»Ich komme, Magnus.«

Plötzlich hielten alle inne. Einer nach dem anderen blickten sie hoch, die Bemalten und Magierinnen und die Menschen von King's Haven – hoch zum goldenen Schweif am Himmel.

Bernie lächelte durch ihre Tränen hindurch. »Lara!«

Der Wind pfiff durch Laras Haar, während Mondflügel durch die Dunkelheit schoss. Sie klammerte sich an ihn und blickte hinab auf die Stadt. Für so eine lange Zeit war dieser Ort ihre ganze Welt gewesen und jetzt wirkte er so klein.

Sie stiegen höher und höher auf die Immernacht zu, den Dämon im Himmel.

Immer noch gewannen sie an Höhe und die Luft wurde beängstigend dünn. Aber Lara hatte keine Angst. Was auch immer passieren, wo auch immer sie landen würde – sie hatte Liebe und Freundschaft kennengelernt, und diese Dinge leuchteten hell in ihrem Herzen. Sie hielt sich fest, während Mondflügel unaufhaltsam vorwärtsjagte, in eine Dunkelheit, die so riesig und uralt war, dass Lara sie nicht fassen konnte.

»Ich komme, Mum.«

Die Dunkelheit umhüllte sie.

Alles wurde nichts.

Mondflügel breitete seine Flügel aus und stieß einen langen, melodischen Ruf aus.

Eine riesige Lichtexplosion. Wo Mondflügel gewesen war, gab es nur noch Licht. Alles bestand aus Licht.

Lara fiel.

Sie sahen zu. Bernie und Rob beobachteten, wie der goldene Schweif unfassbar hoch hinaufstieg und in der Immernacht verschwand. Das Leuchten der Explosion blendete sie so sehr, dass sie ihre Arme schützend vor die Augen hoben und sich abwendeten.

»Lara!«

»Oh, Lara!«

Lara fiel. Sie konnten sie sehen, wie sie vom Himmel stürzte, kopfüber, umhüllt von einer Kugel aus Gold. Die

Seelen der Weißen Magier versuchten, sie zu beschützen. Es wirkte, als ob ein Stern vom Himmel fallen würde.

Herab.

Herab.

Herab.

Sie prallte ein paar Straßen weiter auf den Boden, im Armenviertel. Es gab Schreie der Verwunderung und des Schreckens, als der Knall durch die Stadt drang. Rauch und Staub stiegen hinauf in die Luft.

Dann – Stille.

Die Seelen der Weißen Magier schossen hinauf in den heller werdenden Himmel, blitzten über King's Haven auf, über dem gesamten Königreich, jede einzelne begierig darauf, sich wieder mit ihrem Körper zu vereinigen.

Auf dem gefrorenen Gras des überwucherten Friedhofs auf der Cinnamon Lane half Joe Littlefoot gerade Doppelacht auf die Beine, als die dunkle Lichtung plötzlich von goldener Wärme erfüllt wurde. Verängstigt und ehrfürchtig hielt Joe Doppelacht aufrecht, während dessen Seele sich näherte. Blutend und verletzt streckte Doppelacht ungläubig die Arme aus, als würde er davon ausgehen, sich alles nur einzubilden. Aber die Seele kam näher und immer näher, bis sie Doppelachts Brust berührte, sich hindurchdrückte und zum ersten Mal seit dem Tag seiner Geburt wieder ein Teil von ihm wurde.

Doppelacht warf den Kopf in den Nacken und sog Luft in seine Lunge. Tränen liefen seine Wangen herab, als er seine Brust berührte und ein seltsames, wunderbares Gefühl in ihm anschwoll.

Das Gefühl, vollständig zu sein.

Morgengrauen

»SCHAUT DORT OBEN! Am Himmel!«

»Es passiert etwas mit der Dunkelheit!«

»Sie bricht auf – wie ein Ei!«

Das war eine passende Beschreibung. Nach der Lichtexplosion bildeten sich Risse am Himmel – und durch die Risse schien Tageslicht hindurch.

Die Risse wurden größer, verbanden sich und der Himmel der Immernacht löste sich auf.

Tageslicht kehrte in die Welt zurück.

Die Bemalten hoben schützend ihre Arme, schrien vor Schmerz und stürzten zu Boden. Auf ihrer Haut bildeten sich mit lautem Zischen Blasen. Sie brannten, die Bemalten, bis von ihnen nichts als schwarze Flecken auf den Straßen blieben. Zunächst waren die Überlebenden zu überrascht, um mehr zu tun als geradeaus zu starren. Aber schon bald brach Jubel aus, und verbreitete sich so durch die Straßen, wie sich das Sonnenlicht am Himmel ausgebreitet hatte.

***

Draußen auf dem Wasser der Bad Mouth Bay wachten auf den dunklen Schiffen diejenigen wieder auf, die gezeichnet und verflucht worden waren, während die Bemalten schrien und versuchten, ihre Schiffe zu wenden.

Die Kapitänin eines Fischkutters erinnerte sich daran, wer sie war. Sie erinnerte sich an ihre Kindheit, ihre Brüder, ihren Vater. Sie erinnerte sich an ihr Boot, an ihre Crew, den Tag, als die Immernacht gekommen und sie mithilfe eines dunklen Zaubers ergriffen hatte.

Sie blickte sich um, als ob sie aus einem Traum erwachen würde, geblendet vom Licht, und sah Panik unter den Bemalten ausbrechen, deren Haut in der Sonne brannte. Sie übernahm das Steuerrad von einem schreienden, brennenden Bemalten, drehte es herum, sodass der Bug des Schiffs auf ein anderes schwarzes Schiff deutete, und nahm direkten Kurs darauf.

Während ein Schiff in das andere krachte, sprang sie ins Zinnmeer und schwamm zum Ufer.

Das Erste, woran sich Agata erinnerte, war das blonde Haar ihres Sohns Joshua. Dann kehrte die Erinnerung an ihr restliches Leben zurück. Sie erinnerte sich an die Nacht, als die Bemalten gekommen waren. Die Bemalten, die einen Fluch in ihre Stirn geritzt und ihr das Leben genommen hatten. Nun, als sie über das Schiff blickte, sah sie Bemalte an Deck, einige tot, andere sich windend vor Schmerzen. Die Stärksten von ihnen standen immer noch aufrecht und versuchten, ihre Schiffe weg zu steuern, der sich zurückziehenden Dunkelheit hinterher. Agata hob einen Bogen von einem gefallenen Körper auf, dazu eine Handvoll Pfeile. Sie zielte und ließ einen Pfeil nach dem anderen fliegen. Als sie keine Pfeile mehr hatte, kletterte sie auf die Reling, schloss ihre Augen und sprang in die Freiheit, als das letzte der schwarzen Schiffe der Bemalten führerlos in der Bucht abtrieb oder brennend auf den Grund des Zinnmeers sank.

Das Erste, was Lara hörte, war das vertraute Glucken des Abwasserstroms. Das Wasser platschte und spritzte über sie, und Lara atmete die Gerüche der Kanalisation ein, den süßlichen Gestank nach Verwesung und Dreck, und sie fühlte sich zu Hause.

Ihre Augen öffneten sich.

Wie seltsam.

Sie lag in der Kanalisation, aber sie blickte gleichzeitig hinauf zum Himmel.

Der Himmel war blau – und hell.

»Platz da! Lasst mich durch!«

»Wo ist sie?«

»Aus dem Weg!«

Hoch oben erschien Bernie Whitecrows Gesicht am Rand des Lochs in der Straße, und dann die Gesichter von Rob Nielsen, Doppelacht und Joe.

»Hallo«, sagte Lara. »Bin ich noch am Leben? Wunderschön, euch zu sehen.«

Und dann wurde sie ohnmächtig.

Die Schulden werden beglichen

ZWEI TAGE WAREN VERGANGEN, seit die Sonne zurückgekehrt war, und die Feierlichkeiten schienen kein bisschen nachzulassen. Die Straßen waren ein einziges Fest, mit Gesang und Tanz, mit Feuerwhiskey, Essen und Gelächter.

Mittendrin schoben sich Lara und ihre Freunde durch die Menge, mit gesenkten Köpfen, um nicht erkannt zu werden. Lara lächelte nicht.

Sie kannte die Straßen natürlich gut. Sie war hier aufgewachsen und sie waren ein Teil von ihr gewesen, waren so lange praktisch durch ihr Blut geflossen. Aber nun fühlte sie sich wie eine Fremde in der Stadt.

Sie hatte in der Menge gestanden, als der Silberkönig gestern zu seinen Untertanen sprach, und Lara konnte nur den Kopf darüber schütteln, dass er so aufgeblasen und selbstherrlich war. Er hatte den Sieg über die Immernacht für sich beansprucht und behauptet, dass das Silberkönigreich und Mrs Hesters Weiße Magier dafür verantwortlich waren, dass die Dunkelheit zurückdrängt worden war. Mrs Hester war seltsamerweise nicht mehr zu sehen gewesen. Lara fragte sich, was aus ihr geworden war. Steckte sie noch irgendwo da draußen, verbarg sich in den Schatten und leckte ihre Wunden?

In großen Teilen der Stadt reagierten die Menschen erfreut über die Bekanntmachung des Silberkönigs, dass jeder, der von den Bemalten gezeichnet worden war, sofort festgenommen und vor Gericht gestellt werden sollte. Die Wachmänner hatten bereits damit begonnen, diejenigen, die verflucht worden waren, in Gewahrsam zu nehmen. Sie waren aufgrund der Narben auf der Stirn einfach zu finden. Und sie waren leichte Ziele, wie Lara feststellt. Einige von ihnen waren bereits gehängt worden. Das waren Menschen mit Familien. Menschen, die nichts Falsches gemacht hatten, außer zur falschen Zeit am falschen Ort zu sein.

Deshalb breitete sich langsam, aber sicher Unruhe im Armenviertel aus.

Viele der Bewohner des Viertels waren verflucht worden oder hatten im Kampf Familienmitglieder verloren. Der Ärger über den König wuchs, ebenso wie die Wut darüber, dass er bereit gewesen war, die Armen eingepfercht in der Stadt zu lassen und sie damit der Immernacht schutzlos auszuliefern. Lara spürte, dass dies der Beginn von etwas Größerem war – vielleicht bildeten sich erste Risse in der Rüstung des Silberkönigreichs.

Sie drängelte sich durch eine Gruppe von Trinkern die Needle Street herunter und in die Bone Alley.

Dingelingeling!

Der alte Hans war nicht gerade bekannt für eine gesunde

Gesichtsfarbe, aber als er vom Verkaufstresen aufblickte und Lara und ihre Freunde in seinem Laden stehen sah, nahm sein Gesicht einen Grünton an, der sogar für seine Verhältnisse ungesund aussah.

»Sagen Sie kein Wort«, sagte Lara. »Rufen Sie nicht um Hilfe, sonst haben Sie einen Laden voller sehr wütender Magier. Hören Sie?«

Der alte Hans nickte angsterfüllt. »Was willst du, Lara?«

Sie starrte ihn an und sie fühlte sich groß und mächtig. »Sie haben gehört, was sie denen antun? Denjenigen, die von den Bemalten verflucht wurden?«

Der alte Hans nickte. »Wir können nicht vorsichtig genug sein, wenn du mich fragst. Ich *meine*, wer sagt, dass sie nicht im Handumdrehen wieder böse werden? Und wer kann mit Sicherheit sagen, dass die Hexen sie jetzt nicht für ihre eigenen Zwecke benutzen?«

»So funktioniert es nicht. Sie hätten einer davon sein können, alter Hans. Würden Sie dann auch so darüber denken?«

Er zuckte mit den Schultern und verschränkte die Arme.

Lara lehnte sich über den Verkaufstresen. »Folgendes wird passieren. Ich werde so viele dieser armen, gezeichneten Leute aus der Stadt schmuggeln wie möglich. Um das zu tun, brauche ich ein Schiff. Und für ein Schiff brauche ich Münzen.«

Der alte Hans starrte sie ausdruckslos an. »So funktioniert das in der Regel, ja.«

»Ich will, dass Sie mir das Geld geben.«

Der alte Hans lachte ihr ins Gesicht. »Wüsste nicht, seit wann ich Geschäfte mit Hexen mache.« Er spuckte auf den Boden seines eigenen Ladens, vor Laras Füße.

Rob Nielsen drängte sich vor, zog den alten Hans über den Tresen und drückte ihn gegen die Wand. »Hör mal gut zu, du wertloser alter Knacker. Sie hat deine Stadt gerettet und deinen geliebten, stinkenden kleinen Laden. Und du wirst ihr Respekt erweisen!«

Eine Schweißperle rollte die krumme Nase des alten Hans herunter.

»Lass ihn los, Rob.«

Lara baute sich vor dem alten Hans auf. »Mir ist Gerechtigkeit wichtig. Ich will nicht alles, was Sie haben. Aber ich weiß, dass Sie ein Schließfach da hinten haben, gefüllt mit all den Schätzen, die Sie Toshern wie mir und Joe im Laufe der Jahre abgeluchst haben.«

»Das stimmt«, sagte Joe, der seit den Ereignissen der Nacht auf dem Friedhof nicht von Laras Seite gewichen war. »Wir sind nur hier, um das einzusammeln, was Sie uns für unsere harte Arbeit schulden. Wir gehen davon aus, dass das für die Kosten eines Schiffs ausreichen sollte. Also los, alter Hans, holen Sie, was Sie uns schulden.«

Der Blick des alten Hans schweifte durch den Laden, von Lara zu Bernie, von Rob zu Doppelacht und zu Joe, und dann ließ er die Schultern hängen. Er verschwand im Hinterzimmer. Als er zurückkam, legte er einen Haufen Gold auf den Verkaufstresen und funkelte Lara böse an. »Komm niemals wieder.«

Lara starrte ihn an, den alten Mann, den sie einst für einen Freund gehalten hatte. »Das kann ich versprechen.«

WEITER

LARA STAND AM BUG ihres neuen Schiffs, schloss ihre Augen und spürte, wie der Wind durch ihre dunklen Locken wehte. Das Sonnenlicht fühlte sich warm auf ihrer Haut an, es glitzerte auf den Wellenkämmen und auf Laras Medaillon. Sie trug es nun offen auf der Brust, hatte nicht mehr das Bedürfnis, es zu verstecken.

Sie waren schon drei Tage auf hoher See und hatten noch ein gutes Stück Weg bis Westerly Haven vor sich. Das Schiff war voll mit Bewohnern des Armenviertels – so viele der Verfluchten und ihrer Familien, wie sie sicher aufnehmen konnten. Sie sahen ängstlich aus und Lara konnte sie verstehen. Hexen waren für diese Leute seltsame, gefährliche Kreaturen, und sie hatten Lara und ihren Freunden – Hexen – nur deshalb ihr Vertrauen geschenkt, weil die einzige Alternative war, vor Gericht gestellt und wahrscheinlich hingerichtet zu werden. Es würde weitere Fahrten geben, weitere Bootsladungen voller ängstlicher Menschen, die gezwungen waren, ihr Zuhause zu verlassen. Lara hörte, wie viele von ihnen mit Hass in den Stimmen über den König murrten.

»Er hat einen Fehler gemacht«, sagte Bernie, die an Laras Seite trat. »Er hat die Macht des einfachen Volks unterschätzt. Es kommen interessante Zeiten auf uns zu, Mädchen, denk an meine Worte.«

»Ist die Immernacht für immer weg?«, fragte Lara.

»Der Untergangszauber hat sie unter Kontrolle«, sagte Bernie. »Und ich schätze, das ist das Beste, worauf wir hoffen können.«

»Bernie … was wird mit all diesen armen Menschen passieren?«

»Nun, wir kümmern uns um sie, bis es sicher für sie ist, nach Hause zurückzukehren.«

Doppelacht und Joe kamen übers Deck geschlendert und zeigten hinauf zum blauen Himmel.

»Was für ein Anblick für müde Augen das ist«, sagte Joe. »Ich dachte, ich würde die Sonne nie wiedersehen.«

»Ich wünsche, ich hätte für dich da sein können, Joe«, sagte Lara. »Als Grandma gestorben ist.«

Er starrte hinaus auf den Ozean. »Sie hat dich geliebt, Lara. Das weißt du, oder?«

Lara verspürte den Drang, ihn zu umarmen, und konnte sich nicht dagegen wehren.

»Verflucht noch mal«, schrie Joe. »Du brichst mir noch die Rippen.«

»Danke dir, Joe. Für alles, was du getan hast. Wenn du nicht gewesen wärst …«

»Wäre ich zum Beispiel tot«, sagte Doppelacht.

»Hat sich deine Seele schon eingelebt?«, fragte Lara mit einem Lächeln.

Doppelacht tippte sich auf die Brust. »Ausgezeichnet.«

»Kein Hunger mehr?«

»Nein. Kein Hunger mehr, Lara.«

Lara legte ihren Kopf schief. »Aber?«

Doppelacht zuckte mit den Schultern. »Aber ... nun, ich *wollte* weglaufen, Lara. Und ich habe dich und die anderen, um mich an mein neues Leben zu gewöhnen. Das mag sich verrückt für euch anhören, aber es gibt so viele Weiße Magier da draußen, die noch nie darüber nachgedacht haben, was es bedeutet, frei zu sein, selbstständig denken und Sachen hinterfragen zu können. Wie fühlen sie sich jetzt? Was wird mit ihnen geschehen? Sie sind ganz allein.«

Lara nahm seine Hand. »Ich denke, nichts wird mehr so sein, wie es einmal war«, sagte sie. »Für keinen von uns. Und ich glaube nicht, dass irgendjemand weiß, was als Nächstes passiert. Aber wir haben es überstanden, oder nicht? Wir haben überlebt. Und das werden diese Weißen Magier auch, die frei sein wollen.«

Er nickte und Lara drehte sich zurück zum Meer. So viel hatte sich verändert. Sie erkannte das Mädchen aus der Kanalisation nicht mehr wieder. Ihr altes Leben wirkte, als würde es zu jemand anderem gehören. Sie hatte sich von klein auf stets gefragt, wer sie war und wohin sie gehörte. Nun, dass sie es herausgefunden hatte, fühlte sich fast so an, als ob sie so viel verloren wie gewonnen hätte.

Sie konnte niemals zu diesen einfacheren Tagen zurückkehren. Aber sie würde nach vorne schauen, nicht zurück. Sie würde die Person akzeptieren, die sie sein sollte, die Magierin, die sie werden konnte, so Angst einflößend das auch immer noch sein mochte. Es gab so viel zu lernen, so eine weite Reise vor ihr, und bei dem Gedanken daran fühlte sie sich klein.

Während sie die von der Sonne vergoldeten Wellen dabei beobachtete, wie sie sich vor dem Schiff aufbauten und herabsenkten, wanderte ihre Hand in die Manteltasche. Sie erinnerte sich an das Gefühl, Mondflügel dort zu haben, flatternd und zuckend. Er war ein wundersames Ding gewesen, das magischste, dem sie jemals begegnen würde, und sie würde ihn sehr vermissen. Aber es gab so viel Magie dort draußen, eine ganze Welt davon wartete darauf, erkundet zu werden.

Also lächelte Larabelle Fox, spürte, wie die Gischt ihr ins Gesicht spritzte, und fuhr weiter dem nächsten Morgen entgegen.

DANKSAGUNG

EINE DER GRÖSSTEN FREUDEN eines Autors ist es, mit so vielen talentierten und leidenschaftlichen Menschen zusammenzuarbeiten und von ihnen zu lernen.

Von dem Augenblick an, als ich das erste Mal mit Charlie Sheppard, meiner wunderbaren Lektorin, sprach, habe ich gehofft, dass Andersen mein Zuhause werden würde. Charlie, ich danke dir für deine Weisheit und Beratung. Danke für deinen unbeirrbaren Glauben an Lara und ihre Geschichte. Ich verspreche dir: Wir fangen gerade erst an.

Alle bei Andersen haben mich so herzlich willkommen geheißen. Ich hoffe, dieses Buch macht euch stolz.

Danke wie immer an Stephanie Thwaites – Superagentin, Schutzengel – dafür, dass du mich durch das unvorhersehbare Wunderland der Verlagsbranche geführt hast. Ich könnte mir nicht vorstellen, diese Reise mit jemand anderem zu unternehmen.

Danke, Isobel Gahan, für die Magie, die du dem Manuskript während der Entstehung verliehen hast.

Ohne meine Familie hätte ich vielleicht nie den Mut gefasst, die Geschichten in meinem Kopf niederzuschreiben. Mum und Dad, danke dafür, dass ihr mir immer gesagt habt, dass alles möglich ist. Selina und Mollie, mein Herz füllt sich mit Staunen, wenn ich mir vorstelle, was aus euch einmal werden kann. Ich kann kaum erwarten, das herauszufinden. Und Aileen. Ehefrau. Beste Freundin. Komplizin. Danke für alles.

S. A. Patrick

Die Dunkelheit der Drachen

Aus dem Englischen von Anne Emmert
Roman, 368 Seiten (ab 10), Gulliver 74995
Ebenfalls als E-Book erhältlich (74998)

Ein Schwarm Drachen greift das Burgverlies Tiviscan an, um den Rattenfänger von Hameln zu vernichten. Mithilfe einer magischen Melodie hatte er Menschenkinder und Drachenkinder entführt. Der Flötenschüler Flick nutzt den Tumult zur Flucht aus der Burg. Mit sich trägt er ein dunkles Geheimnis: Nur er weiß, dass die Drachen den Falschen getötet haben und der echte Rattenfänger weiter sein Unwesen treibt …

Patrick Hertweck

Maggie und die Stadt der Diebe

Aus dem Englischen von Wieland Freund
Roman, 304 Seiten (ab 11), Gulliver 74908

New York, 1870. Maggie ist auf der Flucht. Nur knapp ist sie den Männern entkommen, die sie aus dem Waisenhaus entführt haben. Mephisto Mose, der sagenumwobene Herrscher über die New Yorker Unterwelt, ist hinter Maggie her. Doch weshalb hat er ein solches Interesse an ihr? Auf der Suche nach einem Versteck, irrt Maggie durch die Slums von Manhattan und trifft auf eine Bande junger Diebe, die sie bei sich aufnehmen. Aber die Verfolger lassen nicht locker und Maggie spürt, dass sie sich endlich ihrer Vergangenheit stellen muss.

GULLIVER www.beltz.de
Beltz & Gelberg, Postfach 10 01 54, 69441 Weinheim

Ruth Lauren

Valor. Die Verschwörung im Königreich
Band 1

Aus dem Englischen von Maren Illinger
Roman, 320 Seiten (ab 11), Gulliver 74852
Ebenfalls als E-Book erhältlich (74874)

»Ich bewege den Pfeil ein winziges Stück nach links, ziele neben Anatols Schulter, dann halte ich den Atem an, bete, dass er sich nicht bewegt, und schieße.«
Valors Plan ist geglückt, als sie nach dem Anschlag auf den Prinzen von Demidova in das berüchtigte Gefängnis Tyur'ma gebracht wird. Hier ist ihre Zwillingsschwester Sasha eingesperrt, die des Diebstahls bezichtigt wird. Valor riskiert ihre Freiheit und ihr Leben, um Sasha zu befreien. Doch niemandem ist je die Flucht aus Tyur'ma gelungen.

Jennifer A. Nielsen

Nicolas Calva. Das magische Amulett
Band 1

Aus dem Englischen von Petra Knese
Roman, 336 Seiten (ab 11), Gulliver TB 74854
Ebenfalls als E-Book erhältlich (74781)

Als Nicolas Calva, Sklave in den römischen Minen, gezwungen wird, in einer Höhle nach dem verschollenen Schatz Julius Cäsars zu suchen, findet er mehr als Gold und Edelsteine. Er entdeckt das magische Amulett, das Cäsar einst zum mächtigsten Herrscher Roms machte. Skrupellose Generäle und Senatoren würden für die göttliche Kraft des Amuletts töten und Nic gerät in den erbitterten Kampf um die Alleinherrschaft Roms …

GULLIVER www.beltz.de
Beltz & Gelberg, Postfach 10 01 54, 69441 Weinheim

Jennifer A. Nielsen

Nicolas Calva. Der allmächtige Armreif
Band 2

Aus dem Englischen von Petra Knese
Roman, 336 Seiten (ab 11), Gulliver TB 74888
Ebenfalls als E-Book erhältlich (74812)

Den Gefahren als Minensklave entronnen, ist Nicolas Calva in Rom einer noch größeren Bedrohung ausgesetzt: Decimus Brutus, ein Nachkomme des Cäsarmörders, zwingt Nic, ihn zum Armreif des Mars zu führen. Mit dessen Magie könnte Brutus die Alleinherrschaft über Rom an sich reißen. Nic beschließt, den Armreif zu zerstören und riskiert dabei, die Hüterin des allmächtigen Armreifs aus ihrem ewigen Schlaf zu erwecken …

Jennifer A. Nielsen

Nicolas Calva. Der göttliche Stein
Band 3

Aus dem Englischen von Tanja Hamer
Roman, 363 Seiten (ab 11), Gulliver 74955
Ebenfalls als E-Book erhältlich (74773)

Seit Nicolas Calva die Magie nach Rom gebracht hat, ist es sein Schicksal, einen Jupiterstein zu erschaffen. Bedrängt von den Prätoren, die mit der Kraft dieses göttlichen Steins die Alleinherrschaft über Rom an sich reißen wollen, ist Nics einziger Ausweg, alle magischen Gegenstände, auch den Jupiterstein, für immer zu zerstören. Damit wäre der Krieg um Rom beendet – doch Nic müsste dafür mit seinem Leben bezahlen …

GULLIVER www.beltz.de
Beltz & Gelberg, Postfach 10 01 54, 69441 Weinheim

ERIN HUNTER

WARRIOR CATS

EIN WALD. VIER CLANS.
UND ALLE WOLLEN ÜBERLEBEN

Jenseits der Menschen, tief verborgen im Wald, leben die Katzen der Clans wild und ungezähmt. Feuerpfote, der seine Zweibeiner verließ, um sich dem DonnerClan anzuschließen, genießt das stürmische Leben des Waldes in volle Zügen. Seite an Seite mit den wilden Katzen lernt er zu jagen, seine Instinkte gebrauchen, er lernt den Wald zu hören und seine Feinde zu riechen. Doch d Platz ist eng, das Futter knapp. Wird Donnerclan es schaffen, bis zur Blattfrisc zu überleben?

Staffel I

d 1: In die Wildnis
:hiert, 303 Seiten.
978-3-407-74215-5

d 2: Feuer und Eis
:hiert, 345 Seiten.
978-3-407-74235-3

d 3: Geheimnis des Waldes
:hiert, 339 Seiten.
978-3-407-74253-7

d 4: Vor dem Sturm
:hiert, 343 Seiten.
978-3-407-74321-3

d 5: Gefährliche Spuren
:hiert, 341 Seiten.
978-3-407-74359-6

d 6: Stunde der Finsternis
:hiert, 341 Seiten.
978-3-407-74382-4

Bände auch als Hörbücher E-Books.

»FANTASY VOM FEINSTEN.«
DER SPIEGEL

Warrior Cats I, 1-6
28 CDs, Laufzeit 34 Std. ISBN 978-3-407-81078-6
Alle Hörbücher der ersten Staffel in einer Box!
Auch digital erhältlich!

www.warriorcats.de